감정 교육 2

L'Éducation Sentimentale

세계문학전집 323

감정 교육 2

L'Éducation Sentimentale

귀스타브 플로베르

지영화 옮김

민음사

차례

일러두기

인·지명은 대체로 외래어 표기법을 따랐으나 몇몇 예외를 두었다.

2부
(하)

5

델로리에는 프레데릭에게서 받은 위임 증서의 사본과 모든 권한을 부여하는 정식 위임장을 가지고 왔다. 그러나 6층을 올라와 그의 음울한 서재 한가운데 무두질한 양피 소파에 혼자 앉게 되자 서류를 보기만 해도 구역질이 났다.

그는 이러한 것들에 진력이 나 있었다. 그리고 한 끼에 32수 하는 레스토랑에도, 타고 다니는 합승 마차에도, 가난과 노력에도 진저리가 났다. 그는 서류를 집어 들었다. 또 다른 서류들도 옆에 있었다. 그것은 탄광 목록과 그 매장량이 상세하게 기록된 석탄 회사의 팸플릿이었다. 프레데릭은 그의 의견을 들어 보려고 이 서류들을 그에게 남기고 간 것이었다.

한 가지 생각이 떠올랐다. 당브뢰즈 씨 집에 찾아가 비서로 채용해 달라고 부탁해 볼까 하는 것이었다. 이 자리는 물론 주식을 사지 않고는 얻어 내기 불가능했다. 그는 자기 생각이 터무니없음을 깨닫고 중얼거렸다.

"아! 안 돼! 어리석은 짓이야."

그러고는 1만 5000프랑을 회수하려면 어떻게 하는 게 좋을까 궁리했다. 그만한 액수는 프레데릭에게 아무것도 아니었다! 그렇지만 자기에게 그 돈이 있다면 얼마나 큰 힘이 될 것인가! 그러자 그는 친구 재산이 많다는 사실에 화가 났다.

'그 녀석 쓸데없는 데 돈을 낭비하고 있어. 이기주의자. 아! 1만 5000프랑을 내가 알 게 뭐야!'

왜 그 돈을 빌려 줬을까? 아르누 부인의 아름다운 눈 때문에. 그 여자, 그 녀석 정부야! 델로리에는 그 사실을 의심치 않았다. '돈이 들어가는 또 한 가지 이유지!' 증오에 찬 생각들이 밀려왔다.

그런 다음 그는 프레데릭의 인격 자체를 생각해 보았다. 프레데릭은 항상 자신에게 거의 여성적인 매력을 행사해 왔다. 곧이어 그는 자신에게는 불가능한 성공을 이룬 친구에게 감탄했다.

그렇지만 무슨 일이든 의지가 중요한 요소 아닐까? 의지만 있으면 어떤 일이든 성공할 수 있으니까…….

'아! 재미있겠는데!'

그러나 그는 이런 식의 배신이 수치스럽게 생각되었다. 그러다 일 분 후에 그는 혼잣말했다.

"이런! 내가 두려운 건가?"

아르누 부인은 (그녀에 대한 얘기를 자주 듣다 보니) 그의 상상 속에서 경탄할 만한 모습으로 그려졌다. 이 집요한 사랑이 어떤 문제처럼 그를 자극했다. 약간 과장된 자신의 근엄한 태도에도 싫증이 났다. 게다가 상류 사회 여자(아니면 그가 그렇게 생각한)가 수많은 미지의 쾌락을 대표하는 상징과 축도처럼 생각되었고 그는 그것에 매료되었다. 가난하기 때문에 그는 가장 분명한 형태의 사치를 갈망했다.

'설사 그가 화를 낸다 해도 할 수 없지! 내가 조심스럽게 느끼기에는 나한테 너무 잘못했으니까! 그녀가 그의 정부라는 증거는 어디에도 없어. 그가 그 사실을 부정하지 않았나. 그러니까 난 자유야!'

일을 시도해 보고 싶은 욕망이 그를 더 이상 떠나지 않았다. 그는 자기 힘을 시험해 보고 싶었다. 그래서 어느 날 갑자기 장화에 칠을 하고 흰 장갑을 사고 복수심과 동정심과 모방과 대담성이 동시에 섞인 묘한 생각에 사로잡혀 자신이 프레데릭 대신이라고, 거의 프레데릭이라고 상상하면서 길을 나섰다.

그는 '델로리에 박사'라고 전하도록 했다.

아르누 부인은 의사를 부른 적이 없어 놀라워했다.

"아! 대단히 죄송합니다! 법학 박사입니다. 모로 씨 일로 찾아왔는데요."

이 이름을 듣자 그녀는 동요하는 듯했다.

'잘됐어! 그를 원했으니까 나도 원하겠지!' 남편을 제치기보다는 애인을 제치기가 더 쉽다는 상투적인 말에 용기는 내며 옛 서기는 생각했다.

그는 전에 한 번 재판소에서 뵌 적이 있다고 하면서 날짜까지 댔다. 아르누 부인은 그 뛰어난 기억력에 놀랐다. 그는 사못 부드러운 목소리로 말을 이었다.

"일전에…… 곤란을 겪으셨죠…… 사업 때문에!"

그녀는 아무런 대답도 하지 않았다. 그러니까 사실이라는 뜻이었다.

그는 이러저런 얘기, 집 얘기, 공장 얘기를 하기 시작했다. 그러고는 거울 가장자리에 걸린 타원형 초상화를 보고는 물었다.

"아! 가족 초상화죠?"

그는 아르누 부인의 어머니 초상화를 가리켰다.

"참 좋으신 분 같은데요, 남쪽 지방 타입이시네요."

그리고 그녀가 샤르트르 출신이라고 정정하자 말했다.

"샤르트르! 아름다운 도시죠."

그는 도시의 성당과 파테 요리를 칭찬했다. 그러고는 초상화로 화제를 돌려 아르누 부인과 닮은 점을 발견하고 간접적으로 부인에게 아첨했다. 그녀는 놀라지 않았다. 그는 자신감을 얻어 아르누를 오래전부터 알고 있다고 말했다.

"참 좋은 사람인데! 일을 망쳤어요! 예를 들어 이 저당 건으로 말하면 그런 경솔한 짓을……."

"네! 알아요." 어깨를 들썩하며 그녀가 말했다.

그녀가 남편에 대해 무의식으로 경멸을 표명하자 델로리에는 계속할 힘을 얻었다.

"고령토 회사 건으로 말하면 아시는지 모르겠지만 아주 잘못될 뻔했죠, 그리고 그의 명성까지……."

부인이 눈살을 찌푸리자 그는 멈추었다.

그리고 일반적인 화제로 돌려 남편이 재산을 탕진하는 불쌍한 아내들 처지를 한탄했다.

"하지만 저희 재산은 전부 남편 거예요. 나, 나에겐 아무것도 없어요!"

그건 중요하지 않았다! 혹시 모르는 일이었다……. 경험 있는 사람이 도움이 될지도. 그는 자진해서 도와주겠다며 자기 수완을 자랑했다. 그리고 번쩍이는 안경 너머로 부인을 정면으로 바라보았다.

그녀는 어렴풋한 무기력 상태에 빠졌다. 그러나 갑자기 물었다.

"찾아오신 용건이 뭔지 말씀해 주세요!"

그는 서류를 펼쳐 보였다.

"이건 프레데릭에게서 받은 위임장입니다. 이 서류가 지불 명령을 내릴 집행관 손에 들어갈 경우 일은 간단합니다. 스물네 시간 내에…….(그녀는 무감동해 보였다. 그는 책략을 바꾸었다.) 게다가 저는 왜 그가 돈을 요구하는지 이해 못 하겠어요. 그 친구는 이 돈이 전혀 필요치 않으니까요!"

"뭐라고요! 모로 씨는 아주 관대하셨는데……."

"아! 그래요!"

그리고 델로리에는 그를 칭찬하기 시작한 다음 아주 서서히 건망증이 심하고 이기적이며 인색하다면서 그를 비난하기에 이르렀다.

"그분이 선생님 친구인 줄 알았는데요?"

"친구라 해도 결점은 보이죠. 그 친구는…… 뭐라고 해야

되나? 동정이라는 걸 잘 모릅니다."

아르누 부인은 두꺼운 서류철을 넘겼다. 그러다 그의 말을 멈추고 어떤 단어에 대해 설명을 요구하기도 했다.

그는 부인 어깨 너머로 몸을 기울였다. 얼굴을 너무 가까이 들이대 그녀의 뺨을 스쳤다. 그녀는 얼굴을 붉혔다. 그녀의 붉어진 얼굴을 보자 델로리에는 감정이 끓어올랐다. 그는 게걸스럽게 그녀 손에 입을 맞추었다. "이게 무슨 짓이죠?"

그녀가 벽을 등지고 서서 화가 난 커다란 검은 눈으로 그를 가만히 쏘아보자 그는 꿈쩍도 하지 못했다.

"제 말 좀 들어 보세요! 당신을 사랑합니다!"

그녀는 갑자기 웃음을 터트렸다. 날카롭고 절망적이며 잔인한 웃음이었다. 델로리에는 그녀 목을 조르고 싶은 분노를 느꼈다. 그는 충동을 억누르고 은총을 바라는 패자 얼굴로 말했다.

"아! 당신이 틀렸어요! 난 그 사람처럼 차이지 않을 거예요."

"도대체 무슨 말씀 하시는 거예요?"

"프레데릭이요."

"아! 모로 씨는 불안하게 하지 않아요. 아까도 말씀드렸듯이!"

"오! 미안해요……! 미안해요……!"

그리고 신랄한 목소리로 말을 질질 끌며 그가 말했다.

"들으면 기뻐하실 만큼 그 친구에게 충분히 관심이 있으시다고 생각해서……."

그녀의 얼굴이 하얗게 질렸다. 옛 서기는 덧붙여 말했다.

"그 친구 곧 결혼합니다."

"그 사람이요!"

"늦어도 한 달 후에 로크 양하고요, 당브뢰즈 씨 관리인의 딸이죠. 그는 이 일 때문에 노장으로 떠났어요."

그녀는 마치 심한 충격을 받은 것처럼 손을 가슴에 얹었다. 그러나 곧 벨을 당겼다. 델로리에는 그를 문밖으로 쫓아낼 때까지 기다리지 않았다. 그녀가 돌아보자 그는 이미 사라지고 없었다.

아르누 부인은 약간 숨이 막혔다. 그녀는 숨을 들이쉬려고 창가로 갔다.

맞은편 보도 위에서 셔츠 차림으로 짐을 꾸리는 사람이 상자에 못질을 하고 있었다. 전세 마차들이 지나갔다. 그녀는 창문을 닫고 돌아와 의자에 앉았다. 이웃 고층 집들 탓에 햇볕이 가려져 실내가 써늘했다. 아이들은 나가고 없었고 주위에 움직이는 거라고는 아무것도 없었다. 마치 막막하게 빈 거대한 벌판 같았다.

'그 사람이 결혼한다고! 그럴 수 있을까!'

그녀는 몸을 떨었다.

'내가 왜 이러지? 그 사람을 사랑하는 걸까?'

그러고는 갑자기 말했다.

"그래, 사랑해! 그 사람을 사랑해!"

그녀는 무언가 끝없는 심연 속으로 빠져 들어가는 느낌이었다. 시계가 3시를 알렸다. 그녀는 사라져 가는 진동 소리를 듣고 있었다. 그리고 한곳을 응시한 채 여전히 미소를 지으며 소파에 걸터앉아 있었다.

그날 오후 같은 시각에 프레데릭과 루이즈 양은 로크 씨가 섬 끝에 소유한 정원을 산책했다. 늙은 하녀 카트린이 멀리서 그들을 지켜보았다. 그들은 나란히 걸었다. 프레데릭이 말했다.

"전에 내가 들판으로 데리고 나왔던 일 기억나요?"

그녀가 대답했다. "저한테 정말 친절하셨어요! 제가 모래로 케이크를 만들고 물뿌리개를 채우고, 그네를 타는 걸 도와주셨죠!"

"여왕이나 후작 부인 이름이 붙어 있던 그 인형들은 지금 다 어디 있어요?"

"정말, 나도 몰라요!"

"강아지 모리코는요?"

"물에 빠져 죽었어요, 불쌍한 것!"

"그러면 우리가 함께 판화에 색칠하던 『돈키호테』는요?"

"아직도 있어요!"

그는 그녀가 첫 영성체 날을 회상하고 저녁 기도 종소리가 울려 퍼지는 가운데 흰 베일을 쓰고 커다란 초를 든 채 다른 소녀들과 성가대석 주위를 돌던 그녀 모습이 매우 사랑스러웠다고 말했다.

그런 추억에 로크 양은 별로 관심이 없는 모양이었다. 그녀는 아무 대답도 없었다. 그리고 잠시 후에 말했다.

"나한테 소식도 한 번 전하지 않고 정말 가혹해요!"

프레데릭은 일이 많았다고 변명했다.

"뭐 하고 계시는데요?"

그는 질문에 당황했지만 정치를 공부한다고 말했다.

"아!"

그러고는 더 이상 묻지 않고 그녀가 말했다.

"그래도 할 일이 있잖아요, 근데 나는……!"

그러자 그녀는 만날 사람이 아무도 없고 재미있는 일도 전혀 없어 생활이 무미건조하다고 말했다! 말을 타고 싶다고도 했다.

"부사제님은 젊은 처녀에게 승마는 적당치 않다고 하세요. 예절이란 거 참 바보 같아요! 옛날에는 하고 싶은 대로 내버려 두더니 지금은 아무것도 못 해요!"

"아버님의 사랑을 받고 있잖아요!"

"네. 하지만……."

그녀는 '그건 행복에 충분치 않아요.'라는 뜻이 숨은 한숨을 지었다.

그러고는 침묵이 흘렀다. 발걸음에 모래가 사각거리는 소리와 물이 떨어지는 소리만이 들렸다. 센 강이 노장 상류에서 둘로 갈라지기 때문이었다. 물레방아를 돌리는 지류는 이곳에서 많은 물을 쏟아 내고 좀 더 아래쪽에서 강줄기에 합류했다. 다리 쪽에서 오면 오른쪽 강변에 잔디가 심어진 경사지가 있고 그것을 굽어보는 하얀 집이 보였다. 왼쪽 초원에는 포플러들이 늘어서 있고 맞은편 지평선은 구불거리는 강으로 둘러쳐져 있었다. 강은 거울처럼 평평했다. 커다란 곤충들이 잔잔한 수면 위를 미끄러져 갔고 강변에는 갈대와 등나무 덤불이 뒤얽혀 있었다. 각양각색 나무에는 황금색 봉오리가 피어 있거나 노란 꽃다발이 매달려 있고 맨드라미 꽃대가 세워져 있어서 여기저기 초록빛을 뿜어냈다. 강의 작은 만에는 수련이 피어 있었다. 그리고 섬 이쪽에서 늑대 덫이 숨겨진 오래된 버드나무들이 일렬로 늘어서서 정원에 경계를 지었다.

그 다른 편 소유지 안쪽에는 석판 지붕이 덮인 벽이 채소밭을 사면으로 둘러싸고 있었는데 최근에 일구어진 사각형 밭은 갈색 판자처럼 보였다. 멜론에 씌워진 종 모양 유리가 좁은 묘판 위에서 일렬로 번쩍거렸다. 아티초크, 강낭콩, 시금치, 당근 그리고 토마토가, 작은 깃털 술처럼 보이는 아스파라거스 밭까지 번갈아 심어져 있었다.

이 땅 전체가 집정 내각 시대에는 이른바 '호화 별장'으로 불렸다. 그때 이후로 나무들이 엄청나게 자랐다. 참으아리가 소사나무에 엉켜 있고 좁은 오솔길은 이끼로 덮여 있으며 사방에 가시나무가 무성했다. 풀 밑에는 석고 조각이 흩어져 있었다. 걷다 보면 철사로 만든 물건의 잔재가 발에 걸렸다. 건물에는 이제 파란 벽지가 너덜너덜한 1층 방 두 개밖에 남아 있지 않았다. 건물 정면에는 이탈리아풍 포도 덩굴이 뻗어 있었고 벽돌 기둥 위 나무 격자에는 포도나무가 받쳐져 있었다.

그들은 포도나무 격자 밑으로 왔다. 그리고 햇빛이 나뭇잎 사이로 불규칙하게 새어 들자 프레데릭은 옆에 자리한 루이즈에게 이야기하며 그녀 얼굴에 진 나뭇잎 그늘을 바라보았다.

그녀는 틀어 올린 빨간 머리 끝에 에메랄드를 모방한 유리 구슬이 달린 핀을 꽂고 있었다. 그리고 상복 차림에도 장밋빛 비단으로 장식된 밀짚 신을 신고 있었는데(그녀의 취향은 그토록 유치했다.) 분명 어느 장터에서 샀을 천박한 물건이었다.

그는 그것을 보고 빈정대며 칭찬을 했다.

"놀리지 마세요!" 그녀가 말했다.

그러고는 회색 펠트 모자부터 비단 양말까지 그를 훑어본 다음 말했다.

"굉장한 멋쟁이세요!"

그러고는 읽어야 할 책을 가르쳐 달라고 말했다. 그가 책 이름을 몇 개 말하자 그녀가 말했다.

"아! 정말 박식하세요!"

아주 어렸을 때부터 그녀는 종교적 순결함과 욕망의 격렬함이 동시에 섞인 어린아이의 애정 같은 것에 사로잡혀 있었다. 그는 그녀의 동료이자 오빠고 스승이며 그녀의 정신적 기쁨이고 그녀 가슴을 설레게 한 사람이며 자신도 모르게 마음속 깊이 은밀하고도 끊이지 않는 도취감을 불어넣어 준 사람이었다. 그리고 어머니를 막 잃고 가장 슬픔에 빠져 있을 때 그가 떠나 버려 그녀는 이중의 절망을 겪어야 했다. 그가 없는 동안에 그녀의 회상 속에서 그의 모습은 이상화되었다. 그는 일종의 후광에 싸여 돌아왔고 그녀는 천진난만하게 그를 다시 보는 기쁨에 젖어 있었다.

자기 인생에서 처음으로 프레데릭은 사랑받고 있음을 느꼈다. 유쾌한 감정의 폭을 넘지 않았지만 이 새로운 기쁨에 그는 가슴이 부풀어 올랐다. 그는 머리를 뒤로 젖히고 두 팔을 벌렸다.

그때 하늘에 커다란 구름이 흐르고 있었다.

루이즈가 말했다. "파리를 향해 가는군요. 따라가고 싶죠?"

"내가! 왜?"

그리고 날카로운 시선으로 그를 살피며 그녀는 대답했다.

"어쩌면 거기에……(그녀는 적당한 말을 찾았다.) 당신의 어떤 사랑이 있는지도 모르죠."

"아! 사랑 같은 건 없어요!"

"정말요?"

"그럼요, 아가씨. 물론이죠!"

일 년이 되기도 전에 이 소녀는 프레데릭이 깜짝 놀랄 만큼 엄청나게 변해 있었다. 잠시 침묵을 지킨 다음 그는 덧붙였다.

"옛날처럼 말을 놓는 게 좋지 않을까요?"

"아니요."

"왜죠?"

"그냥요!"

그는 계속 고집했다. 그녀는 고개를 숙이며 대답했다.

"감히 못 하겠어요!"

그들은 정원 끝 리봉 모래사장까지 왔다. 프레데릭은 동심이 발동해 자갈로 물수제비뜨기를 했다. 그녀는 앉으라고 말했다. 그는 그 말에 따랐다. 그러고는 떨어지는 물을 바라보며 말했다.

"나이아가라 같은데!"

그는 먼 나라와 긴 여행에 대해 얘기하기에 이르렀다. 그런 여행을 할 수 있다면 하는 생각에 그녀는 매료되었다. 그녀는 폭풍도 사자도 아무것도 무섭지 않을 것이었다.

그들은 나란히 앉아 이야기하며 앞에 있는 모래를 한 움큼 집어 손가락 사이로 흘려보냈다. 그리고 들판에서 불어오는 더운 바람에 라벤더 향기와 수문 뒤 배의 타르 냄새가 함께 실려 왔다. 폭포수 위로 햇빛이 쏟아졌다. 물 흐르는 작은 둑의 푸르스름한 돌들은 한없이 펼쳐지는 은빛 베일 속에 나타나는 것 같았다. 긴 거품 줄기가 규칙적으로 밑에서 다시 튀어올랐다. 그러고는 부글거리고 빙빙 돌며 수많은 역류를 이루다가 투명한 수면 속으로 사라졌다.

루이즈는 물고기의 생활이 부럽다고 중얼거렸다.

"저 물속을 마음대로 돌아다니고 온몸에 물결의 애무를 받을 수 있다면 얼마나 기분이 좋을까요."

그러고는 관능적인 아양을 부리며 몸을 부르르 떨었다.

그러나 누가 부르는 소리가 들렸다.

"어디 있니?"

"하녀가 부르는데요." 프레데릭이 말했다.

"됐어요! 괜찮아요!"

루이즈는 그대로 있었다.

"화낼 텐데." 그가 말했다. "상관없어요! 게다가……." 로크 양은 몸짓으로 하녀를 마음대로 할 수 있다는 것을 알렸다.

그래도 그녀는 자리에서 일어났다. 그러면서 머리가 아프다고 했다. 나뭇단이 쌓인 커다란 창고 앞을 지나면서 그녀가 물었다.

"이 안으로 들어가 보면 어떨까요, 숨막질하듯이요?"

그는 이 시골말을 못 알아들은 척했고 심지어 억양을 놀려

대기까지 했다. 입가가 차츰차츰 오므라지더니 그녀는 입술을 깨물었다. 그리고 토라져 그에게서 떨어졌다.

프레데릭은 다가가서 나쁜 뜻으로 한 말은 아니고 그녀를 매우 좋아한다고 말했다.

"정말이요?" 주근깨가 있는 얼굴에 환한 미소를 띠우며 그녀는 그를 향해 소리쳤다.

대담한 감정과 신선한 젊음에 매료되어 그가 말했다.

"내가 왜 거짓말하겠어? ……아직 못 믿지, 응?" 왼쪽 팔로 허리를 감싸며 그가 말했다.

비둘기처럼 감미로움에 젖어 외치는 소리가 목에서 새어나왔다. 머리가 뒤로 젖혀지면서 그녀가 정신을 잃자 그는 그녀를 부축했다. 그의 청렴함, 조심스러움도 소용없었다. 몸을 내맡기는 이 순결한 처녀 앞에서 그는 일종의 두려움에 사로잡혔다. 그는 그녀를 도와 천천히 몇 발자국 걷게 했다. 그는 더 이상 다정한 말은 하지 않았고 무의미한 얘기들만 하고자, 노장 사교계 사람들 얘기를 꺼냈다.

그녀는 갑자기 그를 밀어내며 씁쓸한 어조로 말했다.

"나를 데리고 갈 용기도 없지!"

그는 깜짝 놀란 표정으로 그대로 있었다. 그녀는 울음을 터트리며 그의 가슴에 머리를 묻었다.

"당신 없이 살 수 있을까요!"

그는 그녀를 진정시키려 애썼다. 그녀는 그의 얼굴을 정면으로 더 잘 보려고 그의 어깨에 두 손을 얹었다. 그리고 거의 야생적인 촉촉한 푸른 눈동자로 그를 뚫어지게 바라보며 물었다.

"내 남편이 되어 주겠어요?"

"글쎄……." 대답할 말을 찾으며 프레데릭이 말했다.

순간 로크 씨의 모자가 라일락 나무 뒤에서 나타났다.

그는 자신의 '젊은 친구'에게 근처 소유지를 보여 주려고 이틀 동안 데리고 다녔다. 돌아와 보니 프레데릭에게 편지 세 통이 와 있었다.

첫 번째는 당브뢰즈 씨의 짧은 편지로, 지난 화요일 만찬에 그를 초대하는 내용이었다. 무슨 일로 이렇게 정중하지? 그의 뜻밖의 행동을 용서한다는 말인가?

두 번째는 로자네트의 편지였다. 그녀는 자기를 위해 목숨을 걸어 감사하다고 말했다. 프레데릭은 처음에는 무슨 말인지 이해하지 못했다. 한참 빙빙 돌려서 말하다 마침내 그의 우정에 호소하면서 다정함을 믿는다며 무릎을 꿇고 애원하건 대 급하게 필요한 일이 있으니 500프랑만 빌려 달라고 빵 한 조각을 구걸하듯 간청하고 있었다. 그는 즉시 돈을 빌려 주기로 했다.

세 번째는 델로리에의 편지였는데 채권자 대리권에 대한 내용으로 길고 분명하지 않았다. 변호사는 아직 결정을 내리지 않았다. '돌아올 필요 없어!'라고 이상하게 강조하며 델로리에는 신경 쓸 필요가 없다고 했다.

프레데릭은 온갖 추측을 다 해 보았다. 그러자 그쪽으로 돌아가고 싶은 마음이 일었다. 자기 행동을 지시하는 듯한 이런 처사에 불쾌해졌다.

게다가 큰 거리들이 그립게 느껴지기 시작했다. 그리고 어머니가 그처럼 다그치고 로크 씨는 그의 주위를 맴돌며 루이즈 양은 그를 너무도 사랑해 분명히 대답을 주지 않고는 더 이상 있을 수 없었다. 그는 좀 더 생각해 보고 싶었고 멀리 있으면 판단을 하기가 더 좋을 것 같았다.

떠나기 위한 이유로 그는 구실을 만들어 냈다. 그리고 곧 돌아온다고 모든 사람에게 이야기했고 자신도 그렇게 믿으면서 떠났다.

6

파리에 돌아온 그는 전혀 즐겁지 않았다. 8월 말 저녁 큰 거리들은 텅 빈 듯했고 행인들은 찡그린 얼굴로 지나다녔으며 여기저기 아스팔트는 가마솥처럼 열기를 뿜어냈고 집들 대부분은 덧문이 완전히 닫혀 있었다. 그는 집에 도착했다. 벽걸이 천에는 먼지가 쌓여 있었다. 혼자 저녁을 먹으며 프레데릭은 묘한 고독을 느꼈다. 그러자 로크 양 생각이 났다.

결혼한다는 것이 더 이상 그렇게 엉뚱하게 생각되지는 않았다. 둘이서 여행으로 이탈리아와 근동에 가겠지! 그러자 언덕 위에 서서 경치를 바라보는 그녀 아니면 그의 팔에 매달려 피렌체 화랑 그림 앞에 발걸음을 멈추는 그녀 모습이 떠올랐다. 예술과 자연의 찬란함에 이 착하고 어린 존재가 활짝 피어나는 것을 본다면 얼마나 즐거울까! 지금 환경에서 벗어난다면 얼마 지나지 않아 그녀는 매력적인 동반자가 될 것이었다.

게다가 로크 씨 재산에도 마음이 끌렸다. 그러나 이런 결심이 허약하고 비겁해 보여 그는 혐오감을 느꼈다.

그러나 그는 (무슨 일을 하든) 생활 방식을 바꾸기로, 즉 결실 없는 사랑에 더 이상 마음을 빼앗기지 않기로 마음먹었다. 그리고 루이즈가 부탁한 일에 나서는 것조차 주저했다. 부탁이란 자크 아르누의 상점에서 트루아 도청에 있는 것과 같은 여러 빛깔의 커다란 흑인상 두 개를 사다 달라는 것이었다. 그녀는 아르누 상점 물건의 특징을 알고 있었고 다른 상점 것은 원치 않았다. 프레데릭은 '그들 집'에 갔다가 또다시 옛사랑에 빠질까 두려웠다.

저녁 내내 그는 생각했다. 그리고 잠자리에 들려는데 어떤 여자가 들어왔다.

바트나 양이 웃으며 말했다. "저예요. 로자네트 부탁으로 왔어요."

그럼 두 사람은 화해한 건가?

"아, 그럼요! 제가 악의 있는 사람이 아니라는 거 잘 아시잖아요. 게다가 불쌍한 아이…… 얘기하자면 너무 길어요."

요컨대 라 마레샬은 그를 만나기를 원했다. 편지가 파리에서 노장으로 돌아갔기 때문에 그녀는 답장을 기다리고 있었다. 바트나 양은 편지 내용은 전혀 몰랐다. 프레데릭은 라 마레샬의 안부를 물었다.

그녀는 지금 체르누코프 공작이라는 아주 부유한 러시아 사람과 함께 있다고 했다. 공작은 지난여름 샹드마르스 경마 경기 때 그녀를 보았다는 것이었다.

"마차가 세 대 있고 승마용 말, 하인, 영국식으로 입은 시동, 별장, 이탈리아 극장의 좌석, 그 외에도 수없이 가진 사람이에요."

바트나 양은 자신이 이러한 재산 변화의 덕을 보기라도 한 듯 더욱 쾌활하고 행복해 보였다. 그녀는 장갑을 벗고 방 안 가구와 골동품 들을 살펴보고는 마치 골동품 가게 주인처럼 정확한 가격을 매겼다. 자기와 의논했으면 더 싼 값으로 살 수 있었을 것이라며 그의 높은 취향을 칭찬했다.

"아! 이거 예쁘네요, 정말 괜찮아요! 당신 같은 사람 아니면 이런 생각 못 하죠."

그러고는 알코브 침대 머리에 문이 있는 것을 보고 물었다.

"이 문으로 애인들을 내보내나 보죠?"

그리고 다정하게 그의 턱을 만졌다. 그는 그녀의 여위고도 부드러운 긴 손의 감촉에 몸을 떨었다. 그녀의 소맷부리에는 레이스 장식이 달려 있었고 초록색 옷가슴에는 기마병처럼 장식 끈이 달려 있었다. 차양이 처진 검은 망사 모자가 이마를 약간 가렸는데 그 밑으로 두 눈이 반짝였다. 파출리[1] 향내가 양쪽으로 가른 머리에서 풍겨왔다. 작은 탁자 위에 놓인 카르셀등이 극장 광선처럼 밑에서 그녀를 비춰 턱이 두드러져 보였다. 그러자 갑자기 표범처럼 몸이 굽이치는 이 못생긴 여자 앞에서 프레데릭은 강렬한 갈망, 동물적인 욕정을 느꼈다.

그녀는 지갑에서 네모진 종이 세 장을 꺼내며 미끈한 목소

---

1) 인도산 꿀풀의 일종.

리로 말했다.

"이걸 사 주세요!"

그것은 델마르의 공연 입장권 세 장이었다.

"뭐요! 그 사람이에요?"

"물론이죠!"

바트나 양은 더 이상 설명하지 않고 그 어느 때보다도 그를 열렬히 좋아한다고 덧붙였다. 그녀 말에 따르면 그는 확실하게 '당대 최고'의 줄에 끼는 모양이었다. 그저 이런저런 인물을 연기하는 게 아니라 프랑스의 정신 그 자체, 민중을 연기한다고 했다! 그는 '인도주의적 영혼'을 지녔으며 '예술의 천직'을 아는 사람이었다! 프레데릭은 이러한 찬사에서 해방되기 위해 그녀에게 표 석 장 값을 주었다.

"그 집에 가서 이런 얘기할 필요 없어요! 어머, 늦었네! 가 봐야 해요. 아, 주소를 말 안 했어요. 그랑주 바틀리에 14번지예요."

그러고는 문지방에서 인사했다.

"잘 있어요, 사랑받는 남자!"

프레데릭은 생각했다. '누구한테? 참 묘한 사람이야!'

그러자 어느 날 뒤사르디에가 마치 수치스러운 일을 암시하듯 그녀에 대해 "오! 별것 아니에요!"라고 한 말이 생각났다.

이튿날 그는 라 마레샬 집에 갔다. 그녀는 차양이 밖으로 나온 새집에 살고 있었다. 층계참마다 거울이 걸려 있었고 창문 앞에는 시골풍 화분이 놓여 있었으며 계단 위에는 마직 융단이 깔려 있었다. 밖에서 들어올 때 계단의 서늘함에 피로가 풀렸다.

빨간 조끼를 입은 남자 하인들이 문을 열어 주었다. 대기실 긴 의자에는 드나드는 상인들인 듯한 한 여자와 두 남자가 마치 장관 저택 현관에서처럼 기다리고 있었다. 왼쪽에 반쯤 열린 식당 문으로 찬장 안 빈 병들, 의자 등에 걸린 냅킨들이 보였다. 그리고 식당과 나란히 복도가 뻗어 있었는데 금빛 막대들이 장미 가지를 받치고 있었다. 아래쪽 마당에서는 남자 둘이 팔을 걸은 채 사륜마차를 닦고 있었다. 가끔 돌에 글겅이가 부딪히는 소리와 함께 그들 목소리가 들려왔다.

하인이 다시 왔다. "부인이 만나시겠답니다." 그는 하인을 따라 두 번째 대기실을 지난 다음 큰 응접실을 지났다. 응접실에는 노란 비단이 쳐져 있었고 네 모퉁이에 있는 밧줄 꼴 쇠시리는 천장에서 합쳐졌는데 덩굴무늬가 새겨진 닻줄 모양 샹들리에까지 이어지는 느낌이었다. 지난밤에 파티를 연 게 분명했다. 담뱃재가 탁자 위에 남아 있었다.

마침내 그는 색 유리창으로 흐릿하게 밝혀진 규방으로 들어갔다. 문 위쪽에는 클로버 모양으로 조각한 목재 장식이 있었다. 난간 뒤에는 자줏빛 매트 세 개가 긴 의자를 이루었고 그 위에는 백금 수연통 파이프가 굴러다녔다. 벽난로 위에는 거울 대신 온갖 진기한 수집품이 있는 피라미드 모양 선반이 있었다. 낡은 은시계, 보헤미아산 나팔, 보석 고리, 옥단추, 칠보, 사기 인형, 도금된 긴 옷을 입은 비잔틴풍 작은 성모상 들이 있었다. 이 모든 것이 융단의 푸르스름한 색깔, 의자에서 반사되는 진줏빛, 밤색 가죽이 드리워진 벽의 엷은 황갈색과 더불어 황금빛 석양 속에 용해되고 있었다. 방구석, 작은 밑받침 위에 놓인 청동 화병에 꽂힌 꽃다발이 공기를 무겁게 짓눌렀다.

분홍색 비단 상의에 하얀 캐시미어 바지와 피아스터 은화로 만든 목걸이 그리고 재스민 가지가 감긴 붉은 빵모자를 쓴 로자네트가 나타났다.

프레데릭은 놀랍다는 몸짓을 했다. 그러고는 지폐를 내놓으며 '부탁한 것'을 가져왔다고 말했다.

그녀는 깜짝 놀라 그를 쳐다보았다. 그는 돈을 어디에 놓아야 할지 몰라 손에 계속 쥐고 있다가 말했다.

"자, 받으세요!"

그녀는 돈을 받아 긴 의자 위에 던졌다.

"참 친절하세요."

돈을 부탁한 건 그녀가 연부 지불하는 벨빌의 땅값을 청산하기 위해서였다. 너무도 격식 없는 말에 프레데릭은 불쾌해졌다. 하긴 오히려 잘됐어, 이 일로 내가 옛날에 당한 일을 복수하는 셈이 되니까.

그녀가 말했다. "앉으세요! 좀 더 가까이." 그리고 엄숙한 어조로 말을 이었다. "우선 목숨을 걸어 주신 일에 감사하다는 말을 해야겠어요."

"오! 별거 아니에요!"

"뭐라고요! 아주 훌륭한 일이죠!"

그라고 라 마레샬은 난처할 정도로 감사 표시를 했다. 그녀는 프레데릭이 오직 아르누만을 위해 결투를 했다고 생각하는 듯했다. 아르누가 그렇게 생각하고 얘기한 것이 분명했다.

'어쩌면 나를 조롱하는지도 모르지.' 프레데릭은 생각했다.

그는 할 일을 마치자 약속이 있다는 핑계로 일어섰다.

"안 돼요! 좀 더 계세요!"

그는 다시 앉아 그녀의 옷차림에 찬사를 보냈다.

그녀는 낙담한 듯한 모습으로 대답했다.

"공작이 이런 모습을 좋아해요! 그리고 이런 기구도 피워야 하고." 수연통을 가리키며 그녀가 덧붙였다. "좀 피워 보실래요?"

불을 가져왔다. 인조금에 불이 잘 붙지 않자 그녀는 안달이나 발을 구르기 시작했다. 그러고는 무력감에 빠져 쿠션 하나를 겨드랑이에 끼고 몸을 약간 비튼 채 무릎은 구부리고 한 발은 똑바로 뻗은 자세로 긴 의자 위에 꼼짝하지 않고 앉아 있었다. 바닥에 뱀의 또아리처럼 구불구불 놓인 붉은 모로코 가죽관이 그녀 팔에 감겨 있었다. 그녀는 호박 부리에 입술을 대고 연기의 소용돌이에 감싸여 눈을 깜박이며 프레데릭을 바라보았다. 그녀가 숨을 들이쉴 때면 물이 콸콸 소리를 냈고 그녀는 가끔씩 중얼거렸다.

"정말 사랑스러운 젊은이야! 정말 사랑스러워!"

그는 즐거운 화젯거리를 애써 찾았다. 바트나 양이 머리에 떠올랐다.

그는 그녀가 무척 우아해 보이더라고 말했다.

라 마레샬이 말했다. "물론이죠! 제가 있어서 아주 행복하죠, 그 여자!"

그녀는 그 이상 한마디도 덧붙이지 않았다. 그만큼 그들 사이의 대화는 제한되어 있었다.

두 사람 모두 어떤 구속, 장애를 느꼈다. 사실 로자네트는 자신이 원인이라고 생각한 결투 때문에 자부심을 느꼈다. 그래서 프레데릭이 자기 행동을 자랑하러 오지 않는 데 매우 놀랐다. 그러자 그를 오게 하려고 500프랑이 필요하다는 사실을 생각해 냈던 것이다. 어떻게 프레데릭은 감사의 표시로 일말의 애정도 요구하지 않는 걸까! 그런 세련된 태도에 그녀는 감탄했다. 그리고 충동적 기분에 따라 그에게 말했다.

"우리하고 같이 해수욕 가실래요?"

"'우리'라니 누구죠?"

"나하고 우리 그 사람이요. 당신을 내 사촌이라고 할게요, 옛날 희극에서처럼."

"안 돼요!"

"그러면 우리들 가까이 숙소를 정하세요."

돈 많은 남자를 피해 몸을 숨긴다는 사실에 그는 수치를 느꼈다.

"안 돼요! 불가능한 일입니다."

로자네트는 눈물이 나 고개를 돌렸다. 그걸 보고 프레데릭은 그녀에게 관심이 있다는 것을 나타내기 위해 그녀가 이렇게 잘 사는 걸 보니 기쁘다고 말했다.

그녀는 어깨를 으쓱했다. 누가 마음 아프게 하는 건가? 혹시 그 사람이 사랑하지 않는 건 아닌가?

"오! 저요, 저야 언제나 사랑받죠!"

그녀는 덧붙였다.

"어떤 방법이냐가 문제겠죠."

"더워서 숨이 막힐 것 같다."라고 불평하며 라 마레샬은 웃옷을 벗었다. 그리고 허리 주위에 비단 내의만을 걸친 채 아주 선정적인 노예의 모습으로 머리를 한쪽 어깨 위로 기울였다.

좀 더 가벼운 이기적인 남자라면 자작이나 코맹 씨나 혹은 누군가 다른 사람이 불쑥 나타날지도 모른다고 생각하지 않았을 것이다. 그러나 프레데릭은 이미 너무 여러 번 이런 시선에 속아 왔기 때문에 또다시 그런 수모를 당할 일은 하지 않았다.

그녀는 그가 누구와 알고 지내는지 소일거리는 무엇인지 알고 싶어 했다. 심지어 그의 사업에 대해 물어보고 필요하면 돈을 빌려 주겠다고까지 했다. 프레데릭은 더 이상 참지 못하고 모자를 집어 들었다.

"그럼 가셔서 즐겁게 보내세요. 잘 있어요!"

그녀는 눈을 크게 떴다. 그러고는 싸늘한 어조로 말했다.

"잘 가요!"

그는 노란 응접실과 두 번째 대기실을 다시 지났다. 탁자 위 명함이 가득한 그릇과 잉크병 사이에 조각된 은상자가 놓여 있었다. 아르누 부인 것이었다! 그러자 그는 측은한 마음과 동시에 신성 모독에 대한 것 같은 분노를 느꼈다. 그는 상자를 만져 보고 열어 보고 싶었다. 그러나 누가 알아챌까 두려워 그대로 떠났다.

프레데릭은 용기를 부려 아르누 집에 가지 않았다.

그는 하인에게 이런저런 필요한 주의를 주며 흑인상 두 개를 사 오라고 했다. 그날 저녁 소포는 노장으로 발송되었다. 다음 날 델로리에 집에 가려고 프레데릭은 비비엔 거리와 대로 사이 모퉁이를 지나다가 아르누 부인과 정면으로 마주쳤다.

두 사람은 처음에 뒤로 물러섰다. 그러고는 똑같이 입가에 미소를 띠고 다가갔다. 잠시 동안 어느 쪽도 입을 열지 않았다.

햇빛이 그녀를 감싸고 있었다. 갸름한 얼굴, 긴 눈썹, 어깨 선이 드러나는 검은 레이스 숄, 비둘기색 비단옷, 모자 한쪽에 꽂힌 제비꽃, 이 모든 것이 놀라우리만큼 눈이 부셨다. 그녀의 아름다운 두 눈에서는 그윽함이 무한히 흘러넘쳤다. 그러자 그가 무심코 떠오른 말을 더듬거렸다.

"아르누는 잘 지내요?" 프레데릭이 말했다.

"덕분에요!"

"아이들은요?"

"아주 잘 지내요!"

"아⋯⋯! 아⋯⋯! 날씨 참 좋죠?"

"네, 정말 좋네요!"

"뭘 사러 가시나요?"

"네."

그리고 천천히 머리를 숙이며 그녀가 인사했다.

"안녕히 가세요!"

그녀는 악수를 청하지도 않았고 단 한 마디 다정한 말도 하지 않았으며 심지어 집으로 오라고 청하지도 않았다. 아무래도 좋았다! 이 만남을 가장 아름다운 사랑의 모험과도 바꾸지 않을 것이었다. 그러면서 그는 길을 계속 가며 그 순간의 감미로움을 되새겼다.

델로리에는 친구를 보자 놀라워했지만 분한 감정은 감추었다. 아르누 부인에 대한 희망을 프레데릭이 아직도 집요하게 품고 있기 때문이었다. 그는 좀 더 자유롭게 책략을 펼치기 위해 프레데릭에게 시골에 머물러 있으라고 썼던 것이다.

그래도 그는 그들 부부의 재산이 공유 재산인지 알아보기 위해 아르누 부인을 찾아갔었다는 얘기를 했다. 만일 그렇다면 부인에게 소송을 제기할 수도 있기 때문이었다. "그리고 네가 결혼한다고 했더니 그 여자 묘한 얼굴을 하던데."

"아, 무슨 그런 터무니없는 말을!"

"네가 돈이 필요하다는 걸 보이기 위해서 어쩔 수 없었어! 무관심한 사람이라면 그녀처럼 정신 나간 모습은 하지 않을 거야."

"정말?" 프레데릭이 외쳤다.

"아! 자식, 이제 본심이 나오는군. 자, 솔직히 말해 봐!"

더없이 두려운 마음이 아르누 부인을 사랑하는 사람을 사로잡았다.

"천만에⋯⋯! 정말이야⋯⋯! 맹세하건대!"

이러한 나약한 부정에 델로리에는 확신을 했다. 그는 친구를 격려하며 '자세한 얘기'를 해 달라고 했다. 프레데릭은 아무 얘기도 하지 않았고, 심지어 이야기를 꾸며내고 싶은 욕망도 참아 냈다.

저당에 대해서 그는 아무것도 하지 말고 기다리자고 했다. 델로리에는 잘못 생각하는 거라며 격한 어조로 충고했다.

그는 전에 없이 어둡고 악의에 차 있으며 조급했다. 일 년 후에도 운이 트이지 않으면 미국으로 가는 배를 타든지 총으로 머리를 쏘든지 할 것이었다. 마침내 그가 모든 일에 분개하고 그토록 극단적으로 과격한 태도를 보이자 프레데릭은 이렇게 말할 수밖에 없었다.

"세네칼하고 똑같아."

이 말을 듣자 델로리에는 세네칼이 생펠라지 감옥에서 석방되었다고 했다. 예심에서 기소하기에 증거가 불충분하기 때문이었을 거라는 말이었다.

석방을 축하하기 위해 뒤사르디에는 '펀치'를 대접하고 싶은데 프레데릭에게 "참석해 달라고" 부탁하면서 세네칼을 위해 애쓴 위소네도 참석한다고 알려 주었다.

사실 《플랑바르》는 사업소를 얼마 전 병설하고 나서 안내서에 '포도주 양조원 직매소. 광고 대리점. 대금 회수 안내소 등'이라고 써 놓았다. 그러나 보헤미안은 이 사업이 그의 문학적 평판에 해를 끼칠까 두려워 수학자를 회계사로 고용했다. 소박하긴 했지만 이 자리가 없었더라면 세네칼은 굶어 죽었을 것이다. 프레데릭은 그 선량한 회사원에게 상처를 주고 싶지 않아 초대에 응했다.

뒤사르디에는 사흘 전부터 다락방 붉은 바닥에 왁스 칠을 했고 안락의자를 털었으며 벽난로 위 먼지를 털었다. 벽난로 위에는 종유석과 야자열매 사이에 둥근 유리 덮개가 씌워진 설화 석고 시계가 놓여 있었다. 가지고 있는 촛대 두 개와 휴대용 촛대로는 부족해 그는 문지기에게 대형 촛대 두 개를 빌렸다. 이렇게 해서 촛불 다섯 개가 서랍장 위에서 빛을 발했고 서랍장 위는 냅킨 세 장으로 덮어 두어서 마카로니와 비스킷, 브리오슈와 맥주 열두 병이 좀 더 단정하게 보이도록 했다. 그 맞은편 벽에는 노란 벽지가 발라져 있었고 마호가니로 된 작은 책장에는 『라 샹보디 우화』, 『파리의 비밀』, 노르뱅의 『나폴레옹 전기』가 꽂혀 있었다. 그리고 침대 맡 움푹한 벽 중앙에는 자단나무 액자에 끼워진 베랑제 얼굴이 미소 짓고 있었다.

초대받은 사람들 중에는(델로리에와 세네칼 외에) 최근 약사 시험에 합격했지만 돈이 없어 개업을 못 하는 사람, 뒤사르디에와 같은 상점에서 일하는 젊은이, 포도주 중개인, 건축가, 보험 회사 직원이 있었다. 르쟁바르는 오지 못했다. 그 때문에 모두 아쉬워했다.

모두들 뒤사르디에를 통해 당브뢰즈 댁에서 프레데릭이 한 말을 알고 있었기 때문에 커다란 호의로 그를 맞이했다. 세네칼은 의연한 태도로 그에게 손을 내밀 뿐이었다.

세네칼은 벽난로에 기대어 서 있었다. 다른 사람들은 앉아서 파이프를 입에 물고 보통 선거에 대한 그의 연설을 들었다. 보통 선거를 통해 민주주의가 승리할 수 있고 복음서 원칙이 실현된다는 것이었다. 게다가 그는 때가 가까워졌다고 했다. 개혁 연회[2]가 피에몽, 나폴리, 토스카나 같은 지방 도시에 확산되고 있으며……

그의 말을 끊으며 델로리에가 말했다. "사실이야. 이대로 더 이상 계속될 수는 없어!"

---

2) 선거법 개정을 주장한 반정부파의 연회.

그러고는 현재의 전반적 상황을 설명하기 시작했다.

우리는 영국으로부터 루이필리프의 승인을 얻기 위해 네덜란드를 희생했다. 그리고 그 유명한 영국 동맹도 스페인 왕실과의 결혼으로 무효가 됐다! 스위스에서는 기조 씨가 오스트리아 뜻에 따라 1815년 조약[3]을 지지했다. 프로이센은 관세 동맹으로 우리에게 문제를 일으킬 것이었다. 근동 문제도 미해결 상태였다.

"콘스탄티누스 대공[4]이 도말 공작에게 선물을 보낸다고 해서 러시아를 믿을 수는 없지. 국내 사정을 보자면, 이처럼 눈이 어둡고 어리석은 꼴은 처음 봤어! 다수파마저도 흔들리고 있어! 요컨대 어디를 봐도, 흔히 하는 말로 무(無)! 무! 무야! 그리고 이렇게 수치스러운 상황 속에서도……." 변호사는 주먹을 허리에 대고 계속했다. "그들은 만족한다고 떠들어 대고 있어."

유명한 어느 의결안을 빗대어 하는 이 말에 모두들 박수를 쳤다. 뒤사르디에는 맥주병을 땄다. 거품이 커튼에 튀어 올랐지만 그는 상관하지 않았다. 그는 파이프에 담배를 채우고 브리오슈를 잘라 나누어 주며 펀치가 오는지 보려고 몇 번이나 아래층으로 내려갔다. 그러자 얼마 안 있어, 모두들 정부에 똑같이 분개하고 있는 만큼 흥분하기 시작했다. 부당함에 대한 증오라는 이유만으로 분노는 격렬했다. 정당한 불만에 섞여

---

3) 가톨릭 지구 자치권을 보장하기 위한 프랑스와 오스트리아의 외교적 개입.
4) 러시아의 대공, 자신의 왕위 계승권을 니콜라 1세에게 양도했다.

매우 어리석은 불만들도 튀어 나왔다.

약사는 함대의 초라한 상태를 한탄했다. 보험 회사 직원은 술트 원수를 비호하는 보초병 두 명을 비난했다. 델로리에는 최근 공식적으로 릴에 정착한 예수회 사람들을 비난했다. 세네칼은 쿠쟁 씨를 한층 더 비난했다. 그의 절충주의 학설이 이성으로부터 확실성을 끌어내라고 가르치면서 연대 의식을 파괴하기 때문이었다. 포도주 중개인은 이런 일들을 잘 알지 못해 그동안 겪은 여러 가지 치욕스러운 일들은 잊었다고 큰 소리로 말했다.

"북부 노선에 있는 왕실 전용 차량이 8만 프랑은 나간다는데! 돈은 누가 내는 거지?"

"맞아요, 누가 돈을 내느냐고요?" 회사원이 마치 자기 주머니에서 누가 이 돈을 빼간 것처럼 화를 내며 말했다.

증권 거래소의 자본주들과 공무원들의 부패에 대한 비난이 이어졌다. 세네칼은 우선 더 위로 올라가 섭정 시대 풍습을 부활시키려는 귀족들을 책망해야 한다고 했다.

"최근에 몽팡시에 공작의 친구들이 뱅센에서 틀림없이 취해서 돌아오다가 노래를 불러 잠자던 생탕투안 거리 노동자들을 방해한 거 봤죠?"

약사가 말했다. "'도둑놈은 물러가라!'라고 소리까지 질렀어요. 나도 거기서 소리쳤어요!"

"잘된 거죠! 테스트와 퀴비에르 재판[5] 이후로 민중이 드디

---

5) 건설부 장관과 육군 대신 두 사람은 군수 관계 독직 혐의로 처벌되었다.

어 깨어나고 있으니까."

뒤사르디에가 말했다. "난 그 재판 때 마음이 안 좋았어요. 한 늙은 군인의 명예를 실추시키는 일이었으니까요!"

세네칼이 계속했다. "그거 알아요, 프라슬랭 공작 부인 집에서 찾아낸 게[6]……?"

그러자 갑자기 누군가 발로 문을 차고 들어왔다. 위소네였다.

"모두들 안녕!" 침대에 걸터앉으며 그가 말했다.

그는 자기가 쓴 기사에 대해서는 일언반구도 하지 않았다. 라 마레샬에게 호되게 비난을 받은 그는 그 기사를 쓴 일을 후회하고 있었다.

그는 방금 뒤마 극장에서 「붉은 집의 기사」[7]를 보고 오는 길이라면서 연극은 "지루했다."라고 말했다.

그러한 평에 민주주의자들은 놀랐다. 이 연극은 경향이나 특히 배경이 그들의 열정에 잘 맞는 것이었기 때문이다. 그들은 항의했다. 세네칼은 결단을 내리기 위해 연극이 민주주의에 도움이 되는지 물었다.

"그래…… 아마도. 그런데 그 양식이……."

"그러면 좋은 연극이지. 양식이 뭐가 중요해요? 사상이 중요하지!"

그리고 프레데릭이 말하려는 것을 가로막고 덧붙였다.

_____

6) 프라슬랭 공작 부인 암살 사건을 암시한다. 범인으로 지목된 부인의 남편은 출정 직전에 자살했다.
7) 알렉상드르 뒤마의 소설을 극으로 각색한 것.

"그러니까 내가 주장한 건 프라슬랭 사건에서……."

위소네가 그의 말을 멈췄다.

"아! 또 똑같은 얘기야! 지겨워!"

델로리에가 대꾸했다. "다른 사람들도 그래! 그 사건으로 다섯 개 신문사가 금지 조치 당했어요! 여기 적힌 내용 들어 봐요."

그리고 수첩을 꺼내 읽기 시작했다.

"그 훌륭한 공화국 수립 이후 출판법 재판이 1229건 있었고 그중 작가들에게 내려진 판결은 총 3141년 징역, 총 711만 500프랑 벌금이에요. 대단하지 않아요?"

모두들 씁쓸하게 웃었다. 프레데릭은 다른 사람들처럼 흥분해서 말했다.

"《데모크라시 파시피크》는 「여성의 기여」라는 연재 소설 때문에 기소됐어요."

위소네가 말했다. "자! 좋아! 여성에 대한 우리의 기여도 금지하겠네!"

델로리에가 외쳤다. "그런데 금지되지 않은 게 있나? 뤽상부르 공원에서 담배 피우는 것도 금지되어 있고 피오 9세 찬가를 부르는 것도 금지되어 있고!"

"인쇄소 직공들 연회도 금지예요!" 희미한 목소리로 누군가가 말했다.

침대 자리 벽 그늘에 가려 그때까지 말없이 있던 건축가의 목소리였다. 그는 지난주 국왕 모욕죄로 루제라는 사람이 체포되었다고 말했다.

"루제[8]가 튀겨졌군." 위소네가 말했다.

이 농담이 너무도 무례하다고 생각한 세네칼은 '반역자 뒤무리에의 친구였던 시청의 광대'[9]를 변호한다고 위소네를 나무랐다.

"내가? 그 반대지!"

그가 보기에 루이필리프는 평범하고 국민군처럼 무력하며 속물로, 지루함의 대명사라는 것이었다! 그러고는 손을 가슴에 얹고 장중한 문구를 지껄였다. "언제나 새로운 기쁨으로…… 폴란드 국민은 멸망하지 않을 것이다…… 우리의 위대한 사업은 계속되리라…… 우리 가족을 위해 돈을……." 모두들 그를 더없이 매력적이고 기지가 넘치는 사내라고 하며 웃어 댔다. 음식점 주인이 펀치를 그릇에 담아 가져오자 즐거움은 더해졌다.

알코올과 촛불 열기로 실내는 곧 따뜻해졌다. 다락방 불빛이 뜰을 지나 맞은편 지붕 언저리와 어둠 속에 검게 서 있는 벽난로 굴뚝을 비추었다. 그들은 큰 소리로 동시에 떠들어 댔다. 외투도 벗어 버린 채였다. 가구를 두드리기도 하고 잔을 부딪치기도 했다.

위소네가 소리쳤다.

"숙녀들을 올라오게 해, 좀 더 「넬의 탑」[10]처럼 되도록, 지

---

8) 숭어의 일종.

9) 민주적 혁명의 진압자 루이필리프를 가리킨다.

10) 뒤마의 연극으로 부르고뉴 공의 세 딸이 통행인을 고탑에 끌어들여 음탕한 짓을 한다는 내용이다.

방색[11]이 살도록, 렘브란트식이 되도록, 빌어먹을!"

그러자 계속 펀치를 휘젓던 약사가 목청껏 노래를 부르기 시작했다.

우리 집 외양간에 큰 소가 두 마리 있네,
크고 하얀 소 두 마리……[12]

세네칼이 손으로 그의 입을 막았다. 무질서한 건 싫었기 때문이다. 같은 건물에 사는 사람들이 뒤사르디에 방에서 이는 엉뚱한 법석에 놀라 창문을 내다봤다.

이 착한 청년은 행복했다. 그리고 오늘 저녁이 예전에 나폴레옹 강변에서의 작은 모임을 생각나게 한다고 말했다. 그때 있던 사람들 중 몇몇은 자리하지 않았다. "펠르랭도……."

"그 사람은 없어도 괜찮아." 프레데릭이 말했다.

그러자 델로리에가 마르티농 소식을 물었다.

"그 재미난 선생은 뭐 하고 지내?"

즉시 프레데릭은 그에 대한 반감을 토해 내며 그의 정신, 성격, 거짓 우아함, 그 사람 전체를 공격했다. 그야말로 출세한 농부의 표본이라고 했다! 새로운 귀족 계층, 부르주아는 옛 상류층인 귀족 계급에 미치지 못하였다. 그의 이런 주장에 민주주의자들은 동감했다. 마치 프레데릭이 옛 귀족층의 일원이

---

11) 19세기 낭만주의 문학의 특징.
12) 노동자 시인 피에르 뒤퐁의 노래.

고 그들은 새로운 상류층 사람들과 교제라도 한 듯했다. 모두들 그가 있어 즐거워했다. 심지어 약사는 그를 프랑스 상원 의원이면서도 민중의 입장을 옹호한 달통셰에 비교했다.

돌아갈 시각이 되었다. 모두들 열렬히 악수를 나누며 헤어졌다. 뒤사르디에는 우정의 마음으로 프레데릭과 델로리에를 배웅했다. 그들이 거리로 나오자마자 변호사는 뭔가 곰곰이 생각하는 모습이었다. 그리고 잠시 침묵을 지킨 다음 프레데릭에게 물었다.

"펠르랭에게 화가 많이 난 거야?"

프레데릭은 그에 대한 노여움을 감추지 않았다.

그렇지만 화가는 진열장에서 그 그림을 이미 치웠다. 아무것도 아닌 일로 싸우면 안 되지 않나! 서로 적이 돼서 좋을 건 뭔가?

"돈 없는 사람이 화가 나서 그런 거지, 용서할 만하잖아. 이해 못 하겠니!"

델로리에가 자기 집으로 들어간 뒤에도 회사원은 프레데릭을 놓아 주지 않았다. 뒤사르디에는 심지어 그에게 초상화를 사도록 권했다. 사실 펠르랭은 그를 위협하는 일을 포기하고 두 사람을 구슬려 그 덕으로 원하는 바를 얻어 내고자 했다.

델로리에는 다시 이 얘기를 꺼내 고집을 피웠다. 예술가의 요구가 적절하다는 것이었다.

"내 생각에 대충 500프랑이면 아마……."

"아! 갖다 줘! 자, 여기." 프레데릭이 말했다.

그날 저녁 그림이 왔다. 처음 봤을 때보다 혐오스럽게 느껴졌다. 중간색과 그림자 부분이 너무 자주 붓질을 해 납빛이 되었고, 여기저기 흩어져 전체 조화를 깨뜨리는 밝은 부분에 대비되어 어두워 보이는 듯했다.

프레데릭은 지독하게 그림에 욕설을 퍼부으며 그 값을 지불한 분풀이를 했다. 델로리에는 그의 말을 그대로 믿고 그런 처사에 칭찬을 했다. 델로리에는 지금도 여전히 한 군단을 만들어 그 우두머리가 될 야망을 품고 있었기 때문이다. 자신이 하기에는 불쾌한 일을 친구에게 시키고 기뻐하는 사람들이 있다.

그러나 프레데릭은 당브뢰즈 집에 찾아가지 않았다. 자금이 없었다. 설명을 하자면 끝이 없을 테지만 그는 결정을 내리지 못했다. 어쩌면 자신이 옳은 건 아닐까? 석탄 사업이든 뭐든 이제 확실한 건 아무것도 없었다. 그런 세계는 포기해야 했다. 마침내 델로리에는 프레데릭으로 하여금 이 사업을 단념하도록 했다. 부르주아에 대한 증오로 그는 도덕적으로 변했다. 그리고 프레데릭이 평범하게 사는 것이 좋았다. 그러면 자기와 대등한 위치에서 더욱 친숙하게 지낼 수 있을 것이기 때문이었다.

로크 양이 받은 물건은 주문한 것과는 딴판이었다. 그녀의 아버지는 이를 알리고 매우 상세한 설명을 보내 왔다. 그러면서 이런 농담으로 끝을 맺었다. "자네에게 흑인 병(病)을 옮길 위험을 무릅쓰고."

프레데릭은 아르누 집에 다시 갈 수밖에 없었다. 가게로 올라갔으나 아무도 없었다. 장사가 안 되자 점원들도 주인처럼 무관심해진 것이다.

그는 실내 중앙에서 도자기가 쭉 놓인 긴 진열대를 따라 걸었다. 그러고는 구석 계산대 앞에 이르러 들릴 정도로 발소리를 크게 내며 걸었다.

칸막이 커튼이 걷히더니 아르누 부인이 나타났다.

"아니, 당신이 여기에, 당신이!"

"네." 약간 동요되어 그녀는 말을 더듬거렸다. "전 뭘 찾느라…….."

책상 옆에 그녀의 손수건이 보였다. 그래서 그는 그녀가 어떤 일의 진상을 알아보기 위해 어쩌면 불안을 떨쳐 버리기 위해 남편을 보러 상점으로 내려온 거라 짐작했다.

"그런데…… 혹시 뭐 필요한 거 있으세요?" 그녀가 말했다.

"별거 아니에요, 부인."

"여기 점원들 못 참겠군요. 항상 자리에 없어요."

그들을 나무랄 필요는 없었다. 오히려 그는 이런 상황이 마음에 들었다. 그녀는 빈정대는 눈초리로 그를 바라보았다.

"그런데 결혼은요?"

"무슨 결혼이요?"

"당신 결혼이요!"

"저요? 말도 안 돼!"

그녀는 아니냐는 몸짓을 했다.

"설사 그런다 한들? 아름다운 꿈에 절망하면 사람은 평범함 속으로 도망치죠!"

"당신의 모든 꿈이, 그런데 그렇게…… 순수한 것만은 아니더군요."

"무슨 뜻이죠?"

"당신이 경마장에…… 사람들과 함께 오는 걸 보면!"

그는 라 마레샬을 저주했다. 그러자 한 가지 일이 생각났다.

"그런데 예전에 아르누 일로 그녀를 만나 달라고 부탁한 건 당신이잖아요!"

그녀는 고개를 저으며 대답했다.

"그런데 당신은 그걸 핑계 삼아 즐기고 계시잖아요."

"세상에! 그런 바보 같은 일은 전부 잊어버려요!"

"맞아요, 곧 결혼하실 테니까!"

그리고 그녀는 입술을 깨물며 한숨을 참았다.

그러자 그가 소리쳤다.

"그런데 다시 말하지만 아니에요! 제가, 지적인 욕구와 그런 습관을 지닌 제가 카드놀이를 하고 석공을 감시하며 나막신이나 신고 나다니려고 시골에 파묻힌다는 게 믿어지세요! 아니라면 무슨 목적으로? 그 여자가 부자라고 말하던가요? 아! 나 돈 필요 없어요! 가장 아름답고 가장 부드러우며 가장 매혹적인 것, 인간 형상의 낙원을 원하다가 마침내 그것을, 그 이상을 찾았을 때 그 영상에 가려 다른 모든 어떤 것도 눈에 보이지 않을 때……."

그러고는 그녀의 머리를 두 손으로 감싸고 눈꺼풀에 입을 맞추며 되풀이했다.

"아니! 아니! 아니! 절대로 결혼하지 않을 거예요! 절대로! 절대로!"

그녀는 놀라움과 황홀에 차 굳어 버린 채 그의 애무를 받았다.

계단 위 상점 문이 다시 닫혔다. 그녀는 펄쩍 뒤로 물러섰다. 그리고 그에게 조용히 하라고 명하듯 손을 뻗은 채로 있었다. 발자국 소리가 가까워졌다. 그러고는 누군가 밖에서 외쳤다.

"부인 거기 계세요?"

"들어오세요!"

아르누 부인이 한쪽 팔꿈치를 계산대 위에 올린 채 손가락 사이에 조용히 펜을 굴리고 있자 경리가 문을 열었다.

프레데릭은 일어섰다.

"부인, 인사드립니다. 부탁드린 일은 준비된 거죠? 믿어도 되겠죠?"

그녀는 아무 대답도 하지 않았다. 그러나 이런 무언의 공모로 부정을 저지른 사람처럼 얼굴이 빨갛게 달아올랐다.

다음 날 프레데릭은 그녀 집으로 갔다. 부인은 그를 맞이했다. 자신의 유리한 상황을 계속 이끌어 가기 위해 그는 곧바로 서두도 없이 샹드마르스에서의 만남을 변명하기 시작했다. 그녀와 같이 있던 건 완전히 우연이었다. 그녀가 미인이라 해도(사실이 아니지만) 자기가 다른 사람을 사랑하는데 어떻게 단 일 분이라도 자기 생각을 멈출 수 있겠느냐는 것이었다.

"잘 아시잖아요, 제가 이미 말씀드렸잖아요."

부인은 머리를 숙였다.

"그걸 말씀하셔서 마음 아파요."

"왜죠?"

"이제 당신을 더 이상 만나지 않는 게 최소한의 합당한 처사예요!"

그는 자기 사랑의 순결성을 주장했다. 과거를 통해 미래의 대답도 알 수 있다고 했다. 그녀 생활을 혼란스럽게 하거나 불평으로 그녀를 난처하게 하지 않기로 결심했다는 것이다.

"그런데 어제는 마음을 억제할 수가 없어서."

"우리 어제 일은 더 이상 생각하지 말아야 해요!"

그런데 두 가련한 인간이 서로 슬픔을 나눈다고 해서 무엇이 나쁜가?

"왜냐하면 당신 역시 행복하지 않으니까요! 오! 난 당신을 알아요, 당신의 애정과 헌신의 욕구에 대답할 사람은 아무도 없어요. 난 당신이 원하는 건 뭐든지 할 거예요! 당신 기분을 거슬리는 일은 하지 않을 겁니다! ……맹세해요."

그는 자기도 모르게 너무도 무거운 마음의 무게에 짓눌려 무릎을 꿇었다.

그녀가 말했다. "일어나세요! 부탁이에요!"

그러고는 말을 듣지 않으면 그를 더 이상 보지 않겠다고 당당하게 말했다.

프레데릭이 말했다. "아! 그렇게는 못 하실 거예요. 이 세상에서 제가 할 일이 뭐가 있습니까? 사람들은 부, 명성, 권력을 위해 전력을 다하고 살죠. 나, 난 직업도 없어요, 당신만이 내 마음의 전부예요, 나의 전 재산, 목적, 내 인생의 중심, 내 사고의 중심이에요. 하늘의 공기 없이 살 수 없는 것처럼 당신 없이 살 수 없어요! 내 영혼의 열망이 당신 영혼을 향해 올라가는 게, 두 영혼이 합쳐져야 한다는 게 그리고 제가 그걸 죽도록 원한다는 게 느껴지지 않으세요?"

아르누 부인은 온몸을 떨기 시작했다.

"오! 가세요! 제발!"

그녀의 당황한 표정을 보고 그는 말을 멈추었다. 그러고는 한 걸음 나아갔다. 그러나 그녀는 두 손을 모으고 뒤로 물러섰다.

"절 내버려 두세요! 부탁이에요! 제발!"

프레데릭은 그녀를 너무도 사랑했기에 그 자리를 떠났다.

곧 그는 자신에게 화가 나, 바보라고 소리치고 스물네 시간 후에 다시 그 집에 갔다.

부인은 집에 없었다. 그는 열정과 분노로 멍해져 층계참에 서 있었다. 아르누가 나타나, 아내가 그날 아침 생클루 별장은 이제 없으니 그들이 오퇴유에 빌린 작은 별장에 묵으러 갔다고 말했다.

"또 그 변덕이지! 어쨌든 그게 그 사람에게 좋지! 게다가 나한테도 그렇고. 잘됐어요! 오늘 저녁 식사 같이할래요?"

프레데릭은 급한 일이 있다는 구실을 대고 오퇴유로 달려갔다.

아르누 부인은 자기도 모르게 기쁨의 탄성을 질렀다. 그러자 쌓였던 모든 원망이 사라졌다.

그는 자기 사랑 얘기는 전혀 하지 않았다. 그녀가 안심할 수 있도록 오히려 지나치게 행동을 자제했다. 그가 다시 와도 되는지 묻자 그녀가 대답했다. "네, 물론이죠." 그리고 손을 내밀었다가 곧 다시 집어넣었다.

그날 이래 프레데릭은 자주 찾아갔다. 그는 마부에게 팁을 많이 주겠다고 약속하곤 했다. 그러나 말이 느려 안절부절못하다 내린 그는 숨을 헐떡이며 합승 마차에 올라탔다. 그러고는 그녀 집에 가지 않는 앞에 앉은 승객들 얼굴을 얼마나 경멸에 찬 시선으로 바라보았는지!

거대한 인동덩굴이 지붕 한쪽을 덮고 있어 멀리서도 그녀의 집을 알아볼 수 있었다. 외부에 발코니가 있는 붉은색 스위스 산장식 집이었다. 정원에는 밤나무 세 그루가 있었고 마당 한가운데에는 나무통에 받쳐진 짚 파라솔이 있었다. 벽의 슬레이트 밑에는 제대로 걸쳐지지 않은 굵은 포도 넝쿨이 서로 얽힌 밧줄처럼 여기저기 늘어져 있었다. 잡아당기기가 좀 어려운 격자문 초인종은 소리를 길게 끌며 울렸다. 그리고 항상 한참 후에야 사람이 나왔다. 매번 그는 어떤 불안, 알 수 없는 두려움을 느꼈다.

이어 모래 위를 걷는 하녀의 발자국 소리가 들렸다. 아니면 아르누 부인 자신이 나올 때도 있었다. 어느 날은 그녀가 제비꽃을 찾느라 잔디 앞에 쭈그리고 있었기 때문에 그녀의 등 뒤에서 온 적도 있었다.

그녀의 딸은 성격 때문에 수도원 학교에 보낼 수밖에 없었다. 아들은 오후에 학교에 가 있었고 아르누는 르쟁바르와 친구 콩팽과 함께 팔레루아얄에서 오랫동안 점심 식사를 하곤 했다. 어떤 방해자도 그들이 있는 곳에 불쑥 나타날 일은 없었다. 서로에게 속할 수 없다는 사실을 두 사람은 너무도 잘 알았다. 그들을 위험에서 지켜 주는 이 암암리의 약속 때문에 그들은 쉽게 속을 털어놓을 수가 있었다.

그녀는 옛날 샤르트르의 어머니 집에서 보낸 시절 이야기를 했다. 열두 살 무렵의 신앙심 그리고 성벽이 보이는 작은 자기 방에서 밤 늦게까지 노래하던 때 음악에 대한 열정. 그는 중등학교 시절 겪었던 우울함, 자신의 시적인 하늘 속에서 한 여자의 얼굴이 빛나고 있었는데 부인을 처음 본 순간 그 얼굴을 알아보았다는 이야기를 했다.

화제는 보통 그들이 서로 알고 지내며 집을 오가던 시절에 국한되었다. 그는 어느 때 그녀의 옷 색깔, 어느 날 갑자기 누가 불쑥 찾아왔던 일, 그녀가 예전에 했던 말 같은 사소한 일들을 이야기했다. 그러면 그녀는 깜짝 놀라 대답했다.

"네, 생각나요!"

그들의 취미, 생각은 똑같았다. 흔히 한쪽이 상대방 얘기를 듣고 있다가 소리치곤 했다.

"나도 그래요!"

그러면 이번엔 또 한쪽이 말했다.

"나도 그래요!"

그리고 나서 운명에 대한 한없는 불평이 이어졌다.

"하늘도 무심하시지! 우리가 좀 더 일찍 만났더라면……!"

"아! 내가 조금만 더 젊었더라면!" 그녀가 한숨을 지었다.

"아니요! 내가 조금 더 늙었더라면."

그리고 두 사람은 오직 사랑만으로 이루어진 생활을 상상했다. 거대한 고독을 채워 줄 만큼 풍요롭고 모든 기쁨을 넘어서며 모든 불행도 견뎌 내는, 서로 끊임없는 마음을 토로한 나머지 시간마저 사라져 버리고 마치 별처럼 빛나고 드높아질 생활을.

거의 항상 그들은 바깥 계단 위에 자리를 잡았다. 가을이 되자 그들 앞에 있는 누런 나무 꼭대기들이 불규칙한 돌기를 이루며 창백한 하늘 언저리까지 이어졌다. 아니면 그들은 가로수 길 끝까지 걸어가 가구라고는 긴 회색 마직 의자밖에 없는 별채로 들어갔다. 거울에는 여기저기 검은 얼룩이 져 있었다. 벽에서는 습기 찬 냄새가 풍겨왔다. 그러면 그들은 자신들 얘기나 남들 얘기, 아무 얘기든 하며 황홀한 시간을 보냈다. 때로 햇빛이 덧문 사이로 스며 들어와 천장에서 바닥까지 하프의 현처럼 비쳤다. 그 빛나는 줄기 속에서 한 줌 먼지가 소용돌이쳤다. 그녀는 손으로 광선 줄기를 가르는 장난을 했다. 프레데릭은 그 손을 가만히 잡았다. 그리고 정맥이 얽힌 모양새며, 피부 결, 손가락 모양을 바라보았다. 손가락 하나하나가 그에게는 그저 손가락이기보다는 하나의 살아 있는 생명체와도 같았다.

그녀는 그에게 자기 장갑을 주고 그다음 주에는 손수건을 주었다. 그녀는 그를 프레데릭이라 부르고 그는 그녀를 마리라고 불렀다. 그는 이 이름이 황홀함에 빠져 속삭이기 위해 만들어진 이름이고, 그 안에 흐릿한 향불 연기와 장미가 드문드문 담긴 것 같다고 말하며 무척 좋아했다.

그들은 그가 방문할 날들을 미리 정하게 되었다. 그리고 우연인 듯 그녀가 밖으로 나와 그를 길까지 마중 나오기도 했다.

그녀는 커다란 행복 특유의 무심함에 젖어 사랑을 자극하기 위해 어떤 일도 하지 않았다. 사계절 내내 똑같은 밤색 벨벳 테두리가 진 밤색 비단 실내복을 입었는데, 품이 넉넉하여 그녀의 부드러운 자태와 진지한 얼굴에 잘 어울렸다. 게다가 그녀는 여자로서는 8월에 이른 나이라고 할 수 있었는데 부드럽고도 성찰력 있는 시기로, 감정의 힘과 삶의 경험이 합쳐질 때 피어나기 시작하는 성숙함이 더 깊은 불길로 시선을 물들이고, 활짝 피어나 완숙해진 인간은 아름다움의 조화 속에 풍요로움으로 넘쳤다. 그녀가 이토록 부드럽고 관대한 적은 없었다. 잘못을 범하지 않으리라는 확신에 차 그녀는 고통을 치르고 얻어 낸 권리라고 생각되는 감정에 몸을 맡겼다. 더구나 그것은 얼마나 즐겁고 새로운 감정인가! 아르누의 상스러움과 프레데릭의 열렬한 사랑 사이의 심연은 얼마나 깊은가!

그는 기회는 다시 잡을 수 있지만 어리석은 일은 결코 만회할 수 없다고 생각하며 한마디 말로 그동안 얻어 냈다고 생각하는 모든 것을 잃어버릴까 봐 두려워했다. 그는 그녀가 스스로 몸을 허락하기를 원했고 그녀를 취하기를 바라지는 않았다. 사랑받고 있다는 확신이 그녀를 소유하기 전에 느껴지는 기대감처럼 그를 즐겁게 했다. 그리고 그녀의 인품에서 오는 매력이 관능보다도 세게 그의 마음을 흔들었다. 그것은 막연한 무상의 기쁨이었고 절대적인 행복의 가능성마저도 잊어버리게 하는 도취감이었다. 그녀를 떠나 있을 때 그는 격렬한 욕망에 사로잡혔다.

곧이어 그들의 대화 중간에 긴 침묵이 흘렀다. 때로 어떤 성적 수줍음으로 서로 얼굴을 붉히기도 했다. 사랑을 감추기 위한 모든 조심스러운 행동들이 사랑을 드러나게 했다. 사랑이 강해질수록 몸가짐은 더욱 억제되었다. 이렇게 유리됨으로써 감수성은 예민해졌다. 그들은 젖은 나뭇잎 냄새에 즐거워하고 동풍에 괴로워하며 이유 없이 초조해하거나 불길한 예감을 느끼기도 했다. 발자국 소리, 판자가 삐걱거리는 소리에도 죄인처럼 놀라 겁을 먹었다. 그들은 심연 속으로 빠져 들어가는 느낌이었다. 폭풍 전야의 분위기가 그들을 감싸고 있었다. 그리고 프레데릭이 불평할 때면 그녀는 자신을 비난했다.

"네! 제가 나빠요! 전 바람둥이 같은 여자예요! 그러니 더 이상 오지 마세요!"

그러면 그는 그녀가 들을 때마다 좋아하는 똑같은 맹세를 되풀이했다.

그녀가 파리로 다시 돌아가고 새해 복잡한 일들 탓에 두 사람의 만남이 중단되었다. 그가 다시 찾아왔을 때 그의 태도에는 좀 더 대담해진 데가 있었다. 그녀는 시킬 일이 있다며 끊임없이 자리를 떴고 그가 애원해도 소용없이 그녀를 찾아온 모든 손님들을 맞아들였다. 그러자 레오타드[13], 기조 씨, 교황, 팔레르모 폭동, 불안을 초래하는 12구 개혁과 연회에 대한 이야기가 오고갔다. 프레데릭은 정부를 향해 독설을 퍼부음으로써 마음을 가라앉혔다. 그도 델로리에처럼 세상이 완전히 전복되기를 바랐기 때문이다. 그만큼 그는 분노에 차 있었다.

---

13) 살인과 강간죄로 기소된 신부.

아르누 부인도 침울한 모습이었다.

그녀 남편은 터무니없는 일을 벌렸는데, 보르도 여자라 불리는 제조소 직공과 살림을 차린 것이었다. 아르누 부인 자신이 이 사실을 프레데릭에게 알렸다. 그는 그 말을 듣고 "남편이 배반했으니까." 하고 논쟁을 끌어내려 했다.

"오! 전 별로 마음 상하지 않아요!" 그녀가 말했다.

이 말을 듣자 두 사람 사이의 친밀함이 완전히 확고해진 듯한 느낌이었다. 아르누가 두 사람 사이를 의심하는 걸까?

"아니! 아직은 아니에요!"

그녀는 어느 날 밤 남편이 두 사람만을 남겨 두고 나갔다가 다시 돌아와 문 뒤에서 엿들었으나 그들 사이에 사소한 얘기만 오가자 그 이후부터 완전히 안심하고 지낸다고 이야기했다.

"당연한 일 아닌가요?" 프레데릭이 씁쓸하게 말했다.

"네, 그렇죠!"

그런 말은 하지 않는 편이 나았을 텐데.

어느 날 그가 늘 오는 시각에 그녀가 집에 없었다. 그는 배신당한 느낌이었다.

그다음엔 자기가 가져다주는 꽃이 항상 컵 속에 꽂혀 있는 것을 보고 그가 화를 냈다.

"그러면 어디에 꽂으면 되죠?"

"오! 거긴 말고요! 하긴 거기 있는 게 당신 마음에 꽂혀 있는 것보단 덜 차갑겠죠."

얼마 후에 그는 자기에게 미리 얘기도 하지 않고 그 전날 이탈리아 극장에 갔다고 그녀를 나무랐다. 그녀를 보고 감탄한 사람들이 있을 수 있고, 어쩌면 사랑을 느낀 사람도 있었을 것이다. 프레데릭은 오직 그녀와 다투고 그녀를 괴롭히기 위해 의심했다. 그녀를 증오하기 시작했기 때문이다. 그것이 그녀가 자기 고통을 나눠 가질 수 있는 최소한의 부분이라고 그는 생각했다.

어느 오후(2월 중순쯤) 집에 찾아가니 그녀는 매우 불안해 보였다. 외젠이 목이 아프다고 했다. 의사는 심한 유행성 감기일 뿐이니 걱정할 건 없다고 말했었다. 프레데릭은 아이의 만취된 듯한 모습에 놀랐다. 그래도 그는 어머니를 안심시키려고 비슷한 증세를 보이다가 곧 완쾌된 또래아이들 예를 들었다.

"정말이요?"

"물론이죠!"

"오! 너무 고마워요!"

그리고 그녀는 그의 손을 잡았다. 그는 그 손을 꼭 쥐었다.

"오! 손 놓으세요!"

"상관없잖아요, 당신을 위로해 주는 이에게 손을 맡기는 거니까요……! 이런 말은 잘 믿으시면서…… 사랑한다는 말은 믿지 않으세요!"

"의심하지 않아요!"

"그럼 왜 이처럼 믿지 못하세요, 마치 제가 농락이라도 하는 형편없는 사람이라도 되는 것처럼……!"

"오! 아니에요……!"

"증거가 하나라도 있다면……!"

"무슨 증거요?"

"누구에게든 줄 수 있는 증거, 저에게 보여 줬던 증거 말입니다."

그리고 그는 어느 겨울 안개 낀 날 해질 무렵 함께 외출했던 일을 떠올렸다. 이제는 아득히 먼 옛날이었다! 자신은 아무 다른 생각이 없고 그들을 괴롭힐 사람도 아무도 없으니 그녀가 두려움 없이 그의 팔에 매달려 사람들 앞에 나서지 못할 이유가 없지 않은가?

"좋아요!" 그녀가 단호한 결심을 말하자 우선 프레데릭이 깜짝 놀랐다.

그러나 그는 재빨리 말을 이었다.

"트롱셰 거리와 페르므 거리 모퉁이에서 기다려도 되겠어요?"

"아! 그런데……." 아르누 부인은 말을 더듬었다.

생각할 틈을 주지 않고 그는 덧붙였다.

"다음 주 화요일 괜찮죠?"

"화요일이요?"

"네, 2시에서 3시 사이에!"

"갈게요!"

그리고 그녀는 부끄러워 얼굴을 돌렸다. 프레데릭은 그녀의 목덜미에 입을 맞추었다.

그녀가 말했다. "오! 이러시면 안 돼요. 후회할 거예요."

그는 미사들의 흔한 변덕이 두려워 물러섰다. 그러고는 현관에서, 약속된 일인 듯 조용히 속삭였다.

"화요일에 봐요!"

그녀는 조심스럽게 체념한 듯 아름다운 눈을 내리깔았다.

프레데릭은 계획이 있었다.

비가 오거나 햇빛이 강하면 그녀를 어느 집 문 밑에 멈추게 한 다음 일단 문 밑에 이르면, 집 안으로 들어갈 수 있을 것이었다. 어려운 것은 그런 적당한 집을 찾는 일이었다.

그래서 집을 찾아다니다가 트롱셰 거리 중간쯤에서 멀리에 '가구 딸린 아파트'라고 써진 간판을 보았다.

그의 뜻을 알아들은 종업원이 즉시 입구 두 개에 작은 방이 딸린 2층 방을 보여 주었다. 프레데릭은 이곳을 한 달 빌리기로 하고 미리 돈을 지불했다.

그런 다음 가장 진귀한 향수를 사려고 상점 세 군데를 들렀다. 붉은 면으로 된 발치 덮는 이불이 보기 흉해서 바꾸기 위해 모조 기퓌르[14] 조각을 샀고, 파란 비단 실내화도 샀다. 너무 지나쳐 보일까 두려워 그는 그쯤에서 멈추었다. 그리고 산 물건들을 가지고 돌아왔다. 간이 제단을 만드는 사람들보다 경건하게 가구 배치를 바꾸고 커튼을 쳤으며 벽난로 위에는 히스를, 서랍장 위에는 제비꽃을 놓았다. 가능하다면 그는 바닥 전체를 금으로 깔았을 것이다. "내일이야!" 그는 중얼거렸다. "그래, 내일! 꿈이 아니야." 그러자 희망에 부풀어 심장이 크게 고동치는 것을 느꼈다. 그러고는 모든 준비가 끝나자 마치 그곳에 잠들어 있는 행복이 날아가 버릴까 두려운 듯 열쇠를

---

14) 두터운 레이스.

주머니에 넣었다.

돌아오니 어머니에게서 편지가 와 있었다.

왜 이렇게 오래도록 돌아오지 않는 거니? 네 행동이 우스꽝
스럽게 보이기 시작하는구나. 이 결혼을 네가 처음에 어느 정도
주저한 건 이해한다. 그렇지만 잘 생각해 봐라!

그리고 어머니는 구체적으로 상황을 전했다. 연 수입이 4만
5000프랑이었다. 게다가 "소문이 나기 시작했고" 로크 씨도
결정적인 대답을 기다리고 있었다. 아가씨의 현재 입장도 정
말 난처했다. "그 아이는 너를 무척 사랑해!"

프레데릭은 편지를 끝까지 읽지도 않고 내던져 버리고는
또 다른 편지를 열었다. 델로리에의 편지였다.

친구,
때가 왔어. 약속대로일 거라 믿는다. 내일 아침 팡테옹 광장
에서 모이기로 했어. 카페 수플로로 와. 시위 전에 네게 할 말이
있어.

'오! 사람들 시위야 빤한 거지. 대단히 감사합니다만! 나에
겐 더 즐거운 약속이 있어요.'

그리고 다음 날 11시가 되자 프레데릭은 집을 나왔다. 준
비한 것을 마지막으로 다시 한 번 살피고 싶었다. 그리고 누
가 알아, 무슨 우연으로 그녀가 약속보다 일찍 나올 수도 있잖

아? 트롱셰 거리에서 나오자 마들렌 성당 뒤쪽에서 커다란 함성이 들렸다. 더 걸어 나가자 광장 왼쪽 구석에서 직공들과 시민들이 보였다.

사실 여러 신문에 게재된 선언문에서 모든 개혁 연회 회원들을 이곳으로 모이도록 한 것이었다. 정부는 즉시 집회 금지 포고문을 발표했다. 전날 저녁 야당은 집회를 단념했으나 상부의 결정을 모르는 애국자들은 약속 장소에 모였다. 그들을 따라온 구경꾼들도 많았다. 학생 대표들은 조금 전에 오디옹 바로[15]의 집으로 갔다. 대표단은 이제 외무성에 있었다. 연회가 열리게 될지 정부가 위협을 감행할지 국민군이 출동할지 아무도 몰랐다. 정부도 그렇지만 국회 의원들도 비난의 대상이었다. 군중이 점점 더 많이 밀려오고 있을 때 갑자기 「라 마르세예즈」의 후렴구가 울려 퍼졌다.

학생단이 도착했다. 그들은 질서 있게 두 줄로 서서 흥분한 기색에 맨주먹으로 가끔씩 "개혁 만세! 기조 물러가라!" 하고 외치며 발을 맞추어 나아갔다.

프레데릭의 친구들도 물론 이 대열에 끼어 있었다. 그들에게 발견되어 이끌려 갈지도 몰랐기에 프레데릭은 재빨리 아르카드 거리 쪽으로 피했다.

학생들은 성당 주위를 두 번 돌고 난 다음 콩코르드 광장으로 향했다. 광장은 사람들로 꽉 차 있었다. 그렇게 빽빽하게 찬 모습이 멀리서 보니 흔들리는 검은 밀 이삭처럼 보였다.

---

15) 2월 혁명 당시의 야당 지도자.

그때 군대가 교회 왼쪽에서 전투 태세를 갖추었다.

무리를 지어 선 군중들은 움직이지 않았다. 사태를 끝내기 위해 사복 차림 경관들이 가장 반항적인 사람들을 붙잡아 파출소로 끌고 갔다. 프레데릭은 분했지만 말없이 있었다. 다른 사람들과 함께 붙잡힌다면 아르누 부인을 만날 수 없을 것이었다.

얼마 지나지 않아 파리 경찰 대원들 철모가 보였다. 그들은 칼의 편편한 부분으로 주위 사람들을 내려쳤다. 말 한 필이 쓰러졌다. 사람들이 말을 일으켜 세우려 뛰어갔다. 그리고 기수가 말 등에 올라타자마자 모두 도망쳤다.

이윽고 조용해졌다. 아스팔트를 적시던 가랑비도 더 이상 내리지 않았다. 서풍에 서서히 밀려 구름도 사라졌다.

프레데릭은 앞뒤를 살피며 트롱셰 거리를 걸었다.

마침내 2시 종이 울렸다.

그는 중얼거렸다. "아! 시각이 됐어! 그녀는 집에서 나와 가까이 오고 있겠지." 그러고는 일 분 후에 짐작했다. '오는 데 시간이 걸릴 거야.' 3시까지 그는 마음을 가라앉히려 애썼다. '아니야, 늦지 않을 거야. 조금만 참자!'

무료해진 그는 드문드문 있는 상점들을 살펴보았다. 책방, 마구 가게, 상복 가게. 얼마 지나지 않아 책 제목, 마구, 옷감들을 샅샅이 알게 되었다. 그가 계속 왔다 갔다 하자 상점 주인들은 처음에는 놀라워하다가 나중에는 두려워서 문을 닫아 버렸다.

그녀에게 무슨 일이 생긴 게 분명해, 그녀도 그 때문에 괴로울 거고. 그렇지만 조금 후면 얼마나 기쁠까! 그녀가 올 테니까, 그건 확실해! '내게 약속했어!' 그러나 그는 참을 수 없는 번뇌에 사로잡히기 시작했다.

터무니없는 충동으로 그는 마치 그녀가 거기 와 있는 듯이 호텔로 들어가 보았다. 그 순간 그녀가 그 길에 도착할지도 모른다. 그는 거리로 뛰어나갔다. 아무도 없었다! 그는 다시 보도를 서성거리기 시작했다.

그는 포도의 갈라진 틈, 홈통 구멍, 가로등, 문 위 번지수를 살펴보았다. 가장 사소한 것들이 친구처럼, 아니 차라리 그를 비웃는 구경꾼들처럼 생각되었다. 규칙적인 집들 외관은 냉혹해 보였다. 발이 시려 힘들었다. 그는 실망으로 자신이 무너지고 있음을 느꼈다. 자기 발자국 소리에 머리가 흔들렸다.

회중시계가 4시를 가리키자 그는 현기증과 공포를 느꼈다. 그는 시 구절을 중얼거리거나 무엇이든 계산을 해 보거나 이야기를 지어내 보려고 애썼다! 소용없는 일이었다! 아르누 부인 모습이 그를 떠나지 않았다. 그녀를 마중하러 뛰어가고 싶었다. 그러나 길이 어긋나지 않으려면 어느 쪽으로 가야 하나?

그는 심부름꾼에게 다가가 5프랑을 쥐여 주고 파라디 거리에 있는 자크 아르누 댁에 가서 문지기에게 "부인이 집에 있는지" 알아봐 달라고 부탁했다. 그런 다음 자신은 동시에 두 방향을 살피기 위해 페르므 거리와 트롱셰 거리 모퉁이에 자리를 잡았다. 멀리 큰길에서 혼잡한 사람들 무리가 지나가는 것이 보였다. 가끔 용기병의 깃털 장식이나 부인 모자가 보였다. 그는 그녀가 아닌지 보려고 눈을 크게 떴다. 누더기를 걸친 아이가 상자 속 마르모트를 그에게 보여 주고 웃으며 구걸을 했다.

벨벳 옷을 입은 남자가 다시 나타났다. "문지기는 그녀가 나가는 걸 보지 못했다는군요." 누가 그녀를 붙잡고 있나? 만일 몸이 아프면 얘기를 했을 텐데! 손님이 왔나? 그걸 거절하는 것보다 쉬운 건 없지. 그는 이마를 쳤다.

'아! 나도 바보지! 폭동이잖아!' 이 자연스러운 해명에 그는 안심을 했다. 그리고 나서 갑자기 또 생각했다. '그런데 그녀가 사는 구역은 조용한데.' 그러자 끔찍한 의혹이 그를 엄습했다. '그녀가 오지 않는다면? 그녀의 약속이 나를 쫓아내려는 말에 지나지 않았다면? 아니야! 아니야!' 오지 못하는 이유는 피치 못할 우연, 예상을 뒤엎는 그런 사건들 중 하나임이 분명했다. 그렇다면 편지로 알렸을 텐데. 그는 룅포르 거리 자기 집에 편지가 왔는지 알아보기 위해 호텔 종업원을 보냈다.

편지 같은 건 없었다. 소식이 없다는 사실에 그는 안심이 되었다.

우연히 집어 든 동전의 개수, 지나가는 사람들의 행색이나 머리 빛깔로 그는 운세를 점쳤다. 나쁜 괘가 나오면 그는 믿지 않으려 했다. 아르누 부인에 대한 분노가 터져, 작은 소리로 그녀를 향해 욕을 퍼붓기도 했다. 기절할 정도로 약해졌다가 갑자기 희망이 솟아오르기도 했다. 그녀는 곧 나타난다. 저기 바로 뒤에 있어. 그는 고개를 돌렸다. 아무것도 없었다! 한번은 삼십 보쯤 떨어진 곳에, 키도 옷도 똑같은 여자가 보였다. 그는 옆에 가 보았다. 그녀가 아니었다! 5시가 되었다! 5시 30분! 6시! 가스등이 켜졌다. 아르누 부인은 오지 않았다.

그녀는 전날 밤 트롱셰 거리에 오래전부터 서 있는 꿈을 꾸었다. 그녀는 거기서 뭔가 분명치 않지만 어쨌든 중요한 것을 기다리고 있었다. 그리고 이유도 모른 채 사람들 눈에 뜨일까 봐 두려워하고 있었다. 그런데 기분 나쁜 작은 개 한 마리가 그녀를 향해 짖으며 옷자락을 물어뜯었다. 개는 고집스럽게 자꾸 와서 매번 더 크게 짖어 댔다. 아르누 부인은 잠에서 깼다. 개 짖는 소리가 계속되었다. 그녀는 귀를 기울였다. 아들 방에서 들려오는 소리였다. 그녀는 맨발로 뛰쳐나갔다. 아이는 기침을 하고 있었는데 손은 타는 듯이 뜨겁고 얼굴은 빨갰으며 목소리는 이상하게 쉬어 있었다. 아이 호흡이 점점 가빠졌다. 그녀는 아침까지 아들 이불 위에 몸을 수그린 채 그 애를 지켜보았다.

8시에 국민군 중 북 치는 사람이 아르누에게 동료들이 기다린다고 알리러 왔다. 그는 급히 옷을 입고 즉시 의사인 콜로 씨한테 들르겠다며 나갔다. 10시가 되어도 콜로 씨가 오지 않자 아르누 부인은 하녀를 보냈다. 의사는 시골 여행 중이었고 그의 대행인 젊은이는 물건을 사러 나가고 없었다.

외젠은 긴 베개 위에 머리를 옆으로 누인 채 이마를 찡그리거나 콧구멍을 벌름거렸다. 가련한 작은 얼굴은 침대 시트보다도 더 창백해졌다. 그리고 숨을 쉴 때마다 목에서 획획거렸는데 숨결은 점점 더 짧아지고 금속처럼 메마른 소리가 났다. 기침 소리는 마분지로 만든 강아지들을 짖어 대게 하는 야비

한 기계 장치 소리와 비슷했다.

아르누 부인은 공포에 사로잡혔다. 그녀는 도와달라고 소리치며 벨을 눌렀다.

"의사 선생님이요! 의사 선생님!"

십 분 후에 흰 넥타이를 맨, 수염 희끗희끗한 노신사가 도착했다. 그는 아이 습관, 나이, 기질에 대해 여러 가지 질문을 한 다음 목을 살펴보고 등에 귀를 대어 보고 나서 처방전을 썼다. 이 노인의 침착한 태도는 가증스러웠다. 그에게서 시체 방부제 냄새가 났다. 그녀는 그를 때려 주고 싶었다. 그는 저녁에 다시 오겠다고 말했다.

곧 무서운 기침이 다시 시작되었다. 가끔 아이는 갑자기 몸을 일으켰다. 경련으로 가슴 근육이 흔들리고 숨을 쉴 때마다, 달려서 숨이 막힌 것처럼 배가 움푹 패였다. 그러고서 아이는 고개를 뒤로 젖히고 입을 크게 벌린 채 다시 쓰러져 누웠다. 아르누 부인은 극히 조심스럽게 약병 속 토근 물약, 케르메스 물약을 아이에게 먹이려고 했다. 그러나 아이는 가냘픈 목소리로 신음하며 수저를 밀쳐 냈다.

가끔씩 그녀는 처방전을 다시 읽었다. 처방전을 보면 겁이 났다. 혹시 약제사가 틀린 건 아닐까! 자신의 무력함이 절망스러웠다. 콜로 씨 제자가 왔다.

그는 겸손해 보이는 청년으로 의사가 된 지 얼마되지 않았는데 느낀 바를 그대로 얘기했다. 처음에는 실수할까 두려워 분명한 말을 하지 않았으나, 마침내 얼음으로 식히라고 말했다. 얼음을 찾는 데 시간이 오래 걸렸다. 얼음 조각이 든 주머니가 찢어져 셔츠를 갈아입어야 했다. 이 모든 혼란으로 아이는 이전보다 무서운 발작을 일으켰다.

마치 목을 조르는 방해물을 떼어 내려는 듯 아이는 목 주위 속옷을 잡아 뗐다. 그리고 숨을 쉬기 위해 기댈 곳을 찾아, 벽을 긁고 침대 커튼을 붙잡았다. 그의 얼굴은 이제 푸르스름한 빛을 띠었고 몸 전체는 식은땀에 젖어 야위어 가는 듯했다. 아이는 공포에 질린 일그러진 두 눈으로 어머니를 바라보았다. 그는 어머니 목둘레에 팔을 감고 절망적으로 매달렸다. 어머니는 오열을 참으며 다정한 말을 더듬거렸다.

"그래. 내 사랑, 내 천사, 내 보배!"

그런 다음 갑자기 조용해졌다.

그녀는 아이가 고통을 잠시 잊게 하려고 장난감과 인형, 그림책을 찾아서 침대 위에 늘어놓았다. 그녀는 심지어 노래를 불러 주려고까지 했다.

그녀는 바로 이 작은 장식 융단 의자에서 옛날에 아이를 포대기로 감싸며 재울 때 불러 주던 노래를 부르기 시작했다. 그러나 아이는 바람에 흔들리는 파도처럼 머리끝에서 발끝까지 떨었다. 눈알이 튀어나와 있었다. 아이가 곧 죽을 것 같아 그녀는 보지 않으려 고개를 돌렸다.

잠시 후에 그녀는 용기를 내어 아이를 보았다. 아직 살아 있었다. 무겁고 침울하며 끝없이 절망적인 시간이 계속되었다. 매분 시간의 흐름이 고통의 진전으로밖에 생각되지 않았다. 가슴의 흔들림이 마치 아이 몸을 부러트리려는 듯 그를 앞으로 내던졌다. 마침내 아이는 양피지 관 비슷한, 뭔가 이상한 것을 토해 냈다. 이건 뭘까? 혹시 장의 한 토막을 토해 낸 게 아닐까 그녀는 생각했다. 그러나 아이는 천천히 규칙적으로 숨을 쉬었다. 그 편안한 모습이 다른 무엇보다 그녀를 두렵게 했다. 콜로 씨가 나타났을 때 그녀는 팔은 늘어뜨리고 시선은 멍하니 둔 채 마치 화석처럼 서 있었다. 그는 아이가 위험을 벗어났다고 말했다.

그녀는 처음엔 무슨 말인지 알아듣지 못해 되물었다. 의사들이 곧잘 하는 위로가 아닐까? 의사는 안심한 모습으로 돌아갔다. 그러자 그녀는 가슴을 조이던 밧줄이 풀린 것 같았다.

'걱정 없다니! 이게 정말일까!'

갑자기 프레데릭 생각이 단호하고 준엄하게 떠올랐다. 그건 하나님의 경고였다. 그러나 신은 그녀를 불쌍히 여겨 완전히 벌하기를 원치 않으셨다. 후일 그녀가 이 사랑을 고집한다면 어떤 벌을 받게 될지 알 수 없는 일이었다! 아마도 아들이 엄마 때문에 모욕을 받게 될 것이었다. 아르누 부인에게 젊은 이가 된 아들이 결투로 부상을 입고 죽어 가는 듯이 들것에 실려 오는 모습이 보였다. 그녀는 벌떡 일어나 작은 의자를 향해 달려들었다. 그리고 혼신을 다해, 영혼을 저 높은 곳으로 향한 채 처음 만난 사랑, 유일한 과오의 희생을 제물처럼 신에게 받쳤다.

프레데릭은 집으로 돌아왔다. 그는 소파에 앉았다. 그녀를 저주할 기력도 없이 졸음이 엄습해 왔다. 그리고 악몽 속에서 자신이 아직 그 길 위에 있다고 믿고 빗소리를 들었다.

그다음 날 아직 남아 있던 마지막 미련 때문에 그는 아르누 부인 집에 심부름꾼을 보냈다.

　사부아 사람이 용무를 수행하지 않았던 건지 그녀가 한마디로 설명하기엔 너무 할 말이 많았던 건지 똑같은 대답이 돌아왔다. 너무도 무례했다! 자존심이 상해 그는 심한 분노를 느꼈다. 그리고 더 이상 일말의 욕구도 품지 않으리라 맹세했다. 그러자 태풍에 나뭇잎이 휩쓸려 가듯 그의 사랑도 사라졌다. 그는 마음이 가벼워지고 어떤 금욕적인 기쁨을 느끼고는 격렬한 행동을 해 보고 싶어졌다. 그래서 그는 거리로 나와 여기저기 정처 없이 돌아다녔다.

　변두리 지역 주민들이 총과 낡은 검으로 무장한 채 지나갔다. 급진 혁명가들의 붉은 모자를 쓴 사람도 있었고 모두가 「라 마르세예즈」나 「레 지롱댕」[16]을 불렀다. 여기저기 국민군들이 소속 시청으로 가려고 서둘러 걷고 있었다. 멀리서 북소리가 울려왔다. 생마르탱 문에서 전투가 벌어지고 있었다. 주위에는 활기차고 호전적인 분위기가 감돌았다. 프레데릭은 계속 걸어갔다. 대도시의 소요에 그는 즐거움을 느꼈다.

　프라스카티 근처에 이르자, 라 마레샬의 집 창문이 보였다. 젊은 혈기 때문인지 엉뚱한 생각이 머리에 떠올랐다. 그는 큰길로 건너갔다.

　대문이 닫히던 참이었다. 문 위에 '무기 양도'라고 쓰고 있던 하녀 델핀이 그를 보자 소리치며 말했다.

　"아! 마님이 상황이 좋지 않으세요! 오늘 아침에 부인을 모

---

16) 뒤마 연극에 나오는 지롱드 당원의 죽음을 찬양한 노래.

욕한 마부를 내보냈어요. 마님은 사방에서 약탈이 일어날 거라고 믿어요! 두려워서 벌벌 떨고 계세요! 게다가 주인님까지 떠나 버리셨으니!"

"무슨 주인님?"

"공작님이요!"

프레데릭은 규방으로 들어갔다. 라 마레샬은 속치마 차림에 머리는 풀어 헤친 채 당황한 모습으로 나타났다.

"아! 고마워! 날 구하러 와 줘서! 이걸로 두 번째야! 대가를 바라는 법도 없고!"

"미안해요!" 두 손으로 그녀의 허리를 껴안으며 프레데릭이 말했다.

"어머? 뭐 하는 거야?" 이런 행동에 놀라면서도 기분이 좋아 라 마레샬이 더듬거리며 말했다.

그가 대답했다.

"나도 유행 따라 나 자신을 개혁한 거죠."

그녀는 긴 의자 위에 떠밀려 누워 그가 키스를 퍼붓는 동안에도 웃음을 그치지 않았다.

그들은 창문으로 길가 군중들을 바라보며 오후를 보냈다. 그런 다음 그는 그녀를 데리고 트루아프레르프로방소에 저녁 식사를 하러 갔다. 식사는 길고도 훌륭했다. 그들은 차가 없어 걸어서 돌아왔다.

내각 변화[17] 소식에 파리 분위기는 변했다. 모두가 기뻐했

---

17) 1848년 2월 루이필리프는 기조를 파면했다.

다. 그저 거니는 사람들로 붐볐고 각 층 조명등은 대낮처럼 밝게 켜져 있었다. 군인들은 지치고 침울해진 모습으로 천천히 병영으로 돌아갔다. 사람들이 그들에게 소리치며 인사했다. "보병 만세!" 그들은 대답 없이 계속 걸어갔다. 반대로 국민군 장교들은 열광하여 상기된 얼굴로 소리 지르며 검을 휘둘렀다. "개혁 만세!" 그리고 이 소리를 들을 때마다 두 연인은 웃었다. 프레데릭은 농담을 했고 매우 유쾌해했다.

그들은 뒤포 거리로 나와 큰길에 이르렀다. 집 앞에 줄줄이 매달린 초롱이 불로 된 꽃 장식을 이루었다. 그 밑으로 혼잡한 인파가 움직였다. 어두운 사람들 무리 가운데서 여기저기 하얀 총검 빛이 번득였다. 커다란 함성이 일었다. 군중이 너무 밀집해 있어 그대로 돌아가기는 불가능했다. 그들이 코마르탱 거리로 들어섰을 때 갑자기 뒤에서 거대하게 넓은 비단을 찢는 듯한 소리가 들려왔다. 카퓌신 대로에서 나는 일제 사격 소리였다.[18]

"아! 시민 몇몇을 해치우고 있군." 프레데릭이 태연하게 말했다. 세상에서 가장 덜 잔인한 사람일지라도 다른 사람들에게서 너무도 멀어져 있어 사람이 죽는 모습을 끄떡없이 지켜볼 수가 있는 상황이 있다.

라 마레샬은 그의 팔에 매달려 이빨을 딱딱 부딪쳤다. 그녀는 스무 걸음 이상은 더 못 걷겠다고 했다. 그러자 극도의 증

---

18) 군대가 위협당한다고 믿고 시위자들을 향해 사격한 사건. 이 때문에 사태가 악화되었다.

오심으로 마음속에서 아르누 부인을 더욱더 모욕하기 위해 그는 그녀를 위해 준비했던 트롱셰 거리 호텔 방으로 다른 여자를 데리고 갔다.

꽃은 아직 시들지 않아 있었다. 두터운 레이스가 침대 위에 펼쳐져 있었다. 그는 옷장에서 실내화를 꺼냈다. 로자네트는 이러한 배려가 매우 섬세하다고 생각했다.

1시쯤 그녀는 멀리서 들리는 차 소리에 잠에서 깼다. 프레데릭이 머리를 베개에 묻고 흐느껴 울고 있었다.

"왜 그래, 당신?"

프레데릭이 말했다. "너무 행복해서. 너무 오래전부터 당신을 원했으니까!"

3부

1

사격 소리에 그는 돌연 잠에서 깨어났다.[19] 로자네트의 간청에도, 프레데릭은 무슨 일이 일어났는지 가 보겠다고 고집을 피웠다. 그는 총성이 들린 샹젤리제 거리를 향해 내려갔다. 생토노레 거리 모퉁이에서 마주친 직공들이 소리쳤다.

"아니요! 그쪽 말고! 팔레루아얄로!"

프레데릭은 그들을 따라갔다. 아송프시옹 성당의 철책이 뽑혀 있었다. 좀 더 멀리에는 바리케이드를 치려 했던 듯 길한가운데 포석 세 개가 있었고 기마병을 저지하기 위한 유리병 파편과 철사 뭉치가 있었다. 그때 갑자기 물방울무늬 운동복을 입고 어깨 위에는 검은 머리를 휘날리며 얼굴이 창백해보이는 키 큰 젊은이가 골목길에서 튀어나왔다. 그는 군인용

---

19) 1848년 2월 24일 혁명의 결정적 순간이다.

장총을 들고 실내화를 신은 발끝으로 몽유병 환자처럼, 호랑이처럼 재빠르게 달렸다. 간간이 폭음이 들려왔다.

지난밤 카퓌신 거리의 사상자 중 다섯 명 시체를 실은 마차를 보고 민중의 심리는 돌변했다. 부관들이 연이어 튈르리 궁전으로 모여들고 신내각을 구성 중인 몰레 씨가 돌아오지 않자 티에르 씨가 또 다른 내각을 만들려고 애쓰고 왕이 억지를 쓰며 주저한 끝에 뷔조[20]에게 총지휘권을 부여하고는 그의 권한을 제한하는 동안 폭동은 마치 단 한 개 팔로 이끌리는 것처럼 척척 조직되었다. 열변을 토하는 남자들이 거리 모퉁이에서 군중에게 연설을 하기도 했고 교회에서 힘껏 경종을 치는 사람들도 있었다. 탄환이 주조되고 탄약통이 실려 갔다. 큰길의 가로수, 공중 화장실, 벤치, 철책, 가로등, 모든 것이 뽑히고 뒤집혔다. 파리는 아침이 되자 바리케이드로 뒤덮여 있었다. 저항은 오래가지 못했다. 사방에서 국민군이 개입했기 때문이다. 그 결과 8시에 민중은 자진해서 혹은 강제로 다섯 군데 병영과 거의 모든 구청, 가장 확실한 전략 지점을 점령했다. 왕정은 커다란 동요 없이 스스로 빠르게 붕괴되었다. 이제 군중은 사실 거기에 없는 죄수 쉰 명을 석방하기 위해 샤토 도 초소를 공격했다.

프레데릭은 광장 입구에서 발걸음을 멈추지 않을 수 없었다. 무장한 무리들이 그곳을 가득 메우고 있었다. 몇몇 보병 중대가 생토마와 프로망토 거리를 점령하고 있었다. 거대

---

20) 트랑스노냉 거리에서의 사살 이후 혐오의 대상이 된 군인.

한 바리케이드가 발루아 거리를 봉쇄하고 있었다. 바리케이드 꼭대기에 떠돌던 연기가 갈라지자 그사이로 남자들이 격한 몸짓을 하며 달리다가 사라졌다. 그러고는 총격이 다시 시작되었다. 초소 쪽에서 그에 맞서 총격을 가했지만 내부에는 아무도 보이지 않았다. 참나무 덧문으로 막힌 창문에는 총안이 뚫려 있었다. 삼 층으로 지어져, 좌우에 날개, 1층에는 분수, 중앙에는 작은 문이 있는 이 커다란 건축물은 총탄을 받아 하얀 자국이 나기 시작했다. 세 계단으로 된 현관 앞 층계에는 아무도 없었다.

프레데릭 옆에서는 그리스 모자에 편물 재킷을 걸치고 그 위에 탄약 상자를 멘 남자가 큰 손수건을 머리에 두른 여자와 다투었다. 그녀는 그에게 말했다.

"돌아가, 그러니까! 집으로 가!"

"나 좀 내버려 둬!" 남편이 대답했다. "혼자서 수위실 잘 지킬 수 있잖아. 시민, 묻겠는데요, 내 말이 옳죠? 난 어디서든 의무를 다했어. 1830년에도, 1832년, 1834년, 1839년에도! 오늘 모두가 싸우고 있어. 나도 싸워야만 해! 그만 가!"

문지기 아내는 남편과 옆에 서 있던, 순박한 얼굴에 금빛 수염을 기른 사십 대 남자의 말에 굴복해 돌아갔다. 그는 폭동 와중에도 정원에 있는 정원사처럼 차분하게 프레데릭과 이야기하며 총에 탄환을 장전해 쏘았다.

거친 질감 옷을 두른 청년이 '어떤 신사'에게서 받은 훌륭한 사냥총을 쏘아 보고 싶어 탄약을 얻어 내려 그에게 아부하고 있었다.

시민이 말했다. "내 등 뒤에 붙어. 그리고 몸을 숨겨! 총 맞을 수 있으니까?"

돌격의 북소리가 울렸다. 날카로운 외침, 승리의 함성이 일었다. 끊임없는 법석에 군중은 동요했다. 프레데릭은 두 집단 사이에 긴 채 매료되어 한껏 즐기며 꼼짝도 하지 않았다. 쓰러지는 부상자, 쓰러져 누워 있는 사상자들도 실제로 다치고 죽은 사람들처럼 보이지 않았다. 그는 마치 공연 한 편을 보는 느낌이었다.

물결치는 군중 한가운데 사람들 머리 너머로 검은 연미복 차림에 벨벳 안장 달린 하얀 말 위에 앉은 노인이 보였다. 그는 한 손에는 푸른색 나뭇가지를, 또 한 손에는 서류 한 장을 들고 있었는데, 그것들을 고집스럽게 흔들어 댔다. 마침내 자기 말을 듣는 사람이 없자 그는 돌아갔다.

보병 부대는 사라지고 파리 경찰 대원들만이 남아 초소를 지켰다. 용맹스러운 한 떼 군중이 정면 현관 계단으로 밀려들었다. 그들이 쓰러지자 또 다른 무리가 달려들었다. 그리고 쇠막대기로 타격하여 문을 흔드는 소리가 울려 퍼졌다. 파리 경찰대는 굴복하지 않았다. 그런데 건초가 가득 실린 사륜마차가 거대한 횃불처럼 타오르다가 끌려 나와 벽 쪽에 섰다. 장작다발, 밀짚, 알코올 통이 재빨리 실려 왔다. 불길은 돌벽을 따라 솟아올랐다. 건물 도처에서 마치 유기공(硫氣孔)처럼 연기가 뿜어져 나오기 시작했다. 그리고 꼭대기에 있는 테라스 난간 사이로 커다란 불길이 요란스러운 소리를 내며 타올랐다. 팔레루아얄 2층은 국민군으로 가득 차 있었다. 광장 쪽으로 난 모든 창문에서 사격이 일었다. 탄환이 날아가고 파열된 분수물이 피와 섞여 바닥에 물구덩이를 만들었다. 물구덩이에 미끄러지면 옷이나 모자, 무기 들이 발에 채였다. 프레데릭 발밑에 뭔가 무른 것이 느껴졌다. 진창 속에 엎어져 쓰러져 있던 회색 군용 외투를 입은 중사의 손이었다. 새로운 민중 부대가 전투 대원들을 초소로 밀어붙이며 끊임없이 도착했다. 총격이 더욱 격렬해졌다. 여러 군데 술집 문이 열려 있었다. 사람들은 가끔씩 그곳에 들러 담배 한 대 피우고 맥주 한 잔 들이킨 다음 다시 싸우러 돌아갔다. 길 잃은 개 한 마리가 짖어 댔다. 그 개를 보고 모두들 웃어 댔다.

한 남자가 허리에 총탄을 맞고 신음하며 프레데릭의 어깨를 스치며 쓰러져 프레데릭은 그 충격으로 비틀거렸다. 어쩌면 그를 겨냥했는지도 모를 이 총격에 그는 분개했다. 그가 앞으로 뛰어들려는 순간 한 국민군이 그를 멈춰 세웠다.

"소용없어요! 왕은 방금 떠나 버렸어요! 믿기지 않으면 가 보세요!"

확신에 찬 그 말에 프레데릭은 침착해졌다. 카루젤 광장은 조용했다. 낭트 저택은 한결같이 홀연히 우뚝 서 있었다. 그 뒤쪽 집들, 정면으로 보이는 루브르 궁전의 둥근 지붕, 오른쪽의 긴 목조 아케이드 그리고 허술한 노점들까지 구불구불 이어지는 공터는 마치 회색 대기 속에 잠겨 있는 것처럼 보였고, 멀리서 들려오는 소리조차 그곳에서는 안개에 휩쓸리는 것 같았다. 반면에 광장 저쪽에서는 강렬한 햇빛이 구름을 뚫고 튈르리 궁전 위로 내리쏟아져 창문이 대기 속에 모두 하얗게 두드러져 있었다. 개선문 옆에는 죽은 말이 쓰러져 있었다. 철책 뒤에는 사람들 다섯 명이 모여 이야기하고 있었다. 성문은 열려 있었고 하인들은 입구에 선 채 사람들이 들어가도록 내버려 두었다.

아래층 작은 방에서는 카페오레를 내오고 있었다. 구경꾼 몇 사람이 농담을 주고받으며 탁자에 앉아 있었다. 다른 사람들은 서 있었는데 그들 중에 합승 마차 마부가 한 사람 있었다. 그는 설탕 가루가 가득 든 병을 두 손으로 움켜쥐고 겁먹은 시선을 이리저리 던지다가 단지에 코를 박고 게걸스럽게 먹기 시작했다. 큰 계단 아래서는 한 남자가 명부에 이름을 적고 있었다. 프레데릭은 뒷모습을 보고 그가 누구인지 알아보았다.

"어, 위소네!"

보헤미안이 대답했다. "그래. 난 왕궁에 들어가려는 거야. 그럴듯한 익살이지, 안 그래?"

"위로 올라가 보면 어떨까?"

두 사람은 원수의 방에 이르렀다. 명사들의 초상화는 배가 찢긴 뷔조 것만 제외하고 모두 그대로였다. 그들은 대포를 뒤에 두고 상황과는 어울리지 않는 멋진 자세로 검도에 기대어 서 있었다. 커다란 시계가 1시 20분을 가리켰다.

갑자기 「라 마르세예즈」가 울려 퍼졌다. 위소네와 프레데릭은 난간 위로 몸을 내밀었다. 군중들이었다. 맨머리, 철모, 붉은 모자, 총검, 어깨 들이 어지러울 정도로 무리를 이루어 흔들거리며 계단으로 밀려 들어왔다. 기세가 너무도 대단해

춘분이나 추분 때 조수에 역류된 강물처럼 긴 포효와 함께 억제할 수 없는 충동으로 위로 끝없이 올라오는 이 우글거리는 군중 속에서 사람들은 사라져 버렸다. 위로 올라오자 무리는 흩어졌고 노랫소리도 그쳤다.

이제 발자국 소리와 찰랑거리는 말소리만이 들려왔다. 소심한 사람들은 바라보는 것으로 그쳤다. 그러나 가끔씩 너무 사람들에 밀려 팔꿈치에 유리창이 깨지거나, 단지나 작은 조각상이 탁자에서 굴러떨어졌다. 사람들에 떠밀려 벽에 댄 나무판이 삐걱거렸다. 모든 사람들의 얼굴은 빨갛게 상기된 채 땀을 뚝뚝 떨구고 있었다. 위소네가 말했다.

"영웅들의 냄새가 좋지 않군."

"아! 당신 참 신경 거슬리게 말하네요." 프레데릭이 말했다.

그들은 사람들에 떠밀려 어느 방 안으로 들어갔다. 그곳에는 천장에 빨간 벨벳 닫집이 쳐져 있었고 그 밑 왕좌에는 수염이 새까맣고 셔츠는 반쯤 젖혀진 채 중국 도자기 인형처럼 신이 난 듯 바보처럼 보이는 노동자 한 명이 앉아 있었다. 다른 사람들도 그 자리에 앉으려고 단상에 올라가고 있었다.

위소네가 말했다. "기막힌 우화로군. 저게 바로 주권 재민이란 거지!"

의자는 사람들의 손에 들어 올려져 흔들거리며 방을 가로질러 갔다.

"제기랄, 잘도 흔들린다! 국가라는 배가 풍랑 이는 바다에서 흔들리고 있어! 캉캉을 추는군. 캉캉을 춰!"

모두가 휘파람을 불어 대는 가운데 의자는 창가로 옮겨져

밖으로 던져졌다.

"불쌍한 것!" 정원에 떨어지는 의자를 보고 위소네가 말했다. 의자는 격하게 다시 들려서 바스티유까지 옮겨진 다음 불태워졌다.

그러나 왕좌 대신 한없이 행복한 미래가 떠오르기라도 한 듯 열광적인 환성이 터졌다. 그리고 민중은 복수보다는 자기들 소유라는 사실을 확인하기 위해 거울과 커튼, 샹들리에, 촛대, 탁자, 의자, 발판, 모든 가구, 그림집, 자수 바구니까지 부수고 찢었다. 승리를 거두었으니 즐겨야 하지 않겠는가! 천민들은 빈정거리며 레이스와 캐시미어를 괴상하게 몸에 걸쳤다. 금장식 술이 작업복 소매에 휘감겼고 타조 깃털이 달린 모자가 대장장이의 머리를 장식했으며 레지옹 도뇌르 훈장의 띠가 창녀들 허리띠가 되었다. 각자가 하고 싶은 대로 했다. 춤추는 사람들도 있었고 술을 마시는 사람들도 있었다. 왕비 방에서는 한 여자가 포마드를 머리에 발랐다. 병풍 뒤에서는 두 남자가 카드놀이를 했다. 위소네가 발코니에 팔꿈치를 괴고 사기 파이프 담배를 피우는 사람을 프레데릭에게 가리켜 보였다. 도자기가 부서지는 소리와 크리스탈 파편이 바닥에 부딪히는 소리가 하모니카 음의 물결처럼 끊임없이 들려와 광란은 더해만 갔다.

그런 다음 소동은 암울한 빛을 띠었다. 음란한 호기심에 못이겨 사람들은 모든 방을 구석구석까지 뒤지고 서랍이란 서랍은 모두 다 열어젖혔다. 죄수들이 공주들 침대에 팔을 쑤셔넣고 겁탈할 수 없다는 데 대한 분풀이로 그 위에 뒹굴었다.

좀 더 얼굴이 험상궂은 사람들은 뭔가 훔칠 것을 찾으면서 말없이 헤매 다녔다. 그러나 사람이 너무 많았다. 문틈 사이로 줄줄이 이어진 방 안에서 먼지에 휩싸여 금색 찬란함 속에서 꿈틀거리는 어두운 군중이 보였다. 모두가 숨을 헐떡였다. 열기로 공기는 더욱더 무거워졌다. 두 친구는 숨이 막힐까 두려워 밖으로 나왔다.

대기실에는 산더미처럼 쌓인 옷 위에 한 매춘부가 자유의 여신처럼 눈을 크게 뜬 채 겁에 질린 모습으로 꼼짝하지 않고 서 있었다.

그들이 밖으로 서너 걸음 나왔을 때 모자 달린 외투를 입은 위병 대원 한 분단이 다가와 모자를 벗어 들고 약간 벗겨진 머리로 민중을 향해 정중히 인사했다. 이 경의의 표시에 누더기차림 승리자들은 어깨를 으쓱했다. 그 모습에 위소네와 프레데릭도 어떤 기쁨을 느끼지 않을 수 없었다.

두 사람을 이런 열기에서 활기를 찾았다. 그들은 팔레루아얄로 다시 돌아왔다. 프로망토 거리 앞 짚 위에 병사 시체들이 쌓여 있었다. 그들은 자신들의 침착함에 자부심마저 느끼며 그 옆을 태연하게 지나갔다.

궁은 사람들로 가득했다. 안뜰에는 장작 일곱 더미가 타올랐다. 창문으로 피아노, 서랍장, 시계 들이 내던져졌다. 소방 펌프가 지붕까지 물을 내뿜었다. 불량배들은 검으로 호스를 자르려고 했다. 프레데릭은 한 공대에게 못 하게 하라고 했다. 그 학생은 무슨 말인지 알아듣지 못한 데다가 바보스러워 보였다. 주위를 둘러싼 두 회랑에서는 포도주 저장고를 차지한

하층민들이 술을 마음껏 들이켰다. 술은 시냇물처럼 흘러나와 발을 적셨다. 부랑자들은 술잔 대신 술병 밑바닥으로 술을 마시고 비틀거리며 고래고래 소리를 질렀다.

위소네가 말했다. "나갑시다. 민중들이 혐오스러워."

오를레앙 회랑을 쭉 따라서 부상자들이 땅바닥에 매트리스를 깔고 누워 이불 삼아 붉은 커튼을 덮고 있었다. 인근에 사는 부녀들이 그들에게 수프, 내의를 가져다주었다.

프레데릭이 말했다. "아무래도 좋아! 나에게는 민중이 위대해 보여."

커다란 정면 현관은 분개한 사람들 무리로 가득했고 그들은 모든 것을 파괴해 버리는 일을 끝장내려고 위층으로 올라가려 했다. 국민군들이 계단 위에서 그들을 저지하려 애썼다. 가장 격렬한 이는 모자를 쓰지 않아 머리카락이 위로 선 사냥꾼으로, 조각난 가죽 장비를 들고 있었다. 그는 사람들 사이에서 악착스럽게 버둥댔다. 시력이 뛰어난 위소네는 멀리서 아르누를 알아보았다.

그런 후 그들은 숨을 돌리려고 튈르리 정원으로 갔다. 벤치에 앉아 몇 분 동안 눈을 감고 있었다. 너무도 멍멍해 말할 기력도 없었다. 주위에서는 행인들이 서로 다가가 이야기를 나누었다. 오를레앙 공작 부인이 섭정으로 임명되었다고 했다. 모든 것이 끝났다. 이렇게 결말이 빠르게 난 데 일종의 편안함을 느끼고 있을 때 궁의 모든 다락방에 하인들이 모습을 드러내며 자기들 제복을 찢었다. 그들은 왕실의 하인이기를 포기한다는 뜻으로 제복을 뜰에 던졌다. 민중은 그들에게 야유의 함성을 질렀다. 그들은 안으로 사라졌다.

총을 메고 나무 사이를 빠르게 걷는 키 큰 남자에게 프레데릭과 위소네는 주의를 뺏겼다. 그는 붉은 작업복 허리에 탄약대를 두르고 모자 밑 이마에는 손수건을 매고 있었다. 그가 고개를 돌렸다. 뒤사르디에였다. 그는 두 사람 품 안으로 뛰어들며 말했다.

"아! 이렇게 만나다니!" 그 이상 다른 말은 하지 못했다. 그만큼 그는 기쁨과 피로에 숨을 헐떡이고 있었다.

마흔여덟 시간 전부터 그는 잠을 자지 못했다. 라탱 구 바리케이드에서 일했고 랑뷔토 거리에서 싸웠으며 용기병 세 명을 구했고 뒤누아예 부대와 튈르리 궁에 들어갔다 와서는 먼저 의회에 들렀다가 시청에 갔노라고 말했다.

"거기서 오는 길이에요! 모든 일이 잘 돼 가고 있어요! 민중이 승리하는 거죠! 노동자와 부르주아가 서로 껴안고 있어요! 아! 내가 무얼 봤는지 아신다면! 정말 훌륭한 사람들이에요! 너무 보기 좋아요!"

그리고 두 사람이 무기를 지니지 않은 걸 알아채지 못한 채 이야기를 계속했다.

"여기서 만날 줄 알았어요! 한때 힘들기도 했지만 별거 아니죠!"

그의 뺨 위로 피가 흘렀다. 두 사람이 무슨 일인지 묻자 그가 대답했다.

"아! 별거 아니에요! 총검에 긁힌 상처예요!"

"그래도 치료를 해야 될 텐데."

"아! 전 튼튼해요! 무슨 상관이에요! 공화국이 선포됐어요!
이제부터 모두가 행복할 겁니다! 조금 전 내 앞에서 기자들이
하는 얘기가 폴란드와 이탈리아도 해방될 거라던데요! 더 이
상 국왕이란 게 없는 거죠! 아시겠어요! 온 세계가 자유로워
질 겁니다, 온 세계가!"

그리고 지평선을 한눈에 바라보며 그는 승리의 자세로 두 팔
을 벌렸다. 그러나 긴 남자들 행렬이 물가 테라스 위를 달렸다.

"아! 참! 깜빡 잊었어요! 요새가 점령됐어요, 가 봐야 해요!
그럼 잘 있어요!"

그는 돌아서서 총을 흔들며 그들에게 소리쳤다.

"공화국 만세!"

궁전 굴뚝에서 어마어마한 검은 연기가 소용돌이치며 새어
나오고 불꽃을 사방으로 퍼트렸다. 멀리서 들려오는 종소리
가 놀란 양 떼 울음소리처럼 들렸다. 사방에서 승리자들은 무
기를 내려놓고 있었다. 프레데릭은 자신이 전사는 아니었지
만 속에서 갈리아인의 피가 끓어오르는 것을 느꼈다. 열광적
인 군중의 자력이 그에게도 전파되었다. 그는 탄약 냄새가 풍
기는 격렬한 공기를 흠뻑 들이마셨다. 마치 전 인류의 가슴이
그의 가슴속에서 고동치는 것처럼 그는 거대한 사랑과 보편
적이고도 지극한 감동의 분출로 몸을 떨었다.

위소네가 하품을 하며 말했다.

"이제 시민들에게 보도하러 갈 때가 된 것 같은데!"

프레데릭은 주식 거래소 앞 광장에 있는 그의 통신사까지
따라갔다. 그리고《트루아》신문에 실으려고 자기 서명을 한

뒤 서정적인 문체의 사건 보고서, 박진감 있는 기사를 쓰기 시작했다. 그런 다음 그들은 함께 식당에서 저녁 식사를 했다. 위소네는 생각에 잠겨 있었다. 혁명의 엉뚱함이 자신의 엉뚱한 정도를 넘어서기 때문이었다.

커피를 마신 다음 새로운 소식을 알아보러 시청에 갔을 때는 그의 천성적인 장난기가 다시 발동했다. 그는 마치 야생 영양처럼 바리케이드를 기어오르기도 하고 보초에게 애국적인 농담으로 대답하기도 했다.

그들은 횃불 아래서 임시 정부가 선포되는 것을 들었다. 마침내 자정이 되자 프레데릭은 피로에 지쳐 집으로 돌아왔다.

그의 옷을 벗기는 시중에게 말했다. "어때? 만족해?"

"네, 물론이죠! 그런데 싫은 건 일제히 장단을 맞추는 민중이에요!"

다음 날 눈을 뜨자 프레데릭은 델로리에를 생각했다. 그는 그의 집으로 달려갔다. 변호사는 지방 의원으로 임명되어 방금 떠난 뒤였다. 전날 저녁 그는 르드뤼 롤랭[21]을 만나기에 이르렀고, 법대 출신이라는 명목 아래 그를 졸라 한 자리를 얻어냈다. 게다가 문지기 말에 따르면 델로리에가 다음 주에 주소를 편지로 알려 줄 것이라는 것이었다.

이어서 프레데릭은 라 마레샬을 보러 갔다. 그녀는 그를 쌀쌀하게 맞이했는데 자기를 홀로 두고 떠난 것을 원망하고 있었기 때문이다. 몇 번이나 평화가 찾아왔다고 확신하는 그의

---

21) 당시 내무부 장관으로 지방 의원이나 도지사를 임명했다.

말에 그녀는 마음이 누그러졌다. 모든 게 잠잠하다, 이제 조금도 두려워할 이유가 없다라고 그는 말했다. 그리고 그는 그녀에게 키스했다. 그녀는 공화국에 찬성한다고 밝혔다. 파리 대주교가 그렇게 했던 것처럼, 그리고 사법관들, 참사원, 학사원, 프랑스 원수들, 샹가르니에[22], 팔루[23], 모든 나폴레옹파, 모든 정통 왕조파, 상당수 오를레앙 왕조파가 놀라운 열의로 재빠르게 그랬던 것처럼.

왕정이 너무도 급속히 무너졌기 때문에 초기의 놀라움이 가시자 부르주아들은 아직도 살아 있다는 사실이 신기할 정도였다. 도둑 몇 명이 재판도 없이 총살되었는데 약식으로 처형된다는 사실이 매우 당연하게 생각되었다. 한 달 내내 사람들은 붉은 깃발에 대한 라마르틴의 구절 '샹드마르스를 일주했을 뿐인데 삼색기는…….' 등을 되풀이했다. 모두가 삼색기 아래 늘어서긴 했으나 각자 삼색 중 자기 색깔만을 볼 뿐이었고 자신이 가장 강해지는 때가 오자마자 다른 두 색깔을 뽑아 버리겠다고 속으로 다짐하고 있었다.

일이 중단된 상태였기 때문에 불안과 호기심으로 모두들 밖으로 떠돌았다. 옷차림에 신경을 쓰지 않아 사회적 계급 차가 두드러져 보이지 않았으며 증오는 감추어져 있고 희망은 드러나 있어 군중 사이 분위기는 온화했다. 얼굴에 권리를 쟁취했다는 자부심이 만연했다. 모두가 사육제나 야영할 때처

---

22) 우파 지도자.
23) 자유 가톨릭파의 지도자.

럼 즐거워 보였다. 혁명 직후 파리의 모습보다 재미난 것은 없었다.

프레데릭은 라 마레샬에게 팔짱을 꼈다. 그리고 두 사람은 함께 거리를 거닐었다. 그녀는 누구의 단춧구멍에나 장식된 훈장, 벽에 붙은 갖가지 색 포스터를 보고 재미있어했고 길 한가운데 의자 위에 놓인 부상자를 위한 모금함에 여기저기 동전을 던져 주기도 했다. 그러고는 루이필리프를 과자 제조인, 곡예사, 개, 거머리에 비유한 풍자화들 앞에서 걸음을 멈추었다. 그러나 군도를 차고 장식 띠를 두른 코시디에르의 부하들에게 그는 약간 겁을 먹었다. 어느 때는 자유의 나무를 심는 광경을 지나치기도 했다. 금줄을 단 종복들을 거느린 성직자들이 공화국을 축복하는 예식에 줄지어 참석했다. 군중은 그것을 매우 좋게 생각했다. 가장 많이 눈에 띄는 광경은 시청에 무언가를 요구하러 가는 여러 사절단의 모습이었다. 모든 직업, 모든 산업 분야 사람들은 정부가 그들의 가난을 근본적으로 해소해 주기를 바랐기 때문이다. 사실 충고나 축하를 하거나 단지 기구가 움직이는 모양을 보려고 방문하는 사람도 있었다.

3월 중순쯤 프레데릭은 라탱 구에 로자네트 일로 볼일이 있어 아르콜 다리를 지나가다가 수염이 긴 사람들이 이상한 모자를 쓰고 일렬종대로 다가오는 것을 보았다. 맨 앞에서 북을 치며 걷는 사람은 화실의 예전 모델인 흑인이었고 '회화 예술가'라고 쓰여 바람에 날리는 깃발을 든 사람은 다름 아닌 펠르랭이었다.

그는 프레데릭에게 기다리라는 손짓을 하고는 오 분 후에 나타나서 정부가 지금 석공과 면담을 하는 중이라 시간이 있다고 말했다. 그는 동료들과 '예술의 광장' 설립을 요청하러 가는 길이었는데 이것은 미학의 이익에 대해 토의하는 일종의 주식 거래소라고 했다. 화가들이 각자 재능을 하나로 합하기 때문에 걸작들이 만들어질 거라는 얘기였다. 파리는 곧 거대한 건축물로 뒤덮일 것이었다. 장식은 자신이 할 것이었다. 그는 심지어 공화국을 상징하는 그림을 그리기 시작했다. 그의 동료 하나가 가축 산업 사절단에 쫓긴다며 그를 데리러 왔다.

누군가 군중 속에서 중얼거렸다. "어리석기는! 여전히 허튼짓뿐이야! 제대로 된 건 하나도 없어!"

르쟁바르였다. 그는 프레데릭에게 인사는 하지 않았지만 이 기회에 씁쓸한 자기 심정을 토로했다.

시투아영은 수염을 잡아당기고 눈동자를 굴리며 침울한 소식을 듣고 퍼트리면서 거리를 헤매고 다니는 일에 시간을 보냈다. 그가 하는 말은 "조심해! 얼마 안 있어 속수무책에 빠질 거야!" 아니면 "아, 제기랄! 공화국을 교묘히 감추고 있어!" 두 가지뿐이었다. 그는 모든 게 불만이었고 특히 프랑스가 본래 국경을 다시 차지하지 않은 것이 불만이었다. 라마르틴의 이름만 들어도 그는 어깨를 으쓱했다. 그는 르드뤼 롤랭이 "시국을 떠맡기에 충분하지 않다고" 생각했고 뒤퐁(뢰르)[24]은 늙

---

24) 임시 정부 의장.

은 얼간이로, 알베르[25)는 백치, 루이 블랑은 몽상가, 블랑키[26)
는 지극히 위험한 인물로 간주했다. 그럼 프레데릭이 어쩌면
좋겠냐고 묻자 그는 팔을 으스러지도록 세게 잡으며 말했다.

"라인 강을 차지하는 거야. 말하는데, 라인 강을 차지하는
거야!"

그런 다음 그는 반동을 비난했다.

반동이 정체를 드러내고 있었다. 뇌유와 쉬렌 궁전 약탈, 바
티뇰 방화, 리용 폭동 등 모든 폭력 행위와 불만의 씨가 불려
지고 있었다. 거기에 르드뤼 롤랭의 통첩[27), 지폐의 강제 통용,
60프랑으로 떨어진 국채, 끝으로 부정의 극치이며 최후의 타
격이고 끔찍함을 더하는 것으로서 45상팀 과세가 있었다! 그
리고 이 모든 것 위에 아직도 사회주의가 있었다! 거위 놀음만
큼 새로운 이 이론은 사십 년 전부터 충분히 논의되어 책장을
가득 채우고 있었지만, 운석이 우박처럼 쏟아지는 것같이 부
르주아 계층에게 두려움을 주었다. 모든 사상의 도래는 그것
이 사상이라는 이유만으로 사람들에게 증오라는 이름의 분개
를 일으킨다. 그리고 사상은 이 증오로부터 자신의 영광을 끌
어내기 때문에 아무리 보잘것없는 사상일지라도 그의 적대자
들을 항상 지배하게 되는 것이다.

그리하여 소유권이라는 것이 종교와 같은 위치로 끌어올

---

25) 노동자 출신으로 유일하게 임시 정부 의원이 된 인물.
26) 극단적인 폭력주의를 주장한 사회주의자.
27) 이 통첩에서 새 체제의 혁명적 성격을 규정하며 직접세 45퍼센트 인상 등
을 발표했다.

려져 신과 혼동될 정도였다. 소유권에 대한 공격은 신성 모독, 거의 식인증처럼 여겨졌다. 그 어느 때보다도 가장 인간적인 법률이 제정되었음에도 1793년의 망령이 다시 나타났고 단두대 칼날이 공화국이라는 말의 철자 하나하나 속에서 진동했다. 그렇다고 사람들이 그 약점을 들어 하는 공화국에 대한 경멸이 막아지지는 않았다. 더 이상 지도자가 없다고 느낀 프랑스는 지팡이가 없는 장님처럼, 하녀를 잃어버린 어린애처럼 공포에 질려 소리치기 시작했다.

모든 프랑스인들 중에서 가장 두려움에 떤 사람은 당브뢰즈 씨였다. 새로운 상황으로 그의 재산은 위협받았고, 특히 그의 경험은 틀린 것이 되었다. 그토록 좋은 제도, 현명한 왕이었는데! 이럴 수가 있을까! 땅이 무너지는 것만 같았다! 사건 다음 날부터 그는 하인 세 명을 해고했고 말 몇 필을 팔았으며 거리로 나설 때 쓸 펠트 모자를 산 데다가 수염을 기를 생각까지 했다. 의기소침한 상태로 자기 사상에 가장 적대적인 신문들을 씁쓸한 심정으로 읽으며 집에 틀어박혀 있던 그는 너무도 우울해져 있어 파이프 담배에 대한 플로콩의 농담에도 미소 지을 수가 없었다.

전 왕정 지지자로서 샹파뉴에 있는 그의 소유지에 대한 민중의 보복이 있지나 않을까 두려워하던 그의 손에 프레데릭이 공들여 쓴 글이 들어왔다. 그러자 그는 자신의 젊은 친구가 매우 영향력 있는 인물이라 생각하고 이 친구가 자기를 위해 봉사하지는 않더라도 보호해 줄 수 있지는 않을까 상상했다. 그리하여 어느 날 아침 당브뢰즈 씨는 마르티농을 동반하고 프레데릭의 집에 찾아갔다.

만나서 잠깐 이야기나 나눌까 해서 찾아왔다고 그는 말했다. 결국 자신은 이번 사건을 기뻐하고 있으며 "본래 항상 공화주의자였기 때문에 우리의 숭고한 표어인 '자유, 평등, 박애'를 진심으로 환영한다."라고 말했다. 이전 체제 아래서 그가 내각에 찬성표를 던진 건 피할 수 없는 체제 붕괴를 가속화하기 위한 것이었다. 그는 기조 씨에 대해서조차 "우리를 궁지에 몰아넣은 자라는 사실을 인정해야죠!" 하며 분개했다. 반면 라마르틴에 대해서는 "붉은 깃발만 해도…… 맹세코 훌륭하지." 하며 존경을 표시했다.

"네! 알고 있어요." 프레데릭이 말했다.

그다음 당브뢰즈는 노동자들에게 공감한다고 선언했다.

"왜냐하면 우리 모두가 어느 정도는 노동자니까요!" 그리고 이 공정함을 밀고 나가 프뤼동은 논리적이라고 인정했다. "오! 정말 논리적이죠!" 그러고는 지성이 뛰어난 사람이 그렇듯 초월적인 표정으로 회화 전시회에서 펠르랭 그림을 보았다는 얘기를 했다. 독창적으로 잘 그려졌다는 것이 그의 의견이었다.

마르티농은 그의 모든 말에 일일이 동감을 표시했다. 그도 역시 "공화국에 편승"해야 한다고 생각했으며 농민답고 평민다운 척하며 농사를 짓는 아버지 얘기를 했다. 화제는 곧 국회의원 선거와 포르텔 구 입후보자 문제로 옮겨졌다. 야당 후보에게는 승산이 없었다.

"당신이 출마하면 되잖아요!" 당브뢰즈 씨가 말했다.

프레데릭은 당치 않다고 소리쳤다.

"왜 안 되죠?" 그의 정치적 성향으로 과격파 표를 얻을 수 있고 그의 가문으로 보수파의 표도 얻을 수 있으리라는 것이었다. 미소를 지으며 은행가가 덧붙였다. "그리고 어쩌면 내 영향력도 조금은 힘이 될 테고."

프레데릭은 절차를 전혀 모른다고 대답했다. 당브뢰즈는 그보다 쉬운 일은 없으며 수도에 있는 클럽을 통해 오브 현 애국자들의 추천을 받으면 된다고 했다. 그러기 위해서는 매일 보는 신앙 고백이 아니라 진지한 정책 발표를 해야 한다는 것이었다.

"그런 걸 나한테 가져와 봐요. 그 지방에 적합한 게 뭔지 내가 아니까! 그리고 다시 말하는데 당신이 국가와 우리 모두를 위해, 나를 위해 큰일을 할 수 있을 겁니다."

이런 시기에는 모두가 서로 도와야 한다고 당브뢰즈는 말했다. 그리고 만일 프레데릭에게 필요한 게 있으면 자기나 자기 친구들이…….

"아! 대단히 감사합니다."

"물론 이쪽에서 또 부탁할 게 있지요!"

은행가는 확실히 정직한 사람이었다.

프레데릭은 그의 충고를 곰곰이 생각할 수밖에 없었고 곧 현기증을 느끼며 눈이 부시다고 생각했다.

혁명 의회 위인들 모습이 눈앞을 스쳐 갔다. 찬란한 여명이 곧 떠오를 것 같았다. 로마, 빈, 베를린에서 폭동이 일었고 베네치아에서 오스트리아인이 추방됐다. 유럽 전체가 소요하고 있었다. 운동에 뛰어들어 그 대세를 촉진해야 할 때인지도 몰랐다. 그리고 하원들이 입는 복장에도 마음이 끌렸다. 그에게는 벌써 깃이 접힌 조끼에 삼색 띠를 두른 자기 모습이 보였다. 그리고 이러한 욕망과 환영이 너무도 강해 뒤사르디에에게 털어놓았다.

이 선량한 청년의 열정은 식지 않았다.

"물론이죠, 당연하죠! 출마하세요!"

프레데릭은 그래도 델로리에의 의견을 물었다. 지방 의원으로서 그의 일을 방해하는 어리석은 반대에 부딪혀 델로리에는 한층 더 자유주의자가 되어 있었다. 그는 즉시 격렬한 격려의 말을 보내왔다.

그러나 프레데릭은 더 많은 사람들의 지지가 필요했다. 그는 어느 날 바트나 양이 있는 자리에서 로자네트에게 이 얘기를 꺼냈다.

그녀는 전형적인 파리 독신 여성으로서 매일 저녁 수업을 마친 다음 혹은 평범한 그림이나 시시한 원고를 팔려고 애쓴다음 치마에 흙탕물이 튄 모양새로 돌아와 저녁을 지어 혼자 식사하고 나서 때 묻은 등잔불 아래 난로에 발을 녹이며 사랑과 가족, 가정, 재산 등 자기에게 없는 모든 것을 꿈꾸곤 했다. 또한 대부분 독신 여성과 마찬가지로 혁명을 복수의 시기가 도래한 것이라 생각하고 맹렬한 사회주의 전선에 나서고 있었다.

바트나 양에 따르면 프롤레타리아 해방은 여성 해방에 의해서만 가능하다는 것이었다. 그녀는 모든 직종의 문이 여성에게 개방되어야 하며 친부 확인 조사, 다른 법전, 혼인법 폐지, 아니면 적어도 "좀 더 합리적인 혼인법"이 시행되어야 한다고 했다. 그렇게 되면 프랑스 여성들은 각자 프랑스 남성 한 명과 결혼을 하든지 노인 한 명을 양부로 선택하든지 하게 될 것이었다. 유모와 산파도 국가 월급을 받는 공무원이 되어야 마땅했다. 여성의 저술을 평가하는 심사 위원이 있어야 했고 여성 전문 출판사, 여성 공과 대학, 여성 국민군 등 전 분야에 여성을 위한 자리가 있어야만 했다! 정부가 여성의 권리를 인정하지 않는 이상 여성은 힘으로 그 세력을 싸워 이겨야 했다. 좋은 총을 든 여성 1만 명이 시청을 벌벌 떨게 할 수 있었다!

프레데릭의 입후보는 그녀 사상에 이로운 듯 보였다. 그녀는 지평선 위에 떠오를 영광을 가리키며 그를 격려했다.

로자네트는 하원에서 연설하는 애인이 있다는 생각에 기뻐했다.

"어쩌면 당신한테 좋은 자리가 주어질지도 모르지."

본래 기질이 유약한 프레데릭은 전반적인 광적 분위기에 휩쓸렸다. 그는 연설문을 써서 당브뢰즈 씨에게 보여 주러 갔다.

대문이 닫히는 소리에 창문 커튼 하나가 살짝 들리더니 어떤 여인이 보였다. 그에게는 그 사람이 누구인지 알아볼 시간적 여유가 없었다. 그러나 대기실에서 그는 한 그림자 앞에 멈춰 섰다. 펠르랭 그림이었는데 아마도 임시로 의자 위에 올려 놓은 듯했다.

예수 그리스도가 기관차를 운전해 처녀림을 지나가는 그림이었는데 공화국이나 진보 혹은 문명을 나타내는 것이였나.

잠시 바라본 다음 프레데릭은 중얼거렸다.

"파렴치하기 그지없군."

"그렇죠?" 어느새 나타난 당브뢰즈 씨가 프레데릭의 말이 그림에 관계된 게 아니라 그림이 찬양하는 사상에 대한 거라 생각하고 말했다. 그 순간 마르티농이 도착했다. 그들은 서재에 들어갔다. 프레데릭이 주머니에서 원고를 꺼내려니까 세실 양이 갑자기 들어와 순진한 얼굴로 말했다.

"숙모님 여기 계세요?"

은행가가 대답했다. "안 계시는데 괜찮아요! 들어와도 돼요, 아가씨."

"아, 고맙지만! 전 가 볼게요."

그녀가 나가자마자 마르티농이 손수건을 찾는 척했다.

"외투 속에 두고 왔어요, 실례해요!"

"그래요!" 당브뢰즈 씨가 말했다.

분명히 이러한 술책에 그가 속아 넘어간 것은 아니었다. 오히려 그것을 장려하고 있는 듯했다. 왜일까? 그러나 곧 마르티농이 다시 돌아왔고 프레데릭은 연설을 시작했다. 금전상 이익을 이용한 지배력은 수치라고 설파한 두 번째 페이지에서부터 당브뢰즈는 얼굴을 찌푸렸다. 그런 다음 프레데릭은 개혁 문제를 언급하면서 상업의 자유를 주장했다.

"뭐라고요……? 그런데 그건!"

프레데릭은 그의 말을 듣지 못한 채 계속했다. 그는 금리에 대한 과세, 누진세, 유럽 연합, 민중 교육, 대규모 미술 장려 정책을 요구했다. "국가가 들라크루아나 위고 같은 사람들에게 연금 10만 프랑을 준다 해도 안 될 건 없지 않습니까?"

연설문은 상류 계급에 대한 충고로 끝을 맺었다.

"오, 부자들이여, 부디 인색해지지 마십시오! 주어야 합니다! 주어야 해요!"

그는 연설을 끝내고 그대로 서 있었다. 앉아서 듣던 청중 두 사람은 아무 말도 하지 않았다. 마르티농은 눈을 커다랗게 뜨고 있었고 당브뢰즈 씨는 얼굴이 창백해져 있었다. 마침내 마음의 동요를 쓸쓸한 미소로 감추며 당브뢰즈 씨가 말했다.

"완벽해요, 연설문은!" 그리고 내용에 대한 언급을 피하려고 형식을 격찬했다.

소심한 젊은이의 신랄함이 특히 시대의 징조 같아 그는 두려웠다. 마르티농은 그를 안심시키려 애썼다. 얼마 안 있어 보수파가 복수를 할 게 분명했다. 여러 도시에서 임시 정부 위원들을 쫓아내고 있다. 선거가 4월 23일이니 시간이 있다. 요컨대 당브뢰즈 씨 본인이 오브 현에서 출마해야 한다고 마르티농은 말했다. 그때부터 마르티농은 그를 한시도 떠나지 않고 비서 노릇을 하며 자식처럼 그의 일을 돌보았다.

프레데릭은 자신에게 매우 만족하여 로자네트 집에 도착했다. 델마르가 와 있었는데, 그는 프레데릭에게 "결정적으로" 센 구에서 출마하기로 했다고 알렸다. "민중에게" 고하는 전단지에서 그는 민중에게 너라고 말을 놓으며 자신이 민중을 이해하고 민중의 안녕을 위해 "스스로 예술로써 십자가에 못 박히기로" 하였으니 자신은 민중의 화신이며 민중의 이상이라고 자부했다. 그는 자신이 대중에게 막대한 영향력을 지녔다고 생각하여 나중에 정부 부처 사무실에서 혼자서 폭동을 진압하겠다고 나서기까지 했다. 진압 방편을 묻자 그는 대답했다.

"걱정할 거 없어요! 내 얼굴을 보이면 되니까!"

프레데릭은 그의 자존심을 꺾으려고 자기 입후보 사실을 알렸다. 배우는 미래의 자기 동료가 지방 선거구를 목표한다는 사실을 알게 되자 돕겠다며 정치 클럽에 프레데릭을 안내하겠다고 했다.

두 사람은 거의 모든 클럽, 빨간 노선과 파란 노선, 과격파와 온건파, 엄격한 곳과 난잡한 곳, 신비주의파와 주정뱅이파, 왕의 죽음을 선포하는 곳, 식료품상의 부정 행위를 고발하는 곳을 방문했다. 어디를 가든 세 든 사람은 집주인을 저주하고 노동자는 예복 입은 사람들을 비난하며 부자는 가난한 자들에 대항해 음모를 꾸몄다. 예전에 경찰에게 수난을 당한 사람들 중 배상금을 요구하는 이들도 있었고 발명품을 제품화하기 위해 자금 지원을 요구하는 사람들도 있었다. 또 사회주의 공동 생활체의 계획, 면 단위 백화점 시공 계획, 공공복지 체계에 대한 문제가 제기되었다. 그러고는 여기저기 이 어리석음의 혼돈 속에서 번득이는 재기나 흙탕물이 튀기듯 갑작스러운 과격한 말, 욕설을 통한 권리 주장이 터져 나왔고, 벌거벗은 가슴에 그대로 군도 매단 어깨끈을 두른 무뢰한의 입술에서 웅변의 꽃이 피었다. 또한 어느 때는 겸손한 태도로 평민 같은 말을 하며 못이 박힌 것처럼 보이려고 손도 씻지 않고 나오는 귀족도 있었다. 한 애국자가 그를 알아보자 가장 용감한 사람들이 그를 심하게 야단쳤다. 그는 분개하며 물러났다. 양식 있는 척하려면 항상 변호사들을 비방해야 했고 '건립 공헌', '사회 문제', '작업장' 같은 용어를 가능한 한 많이 써야 했다.

델마르는 이 말을 할 기회를 놓치지 않았다. 더 이상 할 말이 없을 때는 한 주먹을 허리에 얹고 다른 한 팔은 조끼 속에 넣은 자세로 얼굴이 잘 보이도록 갑자기 옆얼굴을 돌리면서 버티고 서는 것이었다. 그러면 박수갈채가 터져 나왔다. 연설장 안쪽 구석에 자리한 바트나 양의 박수 소리였다.

연사들 연설이 보잘것없음에도 프레데릭은 감히 나설 용기가 나지 않았다. 이 모든 사람들이 그의 눈에 몹시 무지하거나 적대적으로 생각되었다.

그러나 뒤사르디에가 조사하여, 프레데릭에게 생자크 거리에 '지성 클럽'이라는 것이 있다고 알렸다. 이름으로 미루어 희망을 품을 만했다. 게다가 그는 친구들을 데려갈 것이었다.

그는 펀치 모임에 초대했던 친구들을 데려갔다. 장부 담당 직원, 포도주 중개인, 건축가, 펠르랭까지 왔고 위소네도 올지 몰랐다. 문 앞 포도 위에 르쟁바르가 두 사람과 서 있었는데 한 명은 친구 콩팽으로 키가 땅딸하고 얼굴은 곰보에 눈이 붉은 사람이었다. 또 한 명은 머리가 매우 덥수룩하며 새까만 원숭이같이 생겼는데 르쟁바르가 아는 건 그가 '바르셀로나의 애국자'라는 사실뿐이었다.

그들은 통로를 지나 목수가 쓰는 방인 듯하며 새로 칠한 벽에서 아직도 회반죽 냄새가 나는 커다란 방으로 들어갔다. 나란히 걸린 석유등 네 개의 불빛이 불쾌했다. 방 안쪽 단 위에는 종이 놓인 책상이 있었고 그 밑에는 연단 탁자 하나가 있었는데 양옆으로 좀 더 낮은 비서용 탁자 두 개가 있었다.

좌석을 메운 청중은 늙고 서투른 그림쟁이, 자습 감독, 아직 책을 내지 않은 문인 등이었다. 때낀 외투 깃 행렬 사이로 군데군데 여성 모자와 노동자 작업복이 보였다. 게다가 실내 안쪽은 노동자들로 꽉 차 있었는데 할 일이 없어 왔거나 박수를 쳐 달라고 연사들이 데려온 사람들임에 분명했다.

프레데릭은 신경 써서 뒤사르디에와 르쟁바르 사이에 앉았는데 르쟁바르는 앉자마자 두 손을 지팡이에 얹고 턱은 두 손 위에 기댄 채 눈을 감았다. 한편 회장 맞은편 끝에서는 델마르가 서서 청중을 굽어보고 있었다.

의장석에 세네칼이 나타났다.

선량한 회사원은 이 뜻하지 않은 일에 프레데릭이 기뻐할 거라고 생각했다. 하지만 프레데릭은 언짢아했다.

청중은 의장에게 깊은 경의를 표시했다. 그는 2월 25일 즉시 일을 구성할 것을 요구한 사람 중 하나였고[28] 다음 날 프라도에서는 시청 공격에 대해 찬성 의사를 표명했다. 사람들은 각자 한 사람을 모델 삼아 행동했는데 생쥐스트의 모방자, 당통의 모방자, 마라의 모방자 등이 있었고 그는 로베스피에르의 모방자인 블랑키를 닮으려 애썼다. 검은 장갑과 짧게 깎은

---

28) 일할 권리는 1848년 혁명에 참여한 노동자들의 주요 관심사였고, 2월 25일부터 그 권리가 인정되었다.

머리 때문에 그는 매우 딱딱하면서도 극도로 예의 바르게 보였다.

그는 흔히 하는 선서인 인권과 시민의 권리 선언으로 개회했다. 그러자 누군가 활기찬 목소리로 베랑제의 「민중의 회상」을 부르기 시작했다.

언성을 높이는 사람들이 있었다.

"아니! 아니! 그건 안 돼!"

"「라 카스케트」[29]!" 회장 안쪽에서 애국자들이 소리 지르기 시작했다.

그리고 그들은 당대 유행하던 시를 합창했다.

> 나의 카스케트 앞에서 모자를 벗어라
>
> 노동자 앞에서 무릎을 꿇어라

의장의 한마디 말에 청중은 조용해졌다. 비서 한 명이 편지를 개봉했다.

"우리 젊은이들은 매일 저녁 팡테옹 앞에서 《아상블레 나시오날》[30] 한 부를 불태우고 있음을 알린다. 모든 애국자들은 우리의 예를 따라 주기 바란다."

"브라보! 통과!" 대중이 대답했다.

"도핀 거리에 사는 인쇄업자 시민 장 자크 랑그르뇌는 테르

---

29) 학생과 선원 들이 주로 쓰던 모자로 여기에서는 유행가 제목이다.
30) 보수 신문으로 과도 정부를 비판했다.

미도르 폭동 희생자를 위한 기념비를 세울 것을 희망한다.”

“전직 교수 미셸 에바리스트 네포뮈센 뱅상은 유럽 민주주의가 공용어를 선정하기 바란다. 예를 들면 죽은 언어인 라틴어를 개조하여 쓸 수 있을 것이다.”

“안 돼요! 라틴어는 안 돼요!” 건축가가 소리쳤다.

“왜 안 되죠?” 자습 감독이 대꾸했다.

그러자 이 두 사람 사이에 토론이 벌어졌고 다른 사람들도 거기에 끼어들어 각자 상대를 사로잡으려 했으나 토론은 이내 몹시 지루해져 많은 사람들이 자리를 떴다.

그러다 매우 높은 이마 밑에 녹색 안경을 쓴 키 작은 노인이 급히 발표할 게 있다며 발언을 요청했다.

그것은 세금 할당에 대한 연구 보고서였다. 숫자가 계속 쏟아져 나왔으며 끝이 없었다! 지루해진 청중은 처음에는 중얼대다가 점차 말소리를 높였다. 노인은 아랑곳하지 않았다. 그러고는 휘파람 소리가 나기 시작하고 ‘야유’가 터져 나왔다. 세네칼이 청중에게 소리를 질렀다. 연사는 기계적으로 계속 말했다. 그의 말을 멈추기 위해 팔을 붙잡아야만 했다. 노인은 꿈에서 깨어난 듯한 모습이었다. 그리고 안경을 조용히 벗어들며 사과했다.

“미안합니다! 시민 여러분! 미안합니다! 내려가겠습니다! 정말 죄송합니다!”

원고 낭독이 실패하자 프레데릭은 당황했다. 주머니에 연설문이 있었으나 즉흥 연설을 하는 편이 나을 것 같았다.

마침내 의장이 중요 사항인 선거 문제로 접어들겠다고 선언했다. 공화주의자의 전체 명부에 대해서는 토론하지 않을 것이었다. 그러나 지성 클럽도 다른 데와 마찬가지로 "시청의 고관님들께는 미안한 일이지만" 입후보자 명부를 작성할 권리가 있었다. 민중의 위임을 바라는 시민은 자기 경력을 이야기할 수 있었다.

"하세요!" 뒤사르디에가 말했다.

사제복을 입은, 곱슬머리에 활기가 넘치는 한 남자가 이미 손을 들었다. 그는 빨라서 알아들을 수 없는 말투로 자기 이름이 뒤크르토이며 사제이자 농학자인데 『비료』라는 책의 저자라고 했다. 그는 원예 서클로 보내졌다.

그다음에는 작업복 차림 애국자가 연단에 올라섰다. 이 사람은 평민으로서 어깨가 넓고 유순해 보이는 큰 얼굴에 검은 장발이었다. 그는 거의 관능적인 시선으로 청중을 둘러본 다음 머리를 뒤로 젖히고 마침내 두 팔을 벌리며 말했다.

"여러분은 뒤크르토를 밀쳐 냈습니다. 오, 형제여! 잘한 겁니다. 그러나 그건 신앙이 없어서가 아닙니다, 우리는 모두 신자니까요."

몇 사람은 입을 벌린 채 세례를 받으려는 사람처럼 황홀한 자세로 들었다.

"또한 그가 사제이기 때문도 아닙니다, 우리 역시 모두 사제이기 때문입니다! 노동자는 사제입니다, 사회주의의 창시자이며 우리 모두의 스승인 예수 그리스도가 그랬던 것처럼!"

신의 통치를 개시할 때가 왔다! 복음서는 그대로 1789년으로 이끈다! 노예 제도 폐지 이후 무산 계급 폐지가 이루어져야 한다. 증오의 시대를 살았지만 이제는 사랑의 시대가 시작될 것이다.

"기독교는 새로운 건축의 주춧돌이며 기반입니다……."

포도주 중개인이 소리쳤다. "우리를 뭘로 보는 겁니까? 저 따위 성직자를 누가 나서게 했어!"

이렇게 반박하자 큰 소동이 벌어졌다. 거의 모든 사람이 의자 위로 올라서서 주먹을 휘두르며 고함쳤다.

"무신론자! 귀족! 천민!" 그동안 의장의 종은 계속 울려 댔고 "질서를! 질서를!" 하고 외치는 소리가 점점 심해졌다. 그러나 대담한 성격에다가 오기 전에 마신 커피 세 잔에 힘입어 포도주 중개인은 사람들 한가운데서 발버둥쳤다.

"뭐라고, 내가! 귀족이라고? 말도 안 돼!"

마침내 변명할 기회가 주어지자 그는 성직자들과는 결코 순조로운 날이 없을 거라고 선언했다. 조금 전에 경제 얘기를 했으니 교회, 성합, 마지막으로 모든 종교를 없애면 경제성의 훌륭한 예가 될 것이었다.

누군가 그가 한계를 넘어섰다고 반박했다.

"그래요! 한계를 넘었어요! 배가 폭풍을 만나면……."

비유를 끝까지 듣지도 않고 또 다른 사람이 대답했다.

"좋소! 그런데 그건 석공이 분별없이 그러듯 단숨에 무너뜨리는 식이요……."

"당신 석공을 모욕하고 있소!" 석고로 뒤덮인 시민이 소리쳤다. 자신에게 시비를 건 거라고 고집스럽게 믿은 그는 욕설을 퍼부으며 싸우려고 의자에 달라붙었다. 세 사람이 달려들어 겨우 그를 밖으로 내보냈다.

그런데 노동자는 여전히 연단에 서 있었다. 비서 두 명이 그에게 내려가라고 주의를 주었다. 그는 불공평하다고 항의했다.

"제가 외치는 걸 막을 수는 없을 겁니다. 친애하는 우리의 프랑스에 영원한 사랑을! 또한 공화국에 영원한 사랑을!"

그러자 콩팽이 말했다. "시민 여러분! 시민 여러분!"

'시민 여러분'을 몇 번이나 되풀이한 끝에 주위가 약간 종용해지자, 그는 나무 그루터기처럼 붉은 두 손을 연단에 기대고 몸을 앞으로 내민 채 눈을 깜빡이며 말했다.

"저는 송아지 머리를 좀 더 널리 보급해야 한다고 생각합니다."

모두가 잘못 들은 것은 아닌가 생각하며 침묵을 지켰다.

"네! 송아지 머리요!"

300명의 웃음소리가 동시에 폭발했다. 천장이 흔들렸다. 즐거움으로 일그러진 이 얼굴들 앞에서 그는 뒤로 물러섰다. 그러다 분개한 어조로 다시 말을 이었다.

"뭐라고요! 송아지 머리를 모른다고요?"

웃음은 절정에 이르러 광란 상태가 되었다. 모두들 서로 옆구리를 밀치며 웃어 댔다. 의자에서 떨어지는 사람도 있었다. 콩팽은 더 이상 참지 못하고 르쟁바르 옆으로 가서 그에게 함께 밖으로 나가자고 했다.

"아니! 난 끝까지 있을 거야!" 시투아앵이 말했다.

이 대답을 듣고 프레데릭은 결심했다. 그가 여기저기에서 자기를 지지할 친구들을 찾던 중 연단에 오른 펠르랭이 정면으로 보였다. 화가는 청중 앞에서 거만한 태도를 취했다.

"이 모든 것 중에 예술 후보자는 어디에 있는 거죠? 난 그림을 그렸……."

"그림은 필요 없습니다!" 볼에 붉은 반점들이 있는 깡마른 남자가 퉁명스럽게 말했다.

펠르랭은 그에게 방해가 된다고 소리쳤다.

그러나 상대는 비극적 어조로 말했다.

"정부는 진작에 법령으로 매춘과 가난을 퇴치해야 하지 않았을까요?"

이 말이 곧장 민중의 호감을 사자 그는 대도시 부패를 비난하기 시작했다.

"수치스럽고 치욕적입니다! 메종 도르에서 나오는 부르주아들을 붙잡아 얼굴에 침을 뱉어야 합니다! 적어도 정부가 퇴폐를 옹호하지만 않았더라면! 거기에 입시(入市) 세관원들은 우리 딸과 누이에게 파렴치하기 짝이 없습니다……!"

멀리서 누군가 말했다.

"재미있는데!"

"쫓아내!"

"우리 세금으로 유흥비를 충당하고 있습니다! 그래서 배우들의 높은 급료는……."

"발언권을 주시오!" 델마르가 소리쳤다.

그는 연단으로 뛰어 올라가 모든 사람을 밀치고 고유의 포즈를 취했다. 그리고 그처럼 보잘것없는 비난은 경멸한다고 선포하고 배우의 개화적 사명을 상세하게 늘어놓기 시작했다. 극장은 국가 교육의 중심이기 때문에 그는 극장의 개혁에 찬성했다. 그리고 우선 더 이상 관리도 특권도 필요 없었다!

"네! 어떤 종류도 말입니다!"

배우의 연기는 청중을 들뜨게 했고 합류하겠다는 극단적 발언이 여기저기에서 일었다.

"아카데미를 폐지하라! 학사원을 폐지하라!"

"전도를 폐지하라!"

"대학 입시 자격 시험을 폐지하라!"

"학위도 필요 없다!"

세네칼이 말했다. "학위는 보존합시다. 하지만 그것은 국민 투표에 부쳐져서 진정한 단 하나 심판자인 국민에게 맡겨져야 합니다!"

게다가 가장 유용한 것은 그게 아니었다. 우선 부자들의 솟아나온 머리를 잘라 수준을 평준화해야 했다! 그는 부자들이 황금 천장 아래서 죄악으로 가득 차 살고 있는 모습을 묘사한 반면 가난한 사람들은 오두막집에서 배고픔으로 몸을 비틀면서도 온갖 미덕을 키우는 모습으로 표현했다. 박수가 너무도 커 말이 중단되었다. 잠시 동안 그는 눈을 감고 머리를 뒤로 젖힌 채 자신이 불러일으킨 분노에 몸을 맡긴 듯 서 있었다.

그러고는 법률 조항 같은 절대적인 문구를 써 교리주의적인 방식으로 말하기 시작했다. 국립 은행과 보험 회사를 차지해야 한다. 유산 상속은 폐지될 것이다. 근로자를 위한 사회 기금을 만들어야 한다. 장래에 또 다른 많은 조치들도 필요하겠지만 현재로서는 이걸로 충분하다. 그러고는 선거 문제로 돌아가 물었다.

"순수한 시민, 완전히 새로운 인물이 필요합니다! 누구 나올 사람 있나요?"

프레데릭이 일어났다. 그의 친구들이 찬성의 소리를 질렀다. 그러나 세네칼은 푸키에탱빌[31] 같은 얼굴로 그의 성, 이름, 경력, 생활, 품성에 대해 묻기 시작했다.

프레데릭은 간략하게 대답하고 입술을 깨물었다. 세네칼은 이 입후보자에게 이의가 있는지 물었다.

"없습니다! 없습니다!"

그러나 세네칼 자신은 이의가 있다고 말했다. 모두가 집중해 귀를 기울였다. 입후보 지원자인 이 시민은 민주 기관의 건립, 신문 건립에 약속한 기금을 내놓지 않았다. 게다가 2월 22일 충분히 예고를 받았음에도 팡테옹 광장에서의 약속에 나오지 않았다.

"그가 튈르리에 있었다는 걸 맹세합니다!" 뒤사르디에가 소리쳤다.

"그를 팡테옹에서 봤다고 맹세할 수 있습니까?"

뒤사르디에는 고개를 숙였다. 프레데릭은 아무 말도 하지 않았다. 분개한 그의 친구들이 불안하게 그를 바라보았다.

세네칼이 말을 이었다. "적어도 당신의 사상에 대해 우리에게 대답해 줄 수 있는 애국자를 아십니까?"

"저요!" 뒤사르디에가 말했다.

---

31) 대혁명 당시 혁명 재판의 고발자로 많은 사람을 단두대에 보냈다.

"오! 자네론 충분치 않아! 누구 다른 사람!"

프레데릭은 펠르랭을 돌아보았다. 화가는 이러저런 몸짓으로 이렇게 말하고자 하는 듯했다.

'아! 나는 벌써 밀려나지 않았나! 제기랄! 어쩔 수 없지!'

그래서 프레데릭은 팔꿈치로 르쟁바르를 찔렀다.

"네, 그래요! 때가 됐지! 내가 나가죠!"

르쟁바르는 성큼성큼 연단으로 올라간 다음 뒤를 따라온 스페인 사람을 가리키며 말했다.

"시민 여러분! 바르셀로나의 애국자를 소개하겠습니다!"

애국자는 정중히 인사한 다음 자동 인형처럼 은색 눈을 굴리며 말했다.

"시민 여러분! 저에게 베풀어 주신 명예를 매우 영광스럽게 생각합니다, 여러분의 호의와 주의는 무척 소중합니다."[32]

"발언권을 요구합니다!" 프레데릭이 소리쳤다.

"스페인 자유의 핵심 조약인 카디스 헌법이 선포된 이래 최근 혁명에 이르기까지 우리 조국은 여러 영웅적 순교자를 낳았습니다."

프레데릭은 다시 한 번 자기 말을 듣게 하려고 했다.

"그러나 시민 여러분……!"

스페인 사람은 계속했다.

"다음 주 화요일 마들렌 사원에서 추도식이 거행됩니다."

---

32) 여기서부터 스페인 사람은 스페인어로 얘기하고 있다. 독서의 편의를 위해 우리말로 옮겨 두었다.

"정말 어이없어! 아무도 못 알아듣잖아요!"

이러한 비판에 청중은 화가 났다.

"쫓아내! 쫓아내!"

"누구? 나 말이에요?" 프레데릭이 물었다.

"당신이요!" 세네칼이 엄숙하게 말했다. "나가세요!"

그는 나가려고 일어섰다. 스페인 사람 목소리가 계속 들려왔다.

"그러므로 모든 스페인 사람은 추도식에 각 클럽과 국민군 사절단이 모이기를 바랍니다. 스페인과 전 세계 자유를 위해 파리 성직자가 본 누벨 궁에서 추도 연설을 할 겁니다. 프랑스 국민에게 영광을, 만일 제가 다른 나라 시민이 아니었다면 감히 프랑스 국민을 세계 제일의 국민이라고 할 겁니다!"

"귀족 나부랭이!" 화가 나서 뜰로 뛰쳐나가는 프레데릭에게 주먹을 휘두르며 한 불량배가 소리쳤다.

프레데릭은 자기에게 가해진 비난이 결국 정당한 것이었다고는 생각지 않고 자신의 헌신적인 태도를 후회했다. 입후보자라니 무슨 치명적인 생각이야! 그런데 어쩌면 그들은 그렇게 어리석고 바보 같을까! 그는 자신을 그들과 비교하며 그들의 어리석음에 상처 받은 자존심을 달랬다.

그러자 로자네트를 만나고 싶은 충동을 느꼈다. 그토록 만연한 추함과 허풍에 시달린 다음 상냥한 그녀를 보면 마음이 가벼워질 것이었다. 그녀는 그가 그날 저녁 클럽에 자신을 소개하러 간 사실을 알고 있었다. 그러나 그가 들어가자 그녀는 단 한 마디 질문도 하지 않았다.

그녀는 난로 옆에서 원피스 안감을 뜨고 있었다. 그런 일을 하는 것을 보고 그는 놀랐다.

"어? 뭐 하는 거야?"

그녀가 쌀쌀하게 대답했다. "보면 몰라, 헌 옷 깁고 있잖아! 이런 게 너의 공화국이야."

"왜 나의 공화국이지?"

"그럼 내 건가?"

그러자 그녀는 두 달 전부터 프랑스에서 일어난 모든 일로 그를 비난하기 시작했는데, 혁명을 일으켰으며 자기 몰락을 초래했고 부자들이 파리를 떠나게 했으며 후일 그녀가 시립 병원에서 인생을 마치게 했다는 것이었다.

"당신은 연금이 있으니까 그런 얘기를 쉽게 하지! 게다가 이대로 계속 가면 연금도 오래가지는 못할 거야."

프레데릭이 말했다. "그럴지도 모르지. 정말 헌신적인 사람들은 항상 인정을 못 받아. 그리고 양심적인 사람이라도 야만적인 사람들 때문에 평판에 금이 가면 자기희생이 혐오스럽게 느껴지지!"

로자네트는 눈을 가늘게 뜨고 그를 바라보았다.

"뭐? 뭐라고? 무슨 자기희생? 일이 틀어진 모양인데? 차라리 잘됐어! 이 일로 애국적 기부라는 걸 배우게 됐으니, 오! 거짓말하지 마! 당신이 300프랑 낸 거 다 알아, 당신 공화국도 첩을 부양하듯 해야 하니까! 그러면 공화국하고 같이 재미있게 즐겨 봐!"

이처럼 쏟아지는 어리석은 말에 프레데릭은 절망에서 한층 더 무거운 실망으로 빠져들었다.

그는 방 한쪽 구석으로 자리를 옮겼다. 그녀가 다가왔다.

"자! 잘 생각해 봐! 한 나라에도 한 가정처럼 주인이 있어야 돼. 그렇지 않으면 각자 속임수나 쓰겠지. 우선 르드뤼 롤랭이 빚더미에 오른 사실은 누구나 다 알아! 라마르틴으로 말하면 시인이 어떻게 정치를 알 수가 있어? 아! 머리를 그렇게 흔들어 봤자, 다른 사람들보다 영리하다고 믿어 봤자 소용없어. 하긴 사실이긴 하지! 그런데 당신은 항상 궤변을 늘어놔. 당신한테는 한 마디도 할 수가 없어! 예를 들면 생로크 거리 상점 주인 푸르니에퐁텐에게 돈이 얼마가 부족한지 알아? 80만 프랑! 그리고 맞은편 포장집 주인 고메르 씨 역시 공화주의자인데 부집게로 자기 마누라 머리를 때리고 압생트를 너무 많이 마시는 탓에 요양소로 보내질 거야. 공화주의자들은 전부 이 모양이야! 25퍼센트 지지율의 공화국! 그래! 어디 자랑해 봐!"

프레데릭은 그곳을 떠났다. 천박한 말투 속에서 갑자기 드러난 이 여자의 어리석음에 혐오감을 느꼈다. 그는 어느 정도 다시 애국자가 된 듯한 느낌이었다.

로자네트의 암울한 기분은 날이 갈수록 더해졌다. 바트나 양의 열성이 그녀를 더욱 자극했다. 스스로 사명이 있다고 믿는 그녀는 미친 듯이 장광설을 늘어놓으며 설득하는 일에 몰두했다. 그리고 이런 일에 있어 로자네트보다 훨씬 앞섰기 때문에 그녀를 논쟁으로 압도했다.

어느 날 바트나는 여성 클럽에서 방금 음란한 행동을 한 위소네에게 화가 나서 왔다. 로자네트는 그런 행동을 잘한 일이라고 찬성하고 "그들이 한 짓을 얘기하고 회초리로 때려 주기위해" 남장을 하고 클럽에 가겠다고 선언했다. 프레데릭이 마침 그때 들어왔다.

"나하고 같이 가 줄 거지?"

그리고 그가 있음에도 아랑곳 않고 한 사람은 부르주아인양 또 한 사람은 철학자인 양 싸움을 했다.

로자네트에 따르면 여자는 오직 사랑을 위해서 혹은 아이들을 키우고 가사를 돌보기 위해 태어났다는 것이다.

바트나 양 생각으로는 여자도 정부 요원이 되어야 했다. 옛날에 갈리아 여자들은 법률을 제정했고 앵글로색슨 여자도 마찬가지였다. 위롱족 부인들은 참사원 위원직을 맡기도 했다. 문명을 일구는 일은 남녀 공통의 작업이다. 모든 여성이 거기에 협력해야 하며 이기주의를 박애주의로, 개인주의를 연합으로, 토지 분할을 대경작으로 바꿔야 한다는 것이었다.

"아, 그래! 이제 농업에도 일가견이 있나 보지!"

"안 될 것도 없지? 또한 인류와 그 미래에 관계된 일인데!"

"네 장래나 신경 쓰지 그래!"

"그건 내가 알아서 할 일이야!"

두 사람을 서로 화를 냈다. 프레데릭이 중간에서 말리자 바트나 양은 더욱더 흥분한 나머지 공산주의를 지지한다고까지 했다.

로자네트가 말했다. "어리석기는! 그런 일이 생전에 이루어질 것 같아?"

상대는 에세네 교파, 모라비아 교도, 파라과이의 제수이트회 수도사, 오베르뉴 지방 티에르 근처에 살던 팽공 일족을 예로 들었다. 그녀가 얘기하며 심하게 몸짓했기 때문에 시곗줄이 거기 매달린 작은 양 모양 금장식과 얽혔다.

갑자기 로자네트의 얼굴이 놀랍도록 창백해졌다.

바트나 양은 얽힌 줄을 계속 끄르고 있었다.

로자네트가 말했다. "그렇게 애쓸 거 없어. 이제 네 정치적 의견이 뭔지 알았으니까."

"뭐라고?" 바트나 양이 숫처녀처럼 얼굴이 빨개져서 말을 이었다.

"아! 내 말뜻 잘 알 텐데!"

프레데릭은 무슨 말인지 알 수 없었다. 분명히 이 두 여자들 사이에 사회주의보다 중요한 사적인 일이 생긴 듯했다.

바트나 양이 의연한 태도로 과감하게 대꾸했다. "그렇대도 무슨 상관이야. 이건 빌린 거야, 어디까지나 빌린 거라고!"

"세상에! 나도 빚이 없다는 얘기는 아니야! 수천 프랑이지! 난 적어도 빌려. 훔치지는 않아!"

바트나 양은 애써 웃음을 지으려 했다.

"오! 맹세컨대 내 손을 불 속에 넣는다고 장담해."

"조심해! 네 손은 너무 말라서 금방 타 버릴 테니까."

노처녀는 손을 들어 상대방 면전에 들이대며 말했다.

"그런데 네 남자들 중 이 손을 마음에 들어 하는 사람들도 있어!

"안달루시아 사람들이겠지? 캐스터네츠같이 생긴!"

"매춘부!"

라 마레샬은 정중하게 인사를 했다.

"그쪽도 마찬가지지!"

바트나 양은 아무 대답도 하지 않았다. 관자놀이에 땀방울이 맺혔다. 두 눈은 양탄자 위에 고정한 채 그녀는 숨을 헐떡였다. 마침내 그녀는 문 쪽으로 가서 세차게 문을 밀치며 말했다.

"잘 있어! 어디 두고 보자!"

"좋을 대로 해!" 로자네트가 말했다.

참을 대로 참느라 그녀는 기진맥진했다. 그녀는 온몸을 떨며 긴 의자에 쓰러져 더듬거리며 욕설을 퍼붓고 눈물을 흘렸다. 바트나 양의 위협에 고통스러워하는 걸까? 아니었다! 그건 마음에 두지도 않았다! 상대가 그녀에게 빚을 진 걸까? 그건 선물로 받은 금으로 된 양인 듯했다. 그러자 울음 사이로 델마르의 이름이 새어 나왔다. 그러니까 그녀는 이 엉터리 배우를 아직 사랑하고 있었다!

'그러면 왜 나와 같이 있는 거지?' 프레데릭은 생각했다. '무슨 이유로 그 사람이 다시 돌아온 걸까? 누가 그녀로 하여금 나를 붙잡아 두도록 하는 거지? 이 모든 것의 의미는 뭘까?'

로자네트가 작게 흐느끼는 소리는 계속되었다. 그녀는 여전히 긴 의자 끝에 옆으로 누워 오른쪽 볼을 두 손 위에 묻고 있었다. 그리고 그녀가 너무도 허약하고 혼미하며 아파 보여 그는 다가가 이마에 조용히 입을 맞추었다.

그러자 그녀는 그에게 사랑을 맹세하는 말들을 했다. 공작은 얼마 전 떠나 버렸고 그들은 이제 자유였다. 그렇지만 그녀는 현재…… 곤경에 빠져 있었다. "저번 날 봤지, 내가 낡은 안감을 다시 고쳐 입으려 했던 거." 이제는 마차도 없었다! 이게 전부가 아니었다. 가구상들이 방과 큰 거실 가구들을 다시 가져간다고 위협했다. 더 이상 어찌해야 할지 몰랐다.

프레데릭은 이처럼 대답하고 싶었다. '걱정하지 마! 내가 지불할게!' 그러나 이 여자가 거짓말을 하는 건지도 몰랐다. 경험이 그걸 가르쳐 주었다. 그는 단지 위로하는 데 그쳤다.

로자네트의 걱정은 괜한 것이 아니었다. 가구를 돌려주고 드루오 거리에 있는 훌륭한 아파트를 떠나야 했다. 그녀는 푸아소니에르 대로에 있는 건물 5층을 얻었다. 그녀의 옛 규방에 있던 골동품만으로도 방 세 개를 예쁘장하게 꾸미기에 충분했다. 창에는 중국식 블라인드, 테라스에는 텐트를 쳤고 거실에는 중고이긴 하지만 아직 새것에 가까운 융단을 깔았고 분홍 비단으로 된 쿠션 의자 몇 개를 놓았다. 이 물건들을 사들이는 데 프레데릭이 많은 돈을 내주었다. 그는 드디어 자기 집에 아내까지 있는 새 신랑 같은 기쁨을 느꼈다. 그곳이 무척 마음에 들어 그는 거의 매일 밤 자러 갔다.

어느 날 아침 대기실에서 나오려니까 4층 계단을 올라오는 국민군 모자가 보였다. 어디로 가는 걸까? 프레데릭은 기다렸다. 그 남자는 고개를 약간 숙인 채 계속 올라오고 있었다. 그러고는 고개를 들었다. 아르누였다. 정황은 분명했다. 두 사람 모두 당황해 동시에 얼굴을 붉혔다.

아르누가 먼저 그 자리를 모면할 방도를 찾아냈다.

"몸이 좀 나아졌다던데, 그래요?" 마치 로자네트의 병세가 궁금해 찾아온 것인 양했다.

프레데릭도 이 기회를 이용했다.

"네, 그럼요! 하녀 말이 그래요." 그를 만나 주지 않았다는 뜻을 내비치려는 말이었다.

그러고는 두 사람 모두 어정쩡한 상태로 서로를 살펴보며 마주 서 있었다. 두 사람 중 누가 돌아가지 않고 버티느냐 하는 상황이었다. 아르누가 또다시 결말을 지었다. "아! 그럼! 나중에 다시 오죠! 어디 가려던 참이죠? 같이 가요!"

거리로 나오자 그는 평소처럼 자연스럽게 이야기를 했다. 전혀 질투하는 타입이 아니거나 화를 내기에 너무 사람 좋은 성격인 게 분명했다.

게다가 그의 온 관심은 나랏일에 쏠려 있었다. 그는 잠시도 제복을 벗지 않았다. 3월 29일 그는 《프레스》의 사무실을 방어했다.[33] 하원이 점령[34]되었을 때는 용맹을 떨쳐 유명해졌고 아미앵 국민군 연회에도 참석했다.

그와 함께 여전히 국민군에 복무하던 위소네는 누구보다도 그의 수통과 시가의 혜택을 보았다. 그러나 천성이 불손한 위소네는 바르지 못한 법령 양식이나 뤽상부르 공회[35], 베쥐비앵 협회[36], 티롤 사람들, 심지어 소 대신 말이 끌게 하고 못생

---

33) 이 신문에 임시 정부를 비난하는 글이 실리자 공화주의자들이 신문사를 습격했고 온건파로 기울고 있던 국민군이 방어했다.

34) 급진파가 해산을 요구하며 하원을 점령했다가 국민군에 의해 진압되었다.

35) 루이 블랑의 주재로 열린 노동 문제 협의회.

36) 1848년 2월 혁명 때 여권 신장의 명목으로 결성된 여성 단체.

긴 처녀들이 수행하는 농업 장식 수레에 이르기까지 무엇이든 헐뜯으며 반대 의견을 표명했다. 그와 반대로 아르누는 정부를 옹호하고 정당 사이의 연합을 꿈꾸었다. 그러나 그의 사업은 점점 나빠지기만 했는데, 그는 별로 신경 쓰지 않았다.

프레데릭과 라 마레샬의 관계도 그를 서글프게 하지 않았다. 이 사실이 밝혀져 공작이 떠난 이후로 다시 지불하기 시작한 생활비를 (그의 양심상) 끊을 수 있게 되었기 때문이다. 그가 상황이 좋지 않다는 핑계를 대며 한숨을 푹푹 쉬자 로자네트는 너그럽게 이해했다. 그러자 아르누는 자신을 그녀의 마음속 연인이라 생각하며 자신을 더 높이 평가하기에 이르렀고 한층 젊어진 느낌을 받았다. 프레데릭이 라 마레샬에게 생활비를 주는 게 틀림없다고 생각하며 자신이 '그럴싸한 장난을 벌이고 있는 것이라' 생각했고 심지어 비밀로 붙이기에 이르러, 프레데릭이 원하는 대로 그들이 만나도록 내버려 두었다.

프레데릭은 이렇게 여자를 공유하는 일에 마음이 상했다. 자기 연적의 정중함도 지나친 야유의 연장으로밖에 생각되지 않았다. 그러나 서로 화를 내면 다른 여자에게로 돌아갈 모든 기회를 잃어버리게 될 테고, 또한 이 연적이 그녀 소식을 들을 수 있는 유일한 방편이기도 했다. 도자기상은 평소 습관에서인지 아니면 놀리려는 마음에서인지 대화 도중 아내 얘기를 꺼내며 왜 더 이상 그녀를 만나러 오지 않는지 묻기까지 했다.

프레데릭은 핑계 댈 말이 없어 부인을 몇 번 찾아갔지만 집에 없었다고 말했다. 아르누는 그 말을 믿었다. 이 친구가 집에 찾아오지 않는 사실을 아내 앞에서 한탄한 적이 적지 않았는데 그녀는 그가 찾아오긴 했지만 그때마다 집에 없었기 때문이라고 말했다는 것이었다. 그리하여 두 사람의 거짓말은 모순되지 않고 오히려 서로에게 확증이 되고 있었다.

온순한 젊은이와 그를 속이는 일에 재미를 느낀 아르누는 그 젊은이에게 더욱 극진히 대했다. 아르누는 친밀감을 극단으로까지 밀고 갔는데 그건 프레데릭을 경멸해서가 아니라 신뢰하기 때문이었다. 어느 날 아르누는 프레데릭에게 급한 일이 있어 스물네 시간 동안 시골에 다녀와야 한다는 편지를 썼다. 그리고 그에게 대신 보초를 서 줄 수는 없는지 부탁했다. 프레데릭은 거절할 수 없어 카루젤 초소로 갔다.

그는 국민군의 세계를 견뎌야 했다! 엄청나게 술을 마셔 대는 익살스러운 정련공을 제외한 모두가 그들이 찬 탄약 주머니보다도 어리석어 보였다. 그들의 주요한 화젯거리라고는 가죽 장비가 허리띠로 바뀔 거라는 얘기 정도였다. 국민 작업장[37]에 분개하는 사람들도 있었다. 누군가 "대체 어떻게 되는 거야?" 하고 물으면 질문을 받은 사람은 심연의 언저리에 선 사람처럼 눈을 크게 뜨고 "대체 어떻게 되는 거지?" 하고 되물었다. 그러면 조금 더 대담한 사람이 소리쳤다. "이대로 계속될 수는 없어! 끝장을 내야지!" 이런 똑같은 얘기가 밤까지 되풀이되어 프레데릭은 지루해 죽을 지경이었다.

아르누가 11시에 나타나자 그는 무척 놀랐다. 그는 일이 끝나 그를 해방시켜 주려고 급히 왔다고 말했다.

---

37) 명단에 올라 있는 모든 실업 상태 노동자들에게 급료를 지불했다.

그는 아무런 볼일도 없었다. 로자네트와 단둘이 스물네 시간을 지내기 위해 만들어 낸 이야기였다. 그러나 아르누는 자기 정력을 너무 과신했던 듯 피로 속에서 회한에 사로잡혔다. 그는 프레데릭에게 감사하다는 말을 전하고 밤참이라도 사 주려고 온 것이었다.

"정말 고마워요! 근데 배고프지 않아요! 집에 가서 자고 싶은 생각밖에 없어요!"

"그럼 조금 후에 아침을 같이 들죠! 몸이 그렇게 허약해서야! 지금은 집에 못 가요! 너무 늦었어요! 위험하기도 하고!"

프레데릭은 또다시 하자는 대로 끌려갔다. 아르누가 예고 없이 나타나자 그의 전우들, 특히 정련공이 그를 극진히 대했다. 모두가 그를 좋아했다. 너무도 사람 좋은 그는 위소네가 없어 서운해하기까지 했다. 그러나 더도 아니고 일 분만 눈을 붙이고 싶다고 했다.

"내 옆에 누워요." 가죽 장비를 풀지도 않고 아전 침대에 누우며 그는 프레데릭에게 말했다.

비상 소집이 있을까 두려워 규칙에 반하는데도 그는 총을 그대로 지니고 있었다. 그러고는 몇 마디 말을 중얼거렸다. "내 사랑! 내 작은 천사!" 그러더니 곧 잠이 들었다.

얘기하던 사람들도 입을 다물었다. 차츰차츰 초소 안에 커다란 침묵이 흘렀다. 프레데릭은 벼룩에 시달려 주위를 바라보았다. 노랗게 칠해진 벽 중간쯤에 선반이 달려 있었고 그 위에 줄지어 늘어선 배낭들이 작은 혹처럼 보였다. 그 밑으로는 납빛 총이 일렬로 세워져 있었다. 국민군들이 코 고는 소리가 들렸고 그들의 배가 어둠 속에서 희미하게 보였다. 빈 병과 접시 들이 난로 위에 놓여 있었다. 짚 넣은 의자 세 개가 탁자를 둘러쌌고 탁자 위에는 트럼프가 펼쳐져 있었다. 벤치 중앙에 놓인 북의 멜빵이 늘어져 있었다. 문으로 들어오는 따뜻한 바람 탓에 석유등에 그을음이 일었다. 아르누는 두 팔을 벌린 채 자고 있었다. 총대가 아래로 약간 비스듬히 놓여 있었기 때문에 총구가 바로 겨드랑이 밑에 와 있었다. 프레데릭은 그걸 보고 오싹해졌다.

'천만에! 그런 일은 없지! 걱정할 거 없어! 그런데 만일 그가 죽는다면……'

그러자 즉시 온갖 형상이 끝도 없이 펼쳐졌다. 그에게는 밤에 그녀와 합승 마차를 탄 자기 모습이 보였다. 그다음에는 어느 여름 저녁 강가에서의 모습 그리고 그들만의 집 안 등잔불 밑에서의 모습이 보였다. 그는 벌써 자기 행복을 보고 만지며 생활비나 살림살이에 대해 골몰하기도 했다. 그 행복을 이루기 위해 저 총의 방아쇠를 들어 올리기만 하면 된다! 발가락 끝으로 그것을 밀기만 하면 되었다. 총알이 튀어나온다면 우발 사고에 그치고 말 것이었다!

프레데릭은 각본을 쓰는 극작가처럼 이런 생각을 펼쳐 나갔다. 갑자기 이 생각을 행동으로 옮기기가 그리 어렵지 않아 보였고 자기가 곧 그 일을 할 것이라는 예감이 들었으며 그렇게 하고 싶다는 욕망이 일었다. 그러자 그는 커다란 공포에 사로잡혔다. 이렇듯 번민하는 와중에도 그는 일종의 즐거움을 느꼈다. 그리고 주저하는 마음이 점점 더 누그러지는 것을 두

렵게 느끼며 더욱더 그 생각에 빠져들었다. 그리고 너무도 열렬히 그 생각에 잠겨 주위의 세계는 사라져 버렸다. 그는 참을 수 없을 만큼 조여드는 심장의 떨림을 통해서만 자기 존재를 인식했다.

"백포도주 마실까요?" 정련공이 잠에서 깨어 말했다.

아르누는 침대에서 뛰어내렸다. 그는 백포도주를 마신 다음 프레데릭 대신 보초를 서겠다고 말했다.

그러고는 프레데릭을 데리고 샤르트르 거리에 있는 식당 파를리로 아침을 먹으러 갔다. 다시 기력을 회복할 필요를 느낀 그는 고기 두 접시, 바닷가재, 럼주 든 오믈렛, 샐러드 등을 주문하고 거기에 1819년산 소테른 한 병과 1842년산 로마네 한 병을 곁들였고 그 밖에 디저트와 샴페인 한 병, 리쾨르를 주문하는 것도 잊지 않았다.

프레데릭은 그의 의견에 아무런 반대도 하지 않았다. 마치 조금 전 생각의 흔적을 아르누가 자기 얼굴에서 발견하기라도 할 것처럼 그는 거북함을 느꼈다.

두 팔꿈치를 탁자 끝에 괴고 몸을 아주 낮게 수그린 채 아르누는 자신의 눈길로 프레데릭을 지치게 하며 꿈을 털어놓았다.

그는 북부 철도 노선의 모든 토산물을 소작하여 감자를 심거나 대로에서 당대 유명인들을 보여 주는 괴상한 행렬을 조직했으면 좋겠다고 했다. 모든 창에 평균 3프랑 세를 놓으면 수익이 적지 않을 거라는 말이었다. 요컨대 그는 독점을 통한 일확천금을 꿈꾸고 있었다. 그럼에도 그는 도덕가였고 과도함이나 비행을 비난했으며 '우리 아버지'라고 자주 말하기도 했고 매일 저녁 기도하기 전에 자기 양심을 돌아보기를 잊지 않는다고 했다.

"퀴라소 좀 마실까요?"

"좋으실 대로요."

공화제로 말하면, 사태가 정리가 될 것이다. 요컨대 자신은 지상에서 가장 행복한 남자다. 그러다 그는 자기 처지를 잊어 버리고 로자네트의 장점을 치켜세우며 그녀를 자기 아내와 비교하기까지 했다. 두 사람은 참 다르다! 그렇게 아름다운 엉덩이는 상상하기 힘들다고 그는 말했다.

"당신 건강을 위해서!"

프레데릭은 건배를 했다. 상대를 배려하다 보니 약간 과음하게 되었다. 게다가 그는 햇빛에 눈이 부셨다. 그들이 함께 비비엔 거리를 다시 올랐을 때, 친구 사이처럼 그들의 어깨가 서로 스치곤 했다.

프레데릭은 집에 돌아와서 7시까지 잤다. 그러고는 라 마레샬 집에 갔다. 그녀는 누군가와 외출하고 없었다. 혹시 아르누하고? 무엇을 해야 할지 몰라 그는 큰길을 계속 거닐었지만 생마르탱 문에서 더 멀리 갈 수는 없었다. 그만큼 길에는 사람이 많았다.

수많은 노동자들이 가난 속에 버려져 있었다. 그들은 매일 저녁 서로 점검하며 어떤 신호를 기다리느라 그곳에 오는 듯했다. 이 '절망의 클럽'은 폭동 단속령에도 아랑곳 않고 무섭게 커져 갔다. 많은 부르주아들이 허세로, 유행으로 매일 이곳에 왔다.

프레데릭은 문득 세 발짝쯤 떨어진 곳에 당브뢰즈 씨가 마르티농과 함께 있는 것을 보았다. 그는 고개를 돌렸다. 대표 의원으로 선출된 당브뢰즈 씨에 대한 감정이 좋지 않기 때문이었다. 그러나 자본가가 그를 붙잡았다.

"한마디만, 선생! 잠깐 해명할 일이 있어서요."

"필요 없는데요."

"제발! 좀 들어 봐요."

그건 전혀 자기 잘못이 아니었다. 부탁을 받아 억지로 그렇게 된 것이었다. 마르티농은 즉시 그의 말을 두둔했다. 노장 대표단이 그의 집에 찾아왔더랬다고 덧붙였다.

"게다가 나도 자유라고 생각했어요, 이렇게 된 이상……."

사람들에 밀려 당브뢰즈 씨는 할 수 없이 떨어졌다. 일 분 후에 그는 다시 나타나 마르티농에게 말했다.

"이건 정말 봉사하는 거요! 후회할 필요는 없을 거요……."

좀 더 편안히 얘기하기 위해 세 사람은 한 가게에 등을 기댔다.

이따금 외치는 소리가 들려왔다. "나폴레옹 만세! 바르베스 만세! 마리[38]를 타도하라!" 수많은 군중이 큰 소리로 외쳤다. 이 목소리들이 주위 집들에 울려 항구의 끊임없는 파도 소리처럼 들렸다. 이따금 외치는 소리가 그쳤다. 그러면 「라 마르세예즈」를 부르는 소리가 일었다. 여기저기 대문 밑에서 불가사의한 남자들이 칼이 꽂힌 지팡이를 권했다. 이따금 두 남자

---

38) 피에르 마리는 소요 금지령을 지지했다.

가 마주 지나가며 눈을 깜박거리고 급히 멀어져 갔다. 구경꾼들이 보도 위에 떼 지어 있었다. 빽빽이 모여든 군중이 포석 위에서 동요했다. 몇몇 경찰 집단이 골목에서 나와 군중 속으로 들어가자마자 사라져 버렸다. 여기저기 나부끼는 붉은 기가 불꽃처럼 보였다. 마부들이 마차 위에서 커다랗게 몸짓하고는 돌아갔다. 그것은 가장 재미있는 광경이자 구경거리였다.

"세실 양이 이 모든 걸 봤다면 얼마나 재미있어할까!" 마르티농이 말했다.

"알다시피 아내는 조카가 우리와 함께 오는 걸 좋아하지 않아요." 당브뢰즈 씨가 미소를 지으며 말했다.

그를 알아보지 못할 지경이었다. 세 달 전부터 그는 외쳐 댔다. "공화국 만세!" 그리고 심지어 오를레앙 가문을 추방하자는 데 찬성투표까지 했다. 그러나 그렇게 양보하는 것도 곧 끝이 날 판이었다. 그는 주머니에 곤봉을 감추고 다닐 만큼 분노를 나타냈다.

마르티농 역시 곤봉을 가지고 있었다. 사법관직이 더 이상 종신직이 아니었기 때문에 검사국을 떠난 그는 당브뢰즈 씨 이상으로 분개했다.

은행가는 특히 (르드뤼 롤랭을 지지했다는 이유로) 라마르틴, 그리고 피에르 르루, 프뤼동, 콩시데랑, 라프네 등 모든 과격한 사람들, 사회주의자들을 증오했다.

"도대체 뭘 원하는 자들이야? 육류 수입세와 신병 구속을 폐지하고 나서 이제는 부동산 은행 계획을 검토하고 있으니. 그 전에는 국립 은행이었지! 그리고 드디어 노동자를 위한

500만 프랑 예산이라니! 그런데 다행히 무산되었지, 팔루 씨 덕택에. 잘 가기를! 그 사람들이 떠나야지!"

사실 국민 작업장에 등록된 13만 명을 어떻게 먹여 살려야 할지 몰라 노동부 장관은 그날 18세에서 20세까지의 전 시민에게 병역을 수행하든지 시골로 떠나 땅을 일구든지 선택하게 하는 법령에 서명했던 것이다.

이러한 양자택일이 공화국을 파괴하려는 것이라 확신한 사람들은 분개했다. 수도에서 멀리 떨어진 곳에서의 생활은 망명이나 마찬가지로 힘든 일이었다. 그들 눈앞에 미개한 지역에서 열병으로 죽어 가는 자기들 모습이 보였다. 게다가 섬세한 일에 익숙한 많은 사람들에게 농업은 천박하게 생각되었다. 이건 미끼이자 우롱이었고 모든 약속에 대한 명백한 거부였다. 그들이 저항할 경우 무력을 쓸 게 분명했다. 그들은 이를 확신하고 이에 대한 대비를 했다.

9시쯤 바스티유와 샤틀레에서 모인 군중이 큰길로 몰려들었다. 생드니 문에서 생마르탱 문까지 이어진 물결은 거대한 꿈틀거림, 거의 검은색으로 보이는 짙은 파란색 띤 단 하나의 덩어리를 이루었다. 얼핏 보기에도 사람들은 모두 타오르는 눈빛에 안색은 창백했고 얼굴은 배고픔으로 말랐으며 부정에 대한 분노로 열기에 차 있었다. 그러나 뭉게구름이 몰려왔다. 소나기가 쏟아질 듯한 하늘이 군중의 열기를 부추기면서 그들은 거대한 파도가 울렁이듯 막연하게 그 자리를 맴돌았다. 그 깊은 울렁임 속에서 가늠할 수 없는 힘, 마치 원소의 에너지 같은 것이 느껴졌다. 그러자 모두가 합창을 하기 시작했다.

"불을 켜라! 불을 켜라!" 불이 켜지지 않은 집 창문이 몇 군데 있었다. 그 창문으로 돌이 날아갔다. 당브뢰즈 씨는 그만 돌아가는 게 좋겠다고 말했다. 두 젊은이는 그를 바래다주었다.

그는 대혼란이 일어날 것이라 예상했다. 민중이 또다시 의회로 밀고 들어올지 모른다는 얘기를 하면서 이에 관해 5월 15일 한 국민군의 희생이 없었더라면 자기가 죽었을지 모른다고 얘기했다.

"그런데 그 사람 당신 친구였어요, 잊고 있었네! 당신 친구, 도자기 제조업자, 자크 아르누!" 그는 폭도들에 밀려 질식할 것만 같았는데 이 선량한 시민이 자기를 두 팔로 안고 데리고 나왔더랬다. 그때 이후로 일종의 관계가 이루어졌다.

"언제 같이 식사라도 해야겠는데 당신이 자주 만나니까 그 사람에게 내가 매우 좋아한다고 전해 줘요. 아주 훌륭한 사람인데, 내가 보기에 비방을 당한 것 같아요. 기지가 있어요, 그 능청스러운 사람! 내 칭찬 꼭 전해 줘요! 그럼 잘 가요……!"

프레데릭은 당브뢰즈 씨와 헤어져 라 마레샬 집으로 돌아갔다. 그러고는 아주 어두운 표정으로 그와 아르누 둘 중 선택을 해야 한다고 말했다. 그녀는 온화하게 '그런 험담'이 무슨 말인지 모르겠고 아르누를 좋아하지 않으며 그에게 전혀 집착하지 않는다고 대답했다. 프레데릭은 파리를 떠나고 싶은 갈망을 느꼈다. 그녀도 그런 갑작스러운 생각을 마다하지 않아 그들은 다음 날 퐁텐블로로 떠났다.

두 사람이 묵게 된 호텔은 뜰 중앙에 분수 물이 찰랑거려 다른 곳과는 달랐다. 방문은 수도원처럼 복도로 나 있었다. 그들이 든 방은 크고 가구도 좋으며 벽에는 인도 사라사가 드리워 있었고 여행자가 드물어 조용했다. 집들을 따라서 한가한 부르주아들이 지나갔다. 그리고 날이 저물자 창문 밑 거리에서 아이들이 술래잡기를 했다. 소요스러운 파리를 방금 빠져나온 그들은 이러한 고요에 놀라움과 평안을 느꼈다.

아침 일찍 그들은 성을 보러 갔다. 쇠 격자문으로 들어가자 지붕이 뾰족한 다섯 채 별채와 함께 건물 정면이 한눈에 보였고 U자형 계단이 뜰 안쪽에 뻗어 있었는데 그 양쪽으로는 더 낮은 건물이 두 채 있었다. 먼 곳에서는 포도에 낀 이끼가 벽돌의 엷은 황갈색 톤과 섞여 보였다. 오래된 갑옷처럼 녹슨 빛이 나는 궁전 전체에는 장엄한 의연함, 군사적이며 서글픈 웅대함이 있었다.

마침내 열쇠 꾸러미를 든 하인이 나타났다. 그는 우선 왕비들 방과 교황의 기도실, 프랑수아 1세의 방, 나폴레옹 황제가 퇴위 서명을 할 때 썼던 작은 마호가니 탁자를 보여 주었고 옛 '사슴 회랑'을 칸막이로 나눈 방들 중 하나가 크리스티나 여왕이 모날드스키를 암살[39]한 장소라며 소개했다. 로자네트는 이 이야기를 주의 깊게 들었다. 그러고는 프레데릭을 돌아보며 말했다.

"질투 때문이었겠지? 당신도 조심해!"

그런 다음 그들은 회의실, 경호실, 왕좌가 있는 방, 루이 13세 살롱을 지나갔다. 커튼 없는 높은 창으로 하얀빛이 들어왔다.

---

39) 스웨덴의 크리스티나 여왕은 그의 연인 모날드스키를 암살했다.

창 손잡이와 콘솔의 구리 다리는 먼지가 쌓여 약간 빛이 바래 보였다. 사방에 놓인 소파는 두꺼운 천으로 덮여 있었다. 여러 문 위에는 루이 15세가 포획한 사냥물이 걸려 있었고 여기저기 늘어진 장식 융단 위에는 올림포스 신들, 프시케 혹은 알렉산더 대왕의 전투 장면이 그려져 있었다. 로자네트는 거울 앞을 지날 때 양쪽으로 갈라 빗은 머리를 매만지기 위해 잠시 멈췄다.

그런 다음 전망대가 있는 뜰과 생사튀르냉 교회당을 지나서 연회실로 들어갔다.

팔각형으로 나누어져 금과 은으로 장식되어 있고 보석보다도 섬세하게 조각된 천장의 화려함 그리고 초승달과 화살집으로 둘러싸인 프랑스 문장이 있는 거대한 벽난로에서부터 그 반대편에 방 전체를 따라 만들어진 악사들의 연주석에 이르기까지 벽면 전체를 덮은 수많은 그림들에 그들의 눈이 부셨다. 열 개 아치형 창문은 활짝 열려 있었다. 햇빛에 그림들은 반짝반짝 빛이 났고 둥근 천장의 군청색이 파란 하늘과 이어져 끝없이 펼쳐져 있었다. 연기에 싸인 꼭대기가 지평선을 메운 숲 속에서는 상아 사냥 나팔 소리, 님프나 숲의 요정으로 변장한 귀부인과 성주 들을 푸른 나뭇잎 아래 모아 놓고 들려주는 신화극의 발레 음악이 들려오는 것 같았다. 이때는 과학이 아직 어눌하고 정열은 격하며 예술은 화려했던 시기로서 세상을 헤스페리데스[40]의 꿈속으로 인도하는 게 이상이었던

---

40) 그리스 신화에 나오는 황금 열매 나무를 지키는 여인들.

시절, 왕의 애첩들이 별처럼 생각되던 시절이었다. 이들 중 가장 아름다웠던 여인이 오른쪽에 사냥의 여신 디아나로, 심지어 지옥의 디아나로 그려져 있었는데, 무덤 너머까지 위세를 부렸다는 그녀의 권력을 나타내기 위함인 듯했다. 이 모든 상징들이 그녀의 영광을 반증하고 있었다. 그곳에 뭔가 그녀의 흔적, 아련한 목소리, 아직도 맴도는 빛의 흔적이 있었다.

프레데릭은 설명할 수 없는 어떤 회고에 대한 욕망에 사로잡혔다. 자기 욕망을 잊으려고 그는 로자네트를 다정하게 바라보며 이런 여자가 되고 싶지 않은지 물었다. "어떤 여자?"

"디안 드 푸아티에!"

그는 되풀이했다.

"디안 드 푸아티에, 앙리 2세의 애첩."

그녀는 작은 소리로 "아!" 했을 뿐 더 이상 말이 없었다.

말이 없는 것으로 보아 그녀가 아무것도 모르고 의미도 이해하지 못했다는 사실이 분명했다. 배려하는 마음에서 그는 말했다.

"지루한 거 아니야?"

"아니, 아니야. 그 반대야!"

그리고 턱을 쳐들고 주위를 멍한 시선으로 바라보며 로자네트가 말했다.

"옛날 생각이 나!"

그녀의 표정에서 어떤 노력, 애써 존중하려는 모습이 보였다. 그리고 이렇게 진지해 보이는 그녀가 더욱 예뻐 보여 그는 너그럽게 넘어갔다.

잉어가 있는 연못이 그녀를 더 즐겁게 했다. 물고기가 뛰어오르는 것을 보려고 그녀는 십오 분 동안 빵 조각을 물속에 던졌다.

프레데릭은 보리수 아래 그녀 옆에 앉았다. 그는 샤를 5세, 발루아 가문 사람들, 앙리 4세, 피에르 대제, 장 자크 루소 그리고 '극장 일등석에 앉아 눈물 짓는 미녀들'[41], 볼테르, 나폴레옹, 피오 7세, 루이필리프 등 이 벽을 넘나든 모든 인물들을 생각했다. 이 혼잡한 망인들에 둘러싸여 그들과 이웃하는 느낌이었다. 그리고 그런 혼란스러운 영상들에 매력을 느끼면서도 아찔해지지 않을 수 없었다.

마침내 그들은 화단으로 내려갔다.

그곳은 넓은 장방형이었는데 노란색 피라미드 산책로, 사각형 잔디밭, 리본처럼 늘어선 회양목, 피라미드 모양 주목, 키 작은 풀밭 그리고 드문드문 핀 꽃이 회색 흙 위에 얼룩을 이룬 좁은 화단이 한눈에 보였다. 화단이 끝나는 곳에서부터 대정원이 펼쳐졌는데 긴 운하가 정원 길이 전체를 따라 흐르고 있었다. 왕궁에는 그만의 독특한 우수가 감돌았는데, 이는 사는 사람에 비해 규모가 너무 크고 그토록 화려하게 울려 퍼지던 지난날의 음악 소리에 비해 지금은 너무도 고요하며 변함없는 부동의 사치가 노쇠함으로써 왕조의 덧없음, 만물의 영원한 무상함을 말해 주기 때문이었다. 그리고 미라 냄새처

---

41) 루소가 『고백록』에서 그의 가극 「마을의 점쟁이」 상연 중 귀부인들이 슬픈 장면에서 눈물을 흘렸다는 얘기를 썼다.

럼 혼미하고도 불길한 이 수세기 동안의 기운은 단순한 사람들에게도 느껴진다. 로자네트는 크게 하품을 했다. 그들은 호텔로 돌아갔다.

점심을 마치자, 지붕 없는 마차가 그들을 기다렸다. 그들은 원형 광장으로 퐁텐블로를 빠져나온 다음 작은 소나무 숲속 모랫길을 천천히 올라갔다. 점점 키가 큰 나무들이 나타났다. 마부가 가끔씩 "이건 시아무아 형제, 파라몽, 왕의 꽃다발……"이라며 그 어느 명소도 빠뜨리지 않고, 때로는 그들이 구경할 수 있도록 멈춰 서기도 하면서 일러 줬다.

그들은 프랑샤르의 커다란 수림으로 들어갔다. 마차는 달리는 썰매처럼 잔디 위를 미끄러져 갔다. 보이지 않는 비둘기 울음소리가 들렸다. 갑자기 한 카페 종업원이 나타났다. 그리고 그들은 둥근 탁자들이 놓인 어느 정원의 철책 앞에 이르러 마차에서 내렸다. 그러고는 왼쪽에 폐허가 된 수도원 벽을 두고, 큰 바위 위를 걸어 곧 계곡 끝에 이르렀다.

사암과 노간주나무가 서로 뒤섞인 채 계곡 한쪽을 덮고 있었고 다른 한쪽은 거의 빈 땅이 파인 계곡 쪽으로 기울어져 있었는데 히스 빛깔 계곡에 나 있는 오솔길 하나가 하얀 선을 그리고 있었다. 훨씬 멀리로는 납작한 뿔 모양 꼭대기가 보였고 그 뒤로는 전신탑이 보였다.

삼십 분 후에 그들은 아프르몽 언덕을 오르기 위해 또다시 마차에서 내렸다.

길은 키 작은 소나무들 사이를 지나 모난 바위 밑을 구불거리며 나 있었다. 숲 일대에는 무언가 짓누르는 듯한 약간 원시적이고도 명상적인 분위기가 있었다. 뿔 사이에 불 십자가 표시가 있는 큰 사슴의 동반자이면서 자신들의 동굴 앞에 무릎 꿇은 프랑스의 선한 왕들을 아버지 같은 미소로 맞아 주는 은자들이 생각났다. 송진 냄새가 무더운 대기 속에서 진동했고 땅에는 나무 뿌리들이 정맥처럼 서로 얽혀 있었다. 로자네트는 그 위를 비틀비틀 걸어가며 안간힘을 쓰다가 울상이 되었다.

그러나 정상에 이르러 나뭇가지로 이은 지붕 아래 선술집 비슷한 곳이 있었고 그곳에서 나무 세공품을 파는 것을 보자 그녀는 다시 쾌활해졌다. 그녀는 레모네이드 한 병을 마시고 호랑가시나무 지팡이를 샀다. 그리고 고원에서 바라다보이는 경치에는 눈길도 주지 않고 횃불 든 소년의 뒤를 따라 카베른 데브리강으로 들어갔다.

마차는 바브레오에서 그들을 기다리고 있었다.

파란 작업복을 입은 화가가 떡갈나무 아래에서 팔레트를 무릎에 얹고 작업을 하고 있었다. 그는 고개를 들어 그들이 지나가는 것을 바라보았다.

샤이 언덕 중턱에서 구름이 갑자기 비가 되어 쏟아져 그들은 마차 덮개를 내렸다. 그러자 거의 동시에 비가 멈췄다. 그들이 시내로 돌아왔을 때 포도는 햇빛에 빛나고 있었다.

새로 도착한 여행객들이 끔찍한 전투로 파리가 피에 물들었다고 그들에게 전해 주었다. 로자네트와 그녀의 애인은 이 소식에 놀라지 않았다. 모두들 가 버리자 호텔은 다시 고요해졌고 가스등이 꺼지자 그들은 뜰에서 들려오는 분수 소리를 들으며 잠이 들었다.

다음 날 그들은 늑대의 협곡, 요정의 늪, 긴 바위, 마를로트를 보러 갔다. 그다음 날은 마부가 원하는 대로 어딘지 묻지도 않고 명소들조차 그냥 지나치면서 아무 데로나 갔다.

빛바랜 줄무늬 천이 씌워져 있고 소파처럼 낮은 낡은 사륜마차가 그들은 무척이나 좋았다! 덤불로 가득 찬 개울이 조용히 쉬지 않고 눈앞에서 흘러갔다. 하얀 햇살이 키 큰 양치 덤불 사이를 화살처럼 지나갔다. 때로 더 이상 다니지 않는 쭉뻗은 길이 그들 앞에 나타났다. 그곳에 풀이 여기저기 힘없이 자라나 있었다. 사거리 중앙에는 십자 표지가 네 팔을 뻗치고 있었다. 다른 곳에서는 푯말이 죽은 나무처럼 기울어져 있었고 나뭇잎 밑으로 사라지는 구불구불한 작은 오솔길들은 따라가고 싶게 했다. 그 순간 말이 방향을 돌려 그들은 그 안으로 들어갔고 마차는 진창 속에 빠졌다. 더 멀리 깊이 팬 바퀴 자국 가장자리에는 이끼가 자라 있었다.

그들은 사람들로부터 멀어져 단둘만이라고 생각했다. 그러나 갑자기 밀렵 감시인이 총을 메고 지나가거나 누더기를 입은 한 떼 여자들이 등에 긴 나뭇단을 지고 질질 끌며 지나갔다.

마차가 멈추자 사방에 정적이 흘렀다. 긴 수렛대에 매인 말의 숨소리와 가냘프게 반복되는 새소리만이 들려왔다.

햇살이 몇 군데 숲 언저리를 비췄지만 숲 속은 그늘에 잠겨 있었다. 앞쪽은 황혼 무렵처럼 어둑어둑했으나 멀리서 보면 보랏빛 안개, 새하얀 빛을 발하기도 했다. 정오에 넓은 풀밭에 햇빛이 수직으로 내리쬐면서 풀잎 위에 햇살이 튀어 나뭇가지 끝에는 은색 방울을, 잔디 위에는 에메랄드빛 줄기를, 낙엽 쌓인 곳에는 금빛 반점을 만들었다. 머리를 뒤로 젖히면 나무 꼭대기 사이로 하늘이 보였다. 어떤 나무들은 키가 너무도 커서 족장이나 황제처럼 보였고 끝이 서로 닿은 긴 줄기는 마치 개선문처럼 보이기도 했다. 또 뿌리에서부터 비스듬히 자라 곧 쓰러질 것 같은 둥근 기둥처럼 보이는 나무도 있었다.

이 굵은 수직선 무리가 양옆으로 열렸다. 그러자 거대한 녹색 물결이 울퉁불퉁하게 계곡 외부까지 이어지고 그곳에는 황금빛 들판을 굽어보는 또 다른 언덕 등성이들이 솟아 있었는데 들판 저편 끝은 희끄무레한 빛 속에 잠겨 사라졌다.

높은 곳에 나란히 서서 그들은 바람을 한껏 들이마시며 남들보다 자유로운 삶을 산다는 자부심과 더불어 넘치는 힘, 알 수 없는 기쁨을 느꼈다.

갖가지 나무들이 경치에 변화를 주었다. 껍질이 희고 매끄러운 너도밤나무의 관들은 서로 얽혀 있었고 청록색 물푸레나무 가지는 부드럽게 휘어 있었다. 어린나무 숲 사이로 청동 같은 호랑가시나무가 비죽비죽 솟아 있었다. 그다음에는 우수에 잠긴 듯 고개를 숙인 가느다란 자작나무가 줄지어 서 있었다. 파이프 오르간처럼 대칭으로 심어진 소나무는 끊임없이 하늘거려 마치 노래를 부르는 것 같았다. 울퉁불퉁하고 거대한 참나무는 경련하듯 땅에서 잡아 늘려지고 서로 부둥켜안으며, 토르소처럼 기둥 위에 단단히 매여 헐벗은 팔로 절망의 소리를 지르고, 성이 나서 꼼짝 못하는 티탄족처럼 미친 듯이 위협하는 말을 부르짖었다. 좀 더 무거운 열기 속 무기력

같은 것이 가시덤불 사이로 수면을 뚜렷이 드러내며 늪 위를 맴돌았다. 늑대가 물을 마시러 오는 늪 기슭의 지의(地衣)는 마녀 발자국에 타 버린 것처럼 유황빛을 띠었고 끊임없이 우는 개구리 소리가 하늘을 맴도는 까마귀 울음소리에 응답하고 있었다. 그런 다음 그들은 여기저기 어린나무가 심어진 단조로운 빈터를 지나갔다. 날카롭게 쇠를 두드리는 듯한 소리가 계속 들려왔다. 언덕 중턱에서 석공들이 함께 바위를 깨고 있었던 것이다. 바위가 점점 많아지더니 풍경 전체를 가득 채우기에 이르렀는데 집처럼 입방체 모양이거나 포석처럼 평범한 모양 바위들이 마치 사라진 도시의 알아볼 수 없는 기괴한 폐허처럼 서로 떠받치고 불쑥 내밀면서 섞여 있었다. 그러나 그런 격한 혼돈 자체가 오히려 화산이나 대홍수, 미지의 대재난을 생각나게 했다. 프레데릭은 이 바위들이 태초부터 거기에 있었고 마지막 날까지 남아 있을 거라고 말했다. 로자네트는 "그런 생각을 하면 머리가 돌 것 같다."라며 고개를 돌려 히스 꽃을 꺾으러 갔다. 나란히 촘촘히 피어 있는 보랏빛 작은 꽃들은 크기가 다른 판자처럼 보였고 그 밑에서 무너지는 흙은 운모가 반짝반짝 빛나는 모래 가장자리에 둘러진 검은 술 장식 같았다.

어느 날 그들은 모래로만 이루어진 언덕 중간까지 올라갔다. 사람 발자국이 없는 표면에는 대칭으로 물결무늬가 나 있었다. 대서양의 물이 나간 해저의 곶처럼 머리를 쑥 내민 거북이, 기어 다니는 바다표범, 하마 그리고 곰 같은 동물처럼 생긴 바위들이 여기저기 솟아 있었다. 아무도 없었다. 소리 하나

들려오지 않았다. 모래는 햇빛 속에서 눈부시게 빛났다. 갑자기 이 햇빛의 전율 속에 짐승들이 움직이는 것 같았다. 그들은 겁이 나 이 현기증으로부터 벗어나려고 급히 돌아갔다.

숲의 진지함이 그들에게 밀려왔다. 그들은 튀어 오르는 마차의 움직임에 몸을 맡긴 채 조용한 도취 속에 마비된 듯 그대로 몇 시간을 묵묵히 앉아 있었다. 그는 그녀의 허리에 팔을 두르고 새가 지저귀는 동안 그녀 말에 귀를 기울이면서 그녀 모자에 매달린 검은 포도와 노간주나무 열매, 베일, 소용돌이 모양 구름을 거의 동시에 바라보았다. 그녀에게 몸을 기울이자 피부의 신선한 향이 숲의 향기에 뒤섞여 풍겨 왔다. 그들은 모든 것이 재미있었다. 수풀에 매달린 거미줄, 돌무더기 중앙에 나 있는 물이 가득 찬 웅덩이, 나뭇가지 위 다람쥐, 뒤따라오는 두 마리 나비를 그들은 신기한 듯 서로 가리켰다. 때로 스무 발자국 떨어진 곳에 서 있는 나무 아래 암사슴이 기품 있고 온화한 모습으로 조용히 새끼 사슴과 나란히 지나갔다. 로자네트는 쫓아가 안아 보고 싶어 했다.

한번은 한 남자가 불쑥 나타나 살무사 세 마리가 든 상자를 보였는데 로자네트가 겁을 냈다. 그녀는 재빨리 프레데릭에게 매달렸다. 연약해 보이는 그녀를 보호해 줄 만한 힘이 있다고 느낀 그는 행복했다.

그날 저녁 그들은 센 강가 어느 여인숙에서 식사했다. 창가에 놓인 탁자 앞에 로자네트는 그와 마주 앉았다. 그는 그녀의 섬세하고 하얀 작은 코, 끝이 올라간 입술, 맑은 눈, 볼록하게 양쪽으로 갈라 빗은 밤색 머리, 갸름한 예쁜 얼굴을 바라보았다. 얇은 생사 옷이 약간 처진 어깨에 달라붙어 있었다. 아무런 장식 없는 소맷부리 사이로 보이는 두 손이 칼로 자르고 마실 것을 따르다 탁자 위에 놓였다. 그들에게 사지가 뻗은 어린 닭, 파이프 백토로 된 정과 그릇에 담긴 뱀장어 스튜, 떫은 포도주, 몹시 딱딱한 빵, 이가 빠진 칼을 내왔다. 이 모든 것 덕분에 즐거움과 환상이 더욱 커졌다. 그들은 마치 이탈리아에서 신혼여행을 보내는 듯한 느낌을 받았다.

돌아가기 전에 그들은 둑을 따라 산책을 했다.

돔처럼 둥근 연한 파랑색 하늘이 지평선에서 톱니 모양 숲과 맞닿아 있었다. 맞은편 초원 끝에는 마을 종탑이 있었다. 그리고 좀 더 멀리 왼쪽에는 길이 전체가 굴곡을 이루며 정지되어 있는 듯 보이는 강 위로 한 채 지붕이 붉은 반점을 이루었다. 그러나 등심초는 비스듬히 기울어져 있었고 그물을 받치기 위해 강변에 세워 둔 막대기는 물살에 가볍게 흔들렸다. 버들가지 통발, 낡은 대형 보트가 두세 척 떠 있었다. 여인숙 옆에서 밀짚모자를 쓴 소녀가 우물 두레박을 잡아당기고 있었다. 두레박이 올라올 때마다 사슬이 삐걱거리는 소리에 프레데릭은 형언할 수 없는 즐거움을 느꼈다.

그는 마지막 날까지 행복하리라는 사실을 의심하지 않았다. 그만큼 그의 행복은 자연스럽게 느껴졌고 그의 삶에, 이 여인의 몸속에 본래부터 잠재해 있던 것처럼 생각되었다. 그는 그녀에게 사랑의 말을 해 주고 싶은 충동을 느꼈다. 그녀는 그에게 상냥한 말이나 어깨를 가볍게 두드리거나 그를 매료시키는 뜻밖의 부드러움으로 응답했다. 그는 마침내 그녀에게서 전혀 새로운 아름다움을 발견했다. 그 사물들에 은밀히 깃들어 있는 것들이 그녀의 아름다움을 활짝 피어나게 한 것이 아니라면 주위 사물들의 반영에 불과한지도 몰랐다.

들판 한가운데에서 휴식을 취할 때면 그는 양산 아래 그녀 무릎을 베고 누웠다. 아니면 풀 위에 엎드려 얼굴을 마주한 채 서로의 눈동자 속에 비친 변형된 자기 모습에 만족스러워하며 눈을 반쯤 감고 말없이 그대로 있었다.

가끔씩 멀리서 북소리가 들려왔다. 파리를 방어하러 가기 위해 마을에서 소집을 알리는 소리였다.

"아! 그렇지! 폭동이야!" 경멸 어린 연민이 깃든 어조로 프레데릭이 말했다. 이 모든 소동이 그들 사랑과 영원한 자연에 비하면 초라하게밖에는 생각되지 않았다.

그들은 그들이 아주 잘 아는 일이나 관심 없는 사람들, 수많은 하찮은 것들에 대해 아무 얘기나 했다. 어느 날 그녀는 실수로 진짜 나이를 말해 버렸다. 스물아홉 살, 이제 나이가 들어 가고 있었다.

여러 번 자기도 모르게 그녀는 자신에 대해 세세한 것들을 알려 주었다. 전에는 '점원'이었고 영국 여행을 한 적도 있으며 배우가 되기 위해 공부한 적도 있었다. 이 모든 것을 단계적으로 이야기하지 않아 전체적인 도정을 재구성하기는 불가능했다. 어느 날 둘이 목장 뒤쪽 플라타너스 아래 앉아 있을 때 그녀는 좀 더 자세히 이야기해 주었다. 아래 길가 먼지 속에서 한 소녀가 맨발로 소에게 풀을 먹였다. 그들을 보자마자 그녀는 동냥을 구하러 왔다. 그러면서 한 손으로는 누더기가 된 치마를 잡고 다른 한 손으로는 눈부시게 아름다운 두 눈으로 휜해진 거무스름한 얼굴 전체를 감싼 루이 14세풍 가발 같은 검은 머리를 긁적거렸다.

"나중에 크면 아주 예쁘겠는데." 프레데릭이 말했다.

"엄마가 없으면 좋을 텐데!" 로자네트가 대답했다.

"뭐라고?"

"그렇잖아요. 나도 엄마가 없었더라면……."

그녀는 한숨을 내쉬더니 어린 시절 얘기를 하기 시작했다. 그녀의 양친은 리옹에 있는 크루아 루스의 견직 공장 직공이었다. 그녀는 견습공으로 아버지를 도왔다. 아버지가 기진맥진해져도 아랑곳없이 아내는 그에게 욕설을 퍼붓고, 있는 걸 모두 팔아 술을 마셔 댔다. 로자네트는 창가에 길게 늘어선 직조 기계, 난로 위에 얹어진 요리, 마호가니 색깔로 칠한 침대, 그 앞에 놓인 옷장 그리고 그녀가 15세가 될 때까지 잠을 잤던 고미다락이 있는 어두운 그들 방을 떠올렸다. 그러다 어느 날 퉁퉁하고 얼굴은 회양목빛이 나며 몸가짐은 경건해 보이는 검은 옷 입은 남자가 찾아왔다. 그녀의 어머니와 그 사람은 함께 얘기를 나누더니 사흘 후에…… 로자네트는 말을 멈췄다. 그러고는 수치심이 가신 씁쓸한 눈빛으로 말을 이었다.

"결정이 났지!"

프레데릭의 몸짓에 그녀는 대답을 했다.

"결혼한 사람이었기 때문에(집에서 위신을 잃을까 두려웠겠죠.) 나를 식당 별실로 데려가서는 앞으로 행복할 거고 좋은 선물도 받을 거라고 얘기하더군요.

방에 들어가자마자 제일 먼저 눈에 띄었던 건 두 사람 식기가 차려진 탁자 위의 은촛대였어. 천장에 붙은 거울에 그 모습이 비치고 있었고 벽에 바른 푸른색 비단 때문에 정말 귀부인 안방 같았어. 난 정말 놀랐죠. 알겠죠, 그때까지 아무것도 못 보고 살아온 불쌍한 존재였으니! 놀라서 눈이 부시긴 했지만 두려웠어. 거기서 나오고 싶었어요. 그래도 참았어요.

의자라곤 탁자 옆에 있는 침대같이 긴 의자뿐이었는데 거기에 앉으니까 푹신했어요. 융단으로 싸인 난방 장치에서는 따뜻한 공기가 새어 나왔고 난 아무것도 먹지 않고 그냥 앉아 있었지. 옆에 선 종업원이 뭘 좀 먹으라고 권하더군. 그러면서 곧 큰 컵에 포도주를 따라 줬어. 머리가 어지러워 창문을 열려고 했더니 그가 말했어요. '안 돼요, 아가씨. 금지돼 있어요.' 그리고 그 사람은 나갔지. 탁자 위에는 난 알지도 못하는 것들로 가득 차 있었어. 맛있어 보이는 건 하나도 없었죠. 그래서 잼 그릇에 손을 대고는 계속 기다렸어. 무슨 일이 있는지는 몰랐지만 그 사람이 못 오고 있었거든. 좀 더 편안히 누우려고 베개 하나를 밀치니까 앨범 같은, 무슨 공책이 손에 잡혔어. 외설스러운 그림들이었어…… 그 사람이 들어왔을 때 난 그 위에서 자고 있었지."

그녀는 고개를 숙인 채 생각에 잠긴 듯 가만히 있었다.

나뭇잎이 주위에서 속삭이듯 바스락 소리를 냈다. 헝클어진 덤불 사이로 키 큰 디기탈리스 한 그루가 하늘거렸고 햇빛이 잔디 위를 물결처럼 흘렀다. 이제는 보이지 않는 소가 풀 뜯는 소리가 자주 침묵을 깼다.

로자네트는 코를 벌름거리며 골몰히 생각에 잠긴 모습으로 세 걸음 앞 땅 위 한 점을 응시하고 있었다. 프레데릭은 그녀의 손을 잡았다.

"고생 많이 했네, 가엾게도!"

그녀가 말했다. "그래요. 당신이 생각하는 이상으로……! 죽고 싶을 정도로. 그러다 건져졌으니까."

"뭐라고?"

"아! 그 생각 그만해! ……난 당신을 사랑해. 그리고 행복해! 키스해 줘!"

그러고는 옷자락에 붙은 엉겅퀴 잔가지를 하나하나 뜯어냈다.

프레데릭은 특히 그녀가 말하지 않은 것들을 골몰히 생각했다. 어떤 경유로 비참한 처지에서 벗어날 수 있었을까? 어떤 애인 덕택에 교양을 쌓을 수 있었을까? 그가 처음 그녀 집에 갔던 날까지 인생에 무슨 일들이 일어났던 걸까? 그녀의 마지막 고백 때문에 질문을 할 수가 없었다. 그는 단지 어떻게 아르누를 알게 되었는지만을 물었다.

"바트나 양의 소개로."

"언젠가 팔레루아얄 극장에서 두 사람과 함께 있던 사람을 본 적이 있는데 그게 당신이었어?"

그는 정확한 날짜를 말했다. 로자네트는 생각해 내려고 애를 썼다.

"그래, 맞아! ……그 당시 난 별로 밝지 않았지!"

그래도 아르누는 무척 친절했다. 그 점에 대해 프레데릭은 의심치 않았다. 그러나 그들 친구는 결점투성이인 괴짜였다. 그는 결점을 하나하나 들추어 냈다. 그녀도 인정했다.

"상관없어! ……그래도 까다로운 그 사람 좋으니까!"

"지금도?" 프레데릭이 말했다.

그녀는 반은 웃고 반은 화를 내며 얼굴을 붉혔다.

"아! 아니! 이제 옛날 얘기지. 당신한테 숨기는 거 없어. 그렇다 해도 그 사람에 대해서는 달라! 그런데 당신 희생자한테 좀 너무한 거 아닌가."

"내 희생자?"

로자네트는 그의 턱을 만졌다.

"그래!"

그리고 유모가 어린애 다루는 듯한 말투로 말을 이었다.

"항상 얌전한 것만은 아니었지! 그 부인하고 잤으니까!"

"내가! 천만에!"

로자네트는 웃음을 지었다. 무관심한 증거라고 생각하고 그는 마음이 상했다. 그러나 그녀는 조용히 다시 말을 이었다. 그리고 거짓말로 애원할 때의 눈빛으로 물었다.

"정말?"

"물론이지!"

프레데릭은 너무도 사랑하고 있던 여자가 있어 아르누 부인을 생각한 적은 절대 없다고 명예를 걸고 맹세했다.

"그 여자가 누군데?"

"당신이지! 나의 매우 아름다운!"

"아! 놀리지 마! 신경에 거슬려!"

그는 사랑 이야기를 하나 꺼내는 편이 더 신중해 보이겠다고 생각했다. 그는 구체적인 자세한 얘기를 찾아냈다. 게다가 이 사람 때문에 그는 무척 불행했다고 말했다.

"당신 정말 운이 없어!" 로자네트가 말했다.

"오! 오! 아마도!" 이런 대답으로 연애 경험이 많다는 사실을 암시하려 했는데, 이는 로자네트가 그에게 잘 보이려고 옛 애인들의 이름을 말하지 않은 것처럼 그도 상대에게 잘 보이기 위해서였다. 가장 깊이 속마음을 털어놓는 순간에도 가식적인 수치심, 배려, 연민 때문에 항상 한계가 있기 마련이다. 계속하기를 가로막는 벼랑이나 진흙탕을 상대방이나 자신에게서 발견하게 되는 것이다. 게다가 자신이 이해받지 못할 거라고 느낀다. 무슨 일이든 정확하게 표현한다는 건 어려운 일이다. 또한 완전한 결합이란 찾아보기 힘들다.

가련한 로자네트는 이 이상의 행복한 결합은 알지 못했다. 가끔씩 프레데릭을 가만히 바라보는 그녀 눈에 눈물이 어렸다. 그러고는 마치 커다란 오로라, 끝없는 행복의 전경을 보기라도 하듯 눈을 들거나 지평선을 바라보았다.

마침내 어느 날 그녀는 "우리의 사랑에 행복이 깃들도록" 미사를 올리고 싶다고 털어놨다.

왜 그토록 오랫동안 그에게 저항했을까? 그녀 자신도 이유를 전혀 알지 못했다. 그가 몇 번이고 다시 묻자 그녀는 그를 껴안으며 대답했다.

"당신을 너무 사랑하게 될까 봐 두려워서!"

일요일 아침 프레데릭은 신문의 부상자 명단에서 뒤사르디에의 이름을 보았다. 그는 소리를 지르고는 로자네트에게 신문을 보이면서 즉시 떠나야겠다고 말했다.

"뭐 하러?"

"그 사람 만나서 보살펴 줘야지!"

"나 혼자 내버려 두고 가는 건 아니겠지?"

"같이 가."

"날 더러 그런 소요 속에 끼어들라고? 고마워라!"

"그렇지만 가지 않을 수는……."

"그만 됐어! 병원에 간호원이 부족하기라도 한 것처럼! 그리고 그 사람하고 무슨 상관이야? 남의 일은 알 바 아니야!"

그는 이런 이기주의에 화가 났다. 다른 사람들과 저쪽에 함께 있지 않았던 자신을 탓했다. 조국의 불행에 이토록 무관심한 데는 비열하고 부르주아적인 무언가가 있었다. 그의 사랑이 갑자기 범죄처럼 무겁게 그를 짓눌렀다. 그들은 한 시간 동안 서로 토라진 채로 있었다.

그녀는 기다리라며 위험에 노출되지 말라고 애원했다.

"그러다 혹시 죽기라도 하면!"

"아! 의무를 다했을 뿐인 거지!"

로자네트는 펄쩍 뛰었다. 우선 그의 의무는 그녀를 사랑하는 것이었다. 그녀를 더 이상 원치 않기 때문임이 분명하다! 상식 밖의 일이다! 무슨 엉뚱한 생각일까, 세상에!

프레데릭은 계산서를 달라고 벨을 울렸다. 그러나 파리로 돌아가기가 쉬운 일은 아니었다. 르루아르 운송 마차는 방금 떠났고 르콩트 사륜마차는 운행 계획이 없으며 부르부네 합승 마차는 밤 늦게야 올 텐데 어쩌면 만원일 것이었다. 어찌 될지 알 수 없는 일이었다. 이렇게 알아보느라 시간을 많이 뺏기자 그에게는 역마차를 타야겠다는 생각이 떠올랐다. 프레데릭에게는 여권이 없었기 때문에 역장은 말을 내주지 않았다. 마침내 그는 칼레슈 마차를 세내어 5시쯤 플룅의 코메르스 호텔 앞에 도착했다.

마르셰 광장 앞은 무기 더미로 가득했다. 지사가 국민군이 파리로 들어가지 못하도록 금지하고 있었다. 이 도에 거주하지 않는 사람들은 계속 길을 가고자 했다. 사람들이 소리를 질렀다. 여관은 온통 난리였다.

로자네트는 겁에 질려 더 멀리는 가지 않겠으며 그대로 머물자고 애원을 했다. 여관 주인과 그의 부인도 그녀 말에 합세했다. 저녁 식사를 하던 한 친절한 남자가 싸움은 얼마 안 가 끝날 거라고 단언하며 끼어들었다. 그래도 의무는 수행해야 한다고 말하자 라 마레샬은 더 심하게 울어 댔다. 프레데릭은 화가 났다. 그는 그녀에게 지갑을 건네며 재빨리 입을 맞춘 다음 사라졌다.

코르베유 역에 도착하자 사람들이 그에게 폭도들이 군데군데 철로를 끊어 버렸다고 알려 줬다. 마부는 더 이상 못 가겠다고 거절했다. 말이 "지쳐 있다."라고 했다.

그래도 마부의 도움으로 상태가 나쁜 이륜마차를 찾아내 60프랑에 팁은 별도로 이탈리아 관문까지 타고 가기로 했다. 그러나 관문에서 백 보쯤 떨어진 곳에서 마부는 그를 내려 주고 돌아갔다. 프레데릭이 길을 가는데 갑자기 한 보초병이 총검을 들이댔다. 네 사람이 고함을 지르며 그를 붙잡았다.

"이자도 한패야! 조심해! 몸을 수색해! 악당! 나쁜 놈!"

그는 너무도 놀란 상태로 고블랭과 오피탈 대로, 고드프루아와 무프타르 거리가 교차하는 원형 광장 초소까지 끌려갔다.

네거리 끝에는 거대한 포석 더미가 비탈 모양으로 바리케이드를 이루고 있었다. 여기저기 횃불이 툭툭 튀며 타올랐다. 뿌옇게 이는 먼지 사이로 전열 보병군과 국민군이 보였는데 모두가 새까만 얼굴에 복장은 흐트러진 험상궂은 모습이었다. 그들은 방금 이 지점을 점령했고 몇 사람을 총살했다. 분노가 아직 가라앉지 않은 상황이었다. 프레데릭은 벨퐁 거리에 사는 부상 당한 동료를 돕기 위해 퐁텐블로에서 오는 길이라고 말했다. 처음에는 아무도 그의 말을 믿으려 하지 않았다. 그의 손을 검사하고 화약 냄새가 나는지 보려고 심지어 귀까지 냄새를 맡았다.

그러나 똑같은 말을 되풀이하던 끝에 어느 대위를 설득하기에 이르렀는데 그 대위는 두 사격병에게 프레데릭을 식물원 초소까지 데려다 주라고 명령했다.

그들은 오피탈 대로를 내려갔다. 세찬 북풍이 불었다. 바람을 쏘이자 그는 기운이 되살아났다.

이어서 그들은 마르셰오슈보 쪽으로 돌았다. 오른쪽 식물원은 커다란 검은 덩어리를 이루고 있는 반면 왼쪽 피티에 건물에는 온 창문에 불이 켜져 정면에 화재가 난 것처럼 빛이 타올랐으며 유리창으로 빠르게 사람들 그림자가 지나갔다.

프레데릭을 데리고 온 두 남자는 떠났다. 다른 사람이 그를 이공 대학까지 바래다주었다.

생빅토르 거리는 가스등도 없고 집의 불도 켜 있지 않아 온통 캄캄했다. 십 분마다 외치는 소리가 들렸다.

"보초다! 조심하세요!" 침묵 속에 던져진 이 외침은 심연 속에 떨어지는 돌처럼 울려 퍼졌다.

가끔씩 육중한 발자국 소리가 다가왔다. 적어도 백 명은 돼 보이는 순찰대였다. 속삭이는 소리, 희미하게 쇠 부딪히는 소리가 이 불투명한 덩어리 속에서 새어 나왔다. 그러다 일정한 리듬으로 흔들리며 어둠 속으로 사라져 갔다.

십자로 한복판에 용기병이 꼼짝하지 않고 서 있었다. 이따금 기병 전령이 급히 말을 몰고 지나가고 나면 주위는 다시 침묵에 싸였다. 멀리서 포도 위를 구르며 지나가는 대포 소리가 둔탁하고 거대하게 들려왔다. 일상 소음과는 다른 이 소리에 프레데릭의 가슴이 조여들었다. 그 소리는 깊고도 절대적인 침묵, 검은 침묵을 더 널리 퍼트리는 것 같았다. 하얀 작업복 차림 남자들이 병사들에게 다가와 뭐라고 한마디 하고는 유령처럼 사라졌다.

이공 대학 초소는 사람들로 넘쳤다. 입구에는 아들이나 남편을 만나게 해 달라고 애원하는 여자들로 가득했다. 그녀들은 시체 수용소로 변형된 팡테옹으로 보내졌다. 프레데릭의 말에 귀를 기울이는 사람은 아무도 없었다. 그는 자기를 기다리는 친구 뒤사르디에가 죽어 가고 있다고 단언하며 계속 고집을 부렸다. 마침내 생자크 거리 가장 높은 곳에 위치한 12구 구청으로 그를 데리고 갈 하사가 정해졌다.

팡테옹 광장에는 짚을 깔고 누운 병사들로 가득했다. 날이 밝고 있었다. 야영 불이 하나씩 꺼졌다.

이 구역에는 엄청난 폭동의 흔적이 남아 있었다. 길바닥 전체가 울퉁불퉁하게 패어 있었고 부서진 바리케이드 자리에는 합승 마차, 가스관, 짐마차 바퀴 등이 남아 있었다. 군데군데 작은 웅덩이에 괴어 있는 건 피인 듯했다. 집들에는 온통 탄환 구멍이 나 있었고 석회가 떨어진 자리에는 골조가 드러나 보였다. 덧문은 못에 매달린 채 누더기처럼 늘어져 있었다. 계단이 무너져 내려 열어젖혀진 문들은 허공을 향하고 있었다. 벽지가 너덜거리는 방 안이 보였는데 귀중품이 그대로 남아 있는 데도 있었다. 프레데릭은 괘종시계, 앵무새 횟대, 판화 들을 살펴보았다.

그가 구청에 들어가자 국민군들이 브레아와 네그리에, 샤르보넬 의원과 파리 대주교의 죽음에 대해 지칠 줄 모르고 수다를 떨고 있었다. 도말 공작[42]이 불로뉴에 상륙했고 바르베스가 뱅센에서 도망쳤으며 부르주에서 포병대가 도착했고 지방에서 원군이 모여들고 있었다. 3시쯤 누군가 좋은 소식을 가지고 왔다. 반란군 의원단이 국회 의장 집에 있다는 것이었다.

그러자 모두가 기뻐했다. 아직 12프랑이 남아 있던 프레데릭은 빨리 석방되기를 바라는 마음에서 포도주 열두 병을 가져오게 했다. 갑자기 사격 소리가 들려온 것 같았다. 술 마시기를 멈췄다. 모두가 이 낯선 사람을 의심쩍게 바라보았다. 이

---

42) 루이필리프의 아들.

남자가 앙리 5세[43]일 수도 있었다.

그들은 책임을 지고 싶지 않았기에 그를 11구 구청으로 보냈다. 그곳에서 그는 아침 9시가 되기까지 나올 수 없었다.

그는 볼테르 강변까지 달려갔다. 열려진 창문 가에 셔츠 차림 노인이 눈을 위로 향한 채 울고 있었다. 센 강은 조용히 흐르고 있었다. 하늘은 파랗고 튈르리 궁전 나무 위에서는 새들이 지저귀었다.

프레데릭이 카루젤 광장을 가로지를 때 들것 하나가 지나갔다. 초소에서 즉시 받들어총을 했고 장교가 모자에 손을 대며 말했다. "불행한 용사에게 영광을!" 이 말은 거의 의무적으로 하는 것으로 이 말을 하는 사람은 항상 엄숙한 감동에 사로잡히게 되는 듯했다. 분노에 찬 사람들 한 무리가 소리치며 들것을 따라갔다.

"복수를! 복수를!"

큰길에는 마차가 오가고 여인들이 문 앞에서 붕대를 만들었다. 그러나 폭동은 거의 진압된 상태였다. 방금 전 나붙은 카베냐크의 포고령이 이 사실을 알렸다. 비비엔 거리 끝에서 유격대 무리가 나타났다. 그러자 시민들은 환호성을 질렀다. 시민들은 모자를 벗어 들어 올리고 박수치며 춤을 추고 그들을 끌어안으며 마실 것을 주려 했다. 여자들이 발코니에서 꽃을 던졌다.

마침내 10시에 생탕투안 거리를 점령하려는 대포 소리가

---

43) 부르봉 왕가의 유일한 후계자.

울릴 때 프레데릭은 뒤사르디에 집에 도착했다. 그는 다락방에 반듯이 누워 잠들어 있었다. 옆방에서 발소리도 내지 않고 한 여자가 나왔다. 바트나 양이었다.

그녀는 프레데릭을 한쪽으로 데려가 뒤사르디에가 어떻게 부상을 당하게 되었는지를 알려 주었다.

토요일 라파예트 거리 바리케이드 위에서 삼색기를 몸에 두른 한 소년이 국민군을 향해 소리쳤다. "형제를 향해 쏘겠습니까!" 국민군이 앞으로 나아가자 뒤사르디에는 총을 버린 다음 다른 사람들을 헤치고 바리케이드 위로 뛰어 올라가 폭도를 발로 차 쓰러뜨리고 깃발을 걷어 냈다. 허벅지에 총알을 맞은 채 시체들 밑에 깔려 있는 그를 다시 찾아냈다. 상처 주위를 절제해 총탄을 뽑아 내야 했다. 바트나 양은 그날 저녁 찾아와 지금까지 그의 곁을 떠나지 않고 있었다.

그녀는 치료에 필요한 모든 것을 현명하게 준비해 놓고 그가 마시는 걸 도와주었으며 아주 사소한 요구에도 신경을 쓰면서 파리보다도 가볍게 오가고 애정에 찬 눈길로 그를 바라보았다.

프레데릭은 이 주 동안 매일 아침 하루도 거르지 않고 찾아왔다. 어느 날 그가 바트나의 헌신에 대해 얘기하자 뒤사르디에는 어깨를 으쓱했다.

"아니에요! 자기 이익을 위해서 그러는 거예요!"

"그래?"

그는 계속했다. "틀림없어요!" 그리고 더 이상 설명하려 하지 않았다.

그녀는 그에게 온갖 친절을 다 베풀었고 그의 훌륭한 행동을 찬양하는 신문까지 가져다주었다. 그런 찬사가 그는 괴로운 모양이었다. 그는 심지어 프레데릭에게 양심상 당혹스러운 처지를 털어놨다.

그는 어쩌면 반대편 노동자 쪽에 서야 하지 않았나 하고 생각하고 있었다. 그들에게 한 수많은 약속이 지켜지지 않았기 때문이다. 그들과 싸워 승리한 자들은 공화국을 혐오했다. 그리고 그들에게 매우 가혹했었다! 노동자들이 잘못한 탓도 있겠지만 완전히 그들 탓은 아니었다. 이 선량한 청년은 자기가 혹시 정의에 대항해 싸운 게 아닌가 하는 생각에 번뇌하고 있었다.

튈르리 궁의 센 강가 테라스 밑에 감금된 세네칼에게 이런 고민은 전혀 없었다.

그곳에는 900명 죄수가 쓰레기 속에 되는대로 들어차서 화약과 피가 응고되어 새까매진 채 열에 들떠 분노로 소리치고 있었다. 이들 사이에서 죽어 가는 사람이 있어도 밖으로 내보내지 않았다. 이따금 갑작스러운 폭음이 들리면, 그들은 모두 총살당할 거라 생각하고 벽 쪽으로 급히 갔다가 다시 제자리로 돌아오곤 했다. 고통으로 너무도 멍해진 그들은 악몽 속에서 장례의 환각을 보는 느낌이었다. 천장에 매달린 램프는 핏자국처럼 보였다. 지하실에서 불빛이 새어 나와 푸르고 노란 작은 불꽃들이 떠돌았다. 전염병이 두려워 위원회가 구성되었다. 계단 입구부터 위원장은 배설물과 시체 냄새에 질려 뒤로 물러섰다. 죄수들이 환기창 옆으로 다가서자 보초를 서던 국민군들이 쇠창살을 흔들지 못하게 하려고 그들을 향해 마구 총검을 휘둘렀다.

군인들은 대개 냉혹했다. 전투에 참가하지 않은 사람들은 특별한 행동으로 이채를 띠고자 했다. 사람들은 온통 공포에 질려 있었다. 신문, 클럽, 불온한 모임, 교리 등 삼 개월 전부터 분노를 치밀게 한 모든 것에 대해 일제히 복수를 가했다. 승리했음에도, 피투성이 비열함과 똑같이 야수 같은 평등이 (마치 옹호자를 징벌하고 적대자를 조롱하기 위한 것처럼) 기세등등했다. 이익에 대한 탐닉이 착란한 욕구를 메워 주었고 귀족 계급은 비열한 자들의 욕망에 빠져들었으며 무명 모자[44]도 붉은 모자[45] 못지않게 추악했다. 대중의 이성도 자연의 대변동이 일어난 이후처럼 충격을 받았다. 그 때문에 평생 바보가 되어 버린 총명한 사람들도 있었다.

로크 영감은 매우 용감해져서 거의 무모하다고까지 할 정도가 되었다. 노장 사람들과 26일 파리에 올라온 그는 그들과 같이 돌아가지 않고 튈르리에 주둔하는 국민군에 합세했다. 그리고 강가 테라스 앞에 보초를 서게 된 데 아주 만족해했다. 적어도 거기에서는 이 악당들을 내려다볼 수가 있었다! 그는 그들의 패배와 비천함에 기뻐했다. 그들에게 욕설을 퍼붓고 싶은 충동을 억제할 수가 없었다.

그들 중 긴 금발 청소년 하나가 쇠창살에 얼굴을 대고 빵을

---

44) 부르주아를 가리킨다.
45) 과격파를 가리킨다.

달라고 했다. 로크 씨는 그에게 조용히 하라고 명했다. 그러나 소년은 애처로운 목소리로 되풀이했다.

"빵 좀 주세요!"

"나한테 빵이 어디 있어, 나한테!"

수염은 길게 자라 있고 눈동자는 열에 들떠 있던 다른 죄수들도 환기구에 얼굴을 내밀고 서로 밀치며 소리 질렀다.

"빵을 줘요!"

로크 영감은 자기 권위가 무시되는 것을 보자 화가 났다. 겁을 주려고 그는 총을 들이댔다. 사람에 떠밀려 숨이 막힐 지경으로 천장까지 다다른 소년은 머리를 뒤로 젖히고 다시 한 번 소리쳤다.

"빵을 주세요!"

"자! 여기 있다!" 방아쇠를 당기며 로크 영감이 말했다.

무시무시한 비명 소리가 들린 다음 갑자기 조용해졌다. 나무통 가장자리에 무언가 하얀 것이 남아 있었다.

그런 다음 로크 씨는 집으로 돌아갔다. 그에게는 생마르탱 거리에 잠시 머무는 곳으로 쓰이는 집이 하나 있었다. 이 건물 앞쪽이 폭동 때 피해를 입은 것도 적지 않게 그의 화를 돋우었다. 다시 보니 자신이 피해를 너무 과장했다는 생각이 들었다. 조금 전 행동이 보상을 받은 것처럼 마음을 가라앉혀 주었던 것이다.

문을 열어 준 이는 그의 딸이었다. 그를 보자 즉시 그녀는 너무 오래 돌아오지 않아 불안해하던 참이라고 말했다. 무슨 불행이나 부상을 당하지 않았나 두려웠다는 것이다.

딸의 이 같은 애정의 증표에 로크 영감은 마음이 누그러졌다. 그는 딸이 카트린 없이 혼자 올라온 데 놀라워했다.

"심부름 보냈어요." 루이즈가 대답했다.

그리고 아버지 건강과 이런저런 일에 대해 물었다. 그런 다음 무관심한 듯한 태도를 지으며 혹시 프레데릭을 만나지는 않았는지 물었다.

"아니! 전혀. 한 번도!"

오직 그 때문에 그녀는 이 여행을 한 것이었다.

누군가 복도를 걸어오는 소리가 들렸다.

"아! 잠깐……."

그리고 그녀는 사라졌다.

카트린은 프레데릭을 찾지 못했다. 그는 며칠 전부터 집에 없었고 그의 친구 델로리에는 지금 지방에 살고 있었다.

다시 나타난 루이즈는 떨었고 말을 하지 못했다.

"왜 그래? 도대체 무슨 일이야?" 그의 아버지가 소리쳤다.

그녀는 아무것도 아니라는 몸짓을 하고 안간힘을 다해 마음을 가라앉혔다.

맞은편 식당 주인이 수프를 가져왔다. 그러나 로크 영감은 너무 격한 동요를 겪은 다음이었다. "안 넘어갈 것 같아." 그리고 디저트 때는 거의 정신을 잃었다. 급히 의사를 부르러 보냈고 의사는 물약을 처방해 주었다. 그러고는 침대에 누운 로크 씨는 땀을 흘릴 수 있도록 이불을 많이 덮어 달라고 했다. 그는 한숨을 쉬고 푸념을 했다.

"고마워, 카트린!" "가련한 아빠한테 뽀뽀해 주렴, 애야!

아! 이놈의 혁명!"

딸이 자기를 너무 걱정하니까 아프신 게 아니냐고 나무라
자 그는 대답했다.

"그래, 네 말이 맞아! 근데 어쩔 수 없어! 내가 지나치게 민
감해서 말이야!"

2

당브뢰즈 부인은 안방에서 조카딸과 미스 존슨 사이에 앉아, 로크 씨가 국민군 보초 일의 고초에 대해 이야기하는 것을 듣고 있었다.

그녀는 입술을 깨물며 고통스러워하는 모습이었다.

"오! 별일 아니에요! 괜찮아질 거예요!"

그리고 상냥한 어조로 말을 이었다.

"아시는 분 중 한 사람을 저녁 식사에 초대했어요, 모로 씨라고."

루이즈는 몸을 부르르 떨었다.

"그리고 친한 사람 몇 분 더요, 알프레드 드 시지 같은."

그리고 나서 그녀는 그의 태도, 용모, 특히 품행을 칭찬했다.

당브뢰즈 부인의 말이 그녀가 생각하는 것만큼 그렇게 거짓말은 아니었다. 자작은 결혼을 생각하고 있었다. 그는 그 생각을 마르티농에게 이야기하면서 자기가 세실 양의 마음에 들게 될 게 확실하고 그녀의 부모도 승낙할 거라고 덧붙였다.

이런 속 이야기를 털어놓을 정도라면 지참금에 대한 유리한 정보를 입수한 게 틀림없었다. 그런데 마르티농은 세실이 당브뢰즈 씨의 사생아가 아닌가 의심해 왔다. 요행을 바라고 청혼해 보는 것도 아주 잘하는 일일 수 있었다. 그런 대담함에는 위험이 따랐다. 그래서 마르티농은 지금까지 명예를 실추하지 않도록 처신해 왔다. 게다가 그는 어떻게 숙모를 떨쳐 버려야 할지 알 수 없었다. 시지 말을 듣고 그는 결심을 했다. 그는 은행가에게 자기 뜻을 얘기했고 문제가 없다고 생각한 은행가는 이 일을 최근 부인에게 전했다.

시지가 나타났다. 그녀는 일어서며 말했다.

"우릴 잊어버리셨나 했어요…… 세실, shake hands(악수해야지)!"

그때 프레데릭이 들어왔다.

"아! 드디어! 이제야 만나게 되는군." 로크 영감이 소리쳤다. "이번 주에 루이즈하고 세 번이나 찾아갔었는데!"

프레데릭은 그들을 고의로 피했다. 그는 매일 부상 당한 친구 옆에서 지냈다고 핑계를 댔다. 게다가 오래전부터 바쁜 일이 너무 많았다면서 그는 둘러댈 이야기를 찾고 있었다. 다행히 손님들이 도착했다. 우선 무도회에서 본 적이 있는 외교관, 폴 드 그레몽빌 씨가 들어왔다. 그다음에는 퓌미숑이었는데 이 실업가의 보수주의적 충성심에 프레데릭은 분개한 적이 있었다. 그들 뒤를 이어서 늙은 공작 부인 몽트뢰유 낭튀아가

들어왔다.

그런데 대기실에서 두 사람이 큰 소리로 얘기하는 소리가 들렸다.

"틀림없어요." 한 여자가 말했다.

상대방 남자가 대답했다. "부인! 부인! 제발 진정하세요!"

콜드크림을 발라 미라 같아 보이는 잘생긴 늙은이 노낭쿠르 씨와 루이필리프 시대의 한 도지사의 부인이었던 라르실루아 부인이었다. 그녀는 극도로 몸을 떨고 있었다. 조금 전 폭도들 사이에서 신호로 쓰이는 폴카를 연주하는 오르간 소리를 들었기 때문이다. 많은 부르주아들이 그런 상상을 하곤 했다. 지하 묘지에 숨은 남자들이 생제르맹 거리46)를 폭파할 거라고 믿으며 지하실에서 소리가 들려오고 창문 가에서는 수상한 일이 벌어지고 있다고 상상했다.

모두가 라르실루아 부인을 진정시키려고 애썼다. 더 이상 두려워할 일은 없다는 것이었다. "카베냐크가 우리를 구했어!" 폭동의 공포가 충분하지 않은 것처럼 그것을 과장해서 말했다. 사회주의자 측 가담자 중 죄수가 적어도 2만 7000명은 된다는데!

그들은 독이 든 식량, 두 판자 사이에 끼어 톱으로 잘린 이동 대원, 약탈, 방화를 독촉하는 문구가 써진 깃발 등을 전혀 의심하지 않았다.

"그보다 더한 것도 있지요!" 전 도지사 부인이 덧붙였다.

---

46) 파리의 상류층 지구.

"아! 부인!" 눈으로 젊은 세 처녀들을 힐끗 가리키며 당브뢰즈 부인이 조심스러운 듯 말했다.

당브뢰즈 씨가 마르티농과 함께 그의 서재에서 나왔다. 그녀는 고개를 돌려 다가오던 펠르랭에게 인사했다. 화가는 불안한 태도로 벽을 바라보았다. 은행가는 그를 한쪽으로 데려가, 지금으로서는 그의 혁명적인 그림을 숨겨 놓을 수밖에 없다고 납득시켰다.

"그렇죠!" 지성 클럽에서의 실패로 의견이 달라진 펠르랭이 말했다.

당브뢰즈는 다른 그림들을 주문하겠다고 대단히 정중하게 살며시 얘기했다.

"잠시만요! ……아! 이 사람! 정말 반가워요!"

아르누와 아르누 부인이 프레데릭 앞에 서 있었다.

그는 눈앞이 아찔했다. 오후 내내 로자네트의 병사들에 대한 찬사로 그는 시달렸던 참이었다. 옛사랑이 다시 살아났다.

급사장이 부인에게 식사 준비가 되었다고 알렸다. 그녀는 자작에게 눈짓으로 세실의 팔을 잡으라고 명했고 마르티농에게 작은 소리로 "안됐네요!" 하고 말했다. 모두들 식당으로 갔다.

탁자보 한중앙에는 파인애플 잎사귀 밑에 도미 한 마리가 놓여 있었는데 머리는 노루 고기 쪽을 향하고 꼬리는 피라미드형으로 늘어놓은 가재 요리에 닿아 있었다. 무화과, 커다란 앵두, 배와 포도(파리에서 재배한 맏물 포도)가 옛 작센 자기에 피라미드 모양으로 담겨 있었다. 다발이 군데군데 은그릇에 비쳤다. 창문에 내려진 하얀 비단 블라인드가 실내를 부드러운 빛으로 가득 채웠고 얼음 조각이 떠 있는 두 개의 분수가 방 안을 서늘하게 했다. 짧은 바지를 입은 키 큰 하인들이 시중을 들었다. 폭동을 겪은 후유증 때문인지 이 모든 것이 더욱 좋아 보였다. 잃어버릴까 봐 두려워하던 것들을 다시 즐길 수 있게 된 것이다. 노낭쿠르가 사람들 대부분의 심정을 나타내는 말을 했다.

"아! 우리가 저녁 식사를 할 수 있도록 공화주의자들이 허락해 주기를 바랍시다!"

"그들의 박애주의에도 얽매이지 않고 말이죠!" 로크 영감이 재치 있게 덧붙였다.

이 두 노인은 당브뢰즈 부인의 오른쪽과 왼쪽에 앉아 있었고 부인 앞에는 그녀의 남편이, 남편 옆에는 외교관과 나란히 라르시루아 부인이, 또 한쪽 옆에는 퓌미숑과 함께 늙은 공작 부인이 앉아 있었다. 그다음에는 화가, 도자기상, 루이즈 양이 앉았고 세실 양 옆에 앉으려고 프레데릭의 자리를 차지한 마르티농 덕택에 프레데릭은 아르누 부인 옆자리에 앉게 되었다.

그녀는 검은색 얇은 모직 원피스를 입었고 손목에는 금팔찌를 차고 있었다. 그리고 처음 그녀 집에서 저녁 식사를 하던 날처럼 붉은 장식을 달고 틀어 올린 머리에는 수령초 가지 하나를 꽂았다. 그는 그녀에게 이렇게 말할 수밖에 없었다.

"정말 오랜만이군요."

"아!" 그녀가 차갑게 대답했다.

질문의 무례함을 부드러운 어조로 무마하며 그가 계속했다.

"가끔씩 제 생각 하셨어요?"

"제가 왜 그래야 하죠?"

프레데릭은 이 말에 상처를 받았다.

"어쩌면 당신 말이 옳아요."

그러나 곧바로 후회하고 하루도 부인을 생각하지 않고 지낸 날이 없다고 말했다.

"그런 말 전혀 안 믿어요."

"그치만 제가 부인을 사랑하고 있다는 걸 아시잖아요."

아르누 부인은 대답하지 않았다.

"제가 사랑하고 있다는 걸 아시잖아요."

그녀는 여전히 말이 없었다.

'그래, 마음대로 해!' 프레데릭은 속으로 중얼거렸다.

그리고 눈을 들자 탁자 저쪽 끝에 앉은 루이즈 양이 보였다.

그녀는 멋을 부리려고 온통 초록색으로 차려입었으나 그 옷은 그녀의 빨간 머리 색과 전혀 어울리지 않았다. 벨트 고리는 너무 높았고 장식 깃 때문에 목이 짧아 보였다. 프레데릭이 처음에 냉정했던 이유는 이러한 촌스러움 때문이기도 했다. 그녀는 멀리서 호기심에 찬 듯 그를 살펴보았다. 옆에 앉은 아르누가 아무리 환심 섞인 말을 해도 소용이 없었다. 그녀 입에서 세 마디 이상을 끌어내지 못하자 그는 환심 사기를 포기하고 사람들 대화에 귀를 기울였다. 화제는 이제 뤽상브르 궁의 파인애플 퓌레로 옮아갔다.

퓌미숑 말로는 루이 블랑에게 생도미니크 거리에 있는 호텔 하나가 루이 블랑 것인데 그가 이곳을 노동자들에게 빌려 주기를 거절했다는 것이었다.

노낭쿠르가 말했다. "내가 보기에 이상한 건 르드뤼 롤랭이 쿠롱 영지에서 사냥을 한다는 사실이야!"

시지가 덧붙였다. "그 사람, 어떤 귀금속상에게 2만 프랑 빚이 있다는데요! 심지어 사람들이 말하기를……."

당브뢰즈 부인이 그의 말을 멈췄다.

"아! 기분 나쁘게 정치 이야기에만 들떠서! 젊은 남자분들, 정말! 옆의 아가씨들한테나 신경 쓰세요!"

그런 다음 진지한 사람들은 신문을 공격했다.

아르누는 신문을 변호했다. 프레데릭은 신문을 다른 곳과 다를 바 없는 상점이라고 부르며 이야기에 끼어들었다. 기사 쓰는 사람들은 대부분 바보이거나 농담꾼이었다. 그는 마치 그들을 아는 듯 말하고 빈정거리면서 친구의 관대한 마음을 공격했다. 아르누 부인은 그것이 자기에 대한 복수인 줄 알아채지 못했다.

그러나 자작은 세실 양의 마음을 사려고 머리를 짜내고 있었다. 먼저 그는 주전자 모양과 칼 조각을 헐뜯으며 자신의 예술적인 취향을 자랑했다. 그런 다음 자기 말, 단골 양복점, 셔츠 가게 이야기를 했다. 마지막으로 종교 이야기를 꺼냄으로써 스스로 모든 의무를 수행한다는 사실을 내비칠 방도를 찾아냈다.

마르티농은 한 수 위였다. 끊임없이 그녀를 바라보며 단조로운 목소리로 그녀의 새 같은 옆얼굴, 윤기 없는 금발, 매우 짧은 손을 칭찬했다. 못생긴 처녀는 쏟아지는 달콤한 말에 좋아서 어쩔 줄 몰랐다.

모두가 큰 소리로 떠들어 대 아무 말도 알아들을 수 없었다. 로크 씨는 프랑스를 통치할 '철의 팔'이 필요하다고 생각한다고 했다. 불량배들은 대량으로 죽여 버렸어야 했다!

퓌미숑이 말했다. "이자들은 심지어 겁쟁이예요. 바리케이드 뒤에 있으면서 뭐가 용감하다는 거야!"

"그건 그렇고 뒤사르디에 얘기 좀 해 줘요!" 프레데릭을 돌아보며 당브뢰즈 씨가 말했다.

이 선량한 회사원은 지금 살레스, 장송 형제, 페키예 부인 등과 같이 영웅 취급을 받았다.

프레데릭은 이내 자기 친구 이야기를 했다. 이야기를 전하는 그가 어떤 후광에 감싸인 듯했다.

그러다가 자연스럽게 용기의 여러 양상에 대해 이야기하기에 이르렀다. 외교관 의견에 따르면 죽음에 직면하는 것은 그리 어렵지 않았다. 결투하는 사람들이 그 증거였다.

"자작에게 물어보면 되겠는데요." 마르티농이 말했다.

자작 얼굴이 새빨개졌다.

손님들은 그를 쳐다보았다. 다른 사람들보다 놀란 루이즈는 중얼거렸다.

"무슨 일이에요?"

"저 사람이 프레데릭한테 굴복했어요." 아르누가 아주 작은 소리로 말했다.

"뭐라는 거예요, 아가씨?" 곧바로 노낭쿠르가 물었다. 그러고는 그 대답을 당브뢰즈 부인에게 전했는데 그녀는 몸을 약간 내밀어 프레데릭을 바라보기 시작했다.

마르티농은 세실이 물을 때까지 기다리지 않았다. 그는 이 사건에 말하기 쉽지 않은 사람이 연루되어 있다고 말했다. 그 젊은 아가씨는 바람둥이와의 접촉을 피하려는 듯 의자 뒤로 가볍게 물러났다.

이야기는 다시 시작되었다. 고급 보르도산 포도주가 오가자 좌석은 활기를 띠었다. 펠르랭은 스페인 미술관을 잃어버린 게 결정적이라며 혁명을 탓했다. 이것이 화가로서의 자기를 가장 슬프게 한다고 했다. 이 말을 듣고 로크 씨가 그에게 물었다.

"혹시 선생님이 그 훌륭한 그림을 그리신 분 아닌가요?"

"어쩌면요! 어떤 그림이죠?"

"한 여자 그림인데 입고 있는 옷은…… 좀…… 가볍고 지갑을 들었고 뒤에는 공작이 있는."

이번에 프레데릭의 얼굴이 빨개졌다. 펠르랭은 못 들은 척했다.

"선생님 그림이 맞아요! 밑에 당신 이름이 써 있고 액자 위에는 모로 씨 소장품이라고 써 있었으니까요."

어느 날 로크 영감은 딸과 함께 그를 기다리다가 라 마레샬의 초상화를 보았다. 노인은 그림을 심지어 '고딕풍'으로 간주했다.

"아니에요!" 펠르랭이 퉁명스럽게 말했다. "그건 여자 초상화예요."

마르티농이 덧붙였다.

"아주 활발한 여자의! 그렇죠, 시지?"

"난 모르는 일이야."

"잘 아는 여자인 줄 알았는데. 곤란하게 했다면 미안해요!"

시지는 눈을 내리깔았다. 당황스러워하는 태도로 미루어 초상화에 있어 민망스러운 역할을 했음에 틀림이 없었다. 프레데릭으로 말하면, 모델은 그의 애인임이 확실했다. 이것은 즉시 형성이 되는 확신들 중 하나로 모인 사람들 얼굴에 분명히 나타나 있었다.

"거짓말도 잘하지!" 아르누 부인이 속으로 중얼거렸다.

"그래서 날 떠난 거야!" 루이즈는 생각했다.

프레데릭은 이 두 가지 이야기가 자기 명예를 손상시킬지도 모른다고 생각했다. 모두가 정원으로 나왔을 때 그는 마르티농을 나무랐다.

세실 양의 애인은 그의 면전에서 웃음을 터트렸다.

"아! 천혀! 너한테 도움이 될걸! 앞으로 나가 봐!"

무슨 뜻일까? 게다가 평소 그와는 어울리지 않는 이런 호의는 뭐 때문이지? 아무 설명도 없이 마르티농은 부인들이 앉아 있는 안쪽으로 갔다. 남자들이 서 있는 한가운데에서 펠르랭이 자기 의견을 피력하고 있었다. 예술에 가장 유리한 제도는 당연히 군주제였다. 국민군이란 것 하나만으로도 현대에 그는 혐오감을 느꼈다. 그는 중세 시대와 루이 14세가 그리웠다. 로크 씨는 그의 의견에 축하를 보내며 그 때문에 예술가들에 대한 모든 편견이 사라졌다고 털어놨다. 그러나 퓌미숑이 부르는 소리에 곧 떠났다. 아르누는 좋은 사회주의와 나쁜 사회주의, 두 개의 사회주의가 있다는 것을 입증하려고 했다. 실업가는 그 둘 사이에 차이가 없다고 생각했고 소유권이라는 말을 듣자 흥분해 현기증이 날 정도였다.

"그건 자연에 속한 법이에요! 아이들은 자기 장난감에 애착합니다. 온 국민이 나와 같은 의견이에요. 모든 동물, 사자까지도 만일 말을 할 수 있다면 소유자라고 선언할 거예요! 이렇게 해서 여러분, 저는요, 1만 5000프랑으로 시작했어요! 삼십 년 동안 난 매일 아침 4시에 일어났어요, 아시겠어요? 재산을 모으는 데 얼마나 고생을 했는지! 그런데 이제 나한테 와서 내가 내 재산의 주인이 아니고 내 돈이 내 돈이 아니고 소유는 도둑질이라고 한단 말입니까!"

"그렇지만 프뤼동은……."

"프뤼동 얘기는 꺼내지도 마세요! 만일 그자가 여기 있다면 목을 졸라 죽이고 말 겁니다!"

그를 목 졸라 죽였을 것이다. 특히 리쾨르를 마신 퓌미숑은 제정신이 아니었다. 졸도할 듯한 그의 얼굴은 당장이라도 포탄처럼 터질 것 같았다.

"안녕하시오, 아르누." 잔디 위를 재빠르게 지나가던 위소네가 말했다.

그는 당브뢰즈 씨에게 '히드라'라는 팸플릿 초본을 가지고 왔다. 보헤미안은 한 보수파 모임의 이익을 옹호하고 있었기에 은행가는 그를 그대로 손님들에게 소개했다.

위소네는 기름 장수들이 매일 저녁 "불을 켜라!"라고 외치도록 392명 아이들에게 돈을 주었다고 주장하며 1789년 원칙, 흑인 해방, 좌익 웅변가들에 대해 농담해서 모두를 즐겁게 했다. 어쩌면 저녁을 잘 먹은 이 부르주아들에 대한 순진한 질투심에서였는지 '바리케이드 위의 프뤼돔'[47]을 흉내 내기까지 했다. 이러한 풍자는 별로 사람들 마음에 들지 않았다. 모두가 시무룩한 얼굴이었다.

게다가 농담을 할 때가 아니었다. 노낭쿠르는 아프르 대주교와 브레아 장군의 죽음을 상기하며 이 말을 했다. 이 두 사람의 죽음은 항상 회자되어서 그에 대해 토론이 벌어지곤 했다. 로크 씨는 대주교의 죽음이 '가장 숭고한 것'이라고 선언했다. 쥐미숑은 장군 쪽에 영예를 돌렸다. 이 두 사람의 죽음을 단순히 애도하는 대신 둘의 죽음 중 어느 쪽이 더 격한 분노를 일으켜야 하는지로 토론이 벌어졌다. 그다음 두 번째 비교는 라모리시에르와 카베냐크였는데 당브뢰즈 씨는 카베냐크를, 노낭쿠르는 라모리시에르를 찬양했다. 아르누를 제외하고는 좌중 누구도 직무 수행 중인 그 사람들을 본 적이 없었다. 그런데도 모두가 그들의 지휘에 대해 돌이킬 수 없는 판단을 내렸다. 프레데릭은 무기를 잡지 않았다고 털어놓으며 자기는 판단할 자격이 없다고 말했다. 외교관과 당브뢰즈 씨는 그에게 고개를 끄덕여 수긍하는 표시를 했다. 사실 폭동에 반해 싸웠다는 것은 공화국을 옹호했다는 뜻이었다. 싸움에서

---

47) 앙리 모니에가 쓴 『조제프 프뤼돔』의 주인공으로 19세기의 전형적인 속물 부르주아를 대변한다.

이기기는 했으나 결과는 공화국을 강화하는 격이 되고 말았다. 그래서 이제 패배자들을 물리쳤으니 승자들을 물리치고 싶어 했다.

정원으로 나오자마자 당브뢰즈 부인은 시지를 붙들고 서투름을 나무랐으나 마르티농을 보자 시지를 보내고는 미래의 조카사위에게 자작을 두고 농담한 이유가 무엇인지 물었다.

"없어요."

"그리고 이 모든 말을 마치 모로 씨의 영광을 위해서인 것처럼 하셨는데! 이유가 뭐죠?"

"어떤 이유도 없어요. 프레데릭은 호감 가는 사내예요. 저는 그 친구를 무척 좋아합니다."

"나도 그래요! 이리 오라고 해 주세요! 좀 데려와 줘요!"

두세 마디 평범한 말을 한 다음에 그녀는 손님들을 가볍게 비평하기 시작했는데 그를 다른 사람들 위에 놓으려는 뜻에서였다. 그 또한 다른 여자들을 약간씩 비방했는데 그녀에게 찬사를 보내는 능숙한 방법이었다. 그러나 그녀는 이따금 그의 옆을 떠났다. 손님을 받는 날 저녁이라 부인들이 도착했기 때문이다. 그러고는 자기 자리로 돌아왔다. 그들이 앉은 자리는 우연하게도 아무도 이야기를 들을 수 없는 곳이었다.

그녀는 쾌활하고 진지하며 우울하고 사려 깊었다. 시국에 대해서는 별로 관심이 없었다. 그녀에 따르면 조금 덜 변동하는 감정의 세계가 있었다. 그녀는 진실을 왜곡하는 시인들에 대해 불평을 한 다음 하늘을 쳐다보며 그에게 별 이름을 물었다.

나무 사이에 두세 개 중국식 등불이 걸려 있었다. 등불이 바람에 흔들리면서 그 빛이 그녀의 흰 옷 위에 흔들거렸다. 그녀는 평소처럼 소파에 약간 기대 앉은 채 발판을 앞에 두었다. 검은 비단신 끝이 보였다. 당브뢰즈 부인은 이따금 더 크게 말을 하기도 하고 소리를 내어 웃기도 했다.

이러한 교태는 세실로 정신없는 마르티농의 주의를 끌지 못했지만 아르누 부인과 얘기 중이던 어린 로크 양의 주의를 끌었다. 아르누 부인은 이 여자들 중 유일하게 자신을 경멸하지 않는 것처럼 보였다. 그녀는 부인 옆으로 가서 앉았다. 그러고는 속마음을 털어놓고 싶은 욕망을 참지 못하고 물었다.

"프레데릭 모로, 그 사람 말 잘하죠?"

"그 사람 알아요?"

"오! 잘 알아요! 우린 서로 이웃이에요, 제가 아주 어렸을 때 같이 놀아 주셨어요."

아르누 부인은 '그 사람 사랑하는 건 아니에요, 설마?' 하는 뜻이 담긴 눈빛으로 그녀를 한참 바라보았다.

젊은 아가씨의 눈길은 주저 없이 '그래요!'라고 대답하고 있었다.

"저 사람 자주 만나겠네요, 그러면?"

"오! 아니요! 저분이 어머니 집에 올 때만요. 집에 안 내려온 지 열 달이 됐어요! 더 자주 온다고 약속해 놓고선."

"남자들이 하는 약속 너무 믿지 말아요, 아가씨."

"하지만 저를 속인 적은 없어요!"

"다른 사람들한테도 그래요!"

루이즈는 몸을 떨었다. '그가 혹시 그녀에게도 뭔가 약속한 건 아닐까?' 그러자 그녀 얼굴은 의혹과 증오로 일그러졌다.

아르누 부인은 거의 두려움을 느꼈다. 그녀는 자기가 한 말을 후회했다. 이윽고 둘 다 입을 다물었다.

프레데릭이 맞은편 접의자에 앉아 있었기 때문에 두 사람다 그를 바라보았다. 한 사람은 점잖게 옆눈으로, 또 한 사람은 솔직하게 입을 벌린 채. 그러자 당브뢰즈 부인이 그에게 말했다.

"몸을 좀 돌리세요, 저 아가씨가 볼 수 있도록!"

"누구 말예요?"

"로크 씨 따님이요!"

그리고 그녀는 이 시골 처녀의 사랑에 대해 그를 놀렸다. 그는 웃으려고 애쓰며 변명을 했다.

"그럴 리가요! 생각해 보세요! 저렇게 못생긴 애를!"

그러나 그는 허영심에 젖은 엄청난 기쁨을 느꼈다. 그는 어느 날에 있었던 야회, 굴욕감으로 일그러져 떠났던 그 야회를 생각했다. 그러고는 숨을 천천히 들이마셨다. 마치 이 모든것, 당브뢰즈의 저택까지도 자기 것인 양 그는 진정한 자기 자리, 거의 자기 영지에 있는 듯한 느낌을 받았다. 부인들이 반원형으로 둘러앉아 그의 말을 듣고 있었다. 그러자 자신을 더욱 돋보이기 위해 그는 이혼 제도를 다시 제정해야 한다며 서로 헤어지거나 다시 결합하는 것을 원하는 대로 제한 없이 쉽게 할 수 있는 이혼의 자유를 주장했다. 반대 의견을 소리 질러 얘기하는 사람들도 있었고 수군거리는 사람들도 있었다. 쥐방울나무로 덮인 벽 아래 어두운 곳에서 작은 말소리가 들렸다. 마치 암탉이 쾌활하게 꼬꼬댁거리는 소리 같았다. 그는 성공했을 때 느끼게 되는 차분한 의식으로 그의 이론을 전개해 갔다. 하인이 정자 안으로 아이스크림이 담긴 쟁반을 들고 왔다. 남자들이 그것을 보고 모여들었다. 그들은 체포에 대해 이야기하고 있었다.

그러자 프레데릭은 시지에게 정통 왕조파인 그가 어쩌면 기소될지도 모른다는 식의 거짓말을 믿게 함으로써 복수를 했다. 자작은 자기는 방에서 한 발자국도 나가지 않았다고 항의했다. 상대는 운이 나쁜 사람들의 예를 여럿 들었다. 당브뢰즈 씨와 그레몽빌 씨가 그것을 보고 재미있어했다. 그러자 그들은 프레데릭을 칭찬하며 그의 재능을 질서 유지에 쓰지 않는 것을 유감스럽게 생각했다. 헤어질 때 그들은 그에게 다정하게 악수했다. 앞으로 그들을 의지할 수 있었다. 모두들 돌아가자 마침내 자작은 세실에게 공손하게 머리를 숙였다.

"아가씨, 안녕히 계십시오."

그녀는 쌀쌀한 어조로 대답했다.

"안녕히 가세요!" 그러나 그녀는 마르티농을 향해 미소를 지었다.

로크 영감은 아르누와 계속 얘기하고 싶어 그에게 방향이 같으니 '부인과 함께' 그를 배웅하겠다고 말했다. 루이즈와 프레데릭은 앞에서 걸어갔다. 그녀는 그의 팔을 잡고 있었다. 그리고 다른 사람들과 좀 멀어지자 말했다.

"아! 드디어! 드디어! 저녁 내내 얼마나 힘들었는지? 그 여자들 어쩌면 그렇게 못됐어요! 거만하기 짝이 없는 모습들 하고는!"

그는 부인들을 변호하려 했다.

"우선 들어오면서 내게 말을 건넬 수 있었잖아. 오지 않은 지 일 년이나 됐는데!"

"일 년은 아니지." 다른 말을 회피하기 위해 그런 사소한 점을 들추어 낼 수 있어 다행이라고 생각하며 프레데릭이 말했다.

"좋아! 내겐 시간이 길게 느껴진 것뿐이야! 그런데 그 끔찍한 저녁 식사 시간 내내 나를 수치스럽게 생각하는 것 같던데! 아! 알겠어, 그 여자들처럼 마음을 끌기에 필요한 것들이 내겐 없지."

"잘못 생각하는 거야." 프레데릭이 말했다.

"정말! 그런 여자들 중 누구도 좋아하지 않는다는 거 맹세해요?"

그는 맹세했다.

"당신이 사랑하는 건 나뿐이죠?"

"물론이지!"

이런 맹세에 그녀는 표정이 밝아졌다. 같이 밤새도록 걷기 위해 길을 잃어버렸으면 싶을 정도였다.

"시골에서 난 정말 괴로웠어요! 온통 바리케이드 얘기뿐이었거든요! 피투성이가 된 당신이 쓰러지는 모습이 보였어요! 당신 어머니는 류머티즘으로 누워 계셨으니 아무것도 모르셨고요. 말을 하면 안 되겠고! 더 이상 참지 못하겠더군요. 그래서 카트린과 떠나기로 했던 거예요."

그리고 그녀는 출발, 여정, 아버지에게 했던 거짓말을 이야기했다.

"이틀 후엔 아버지가 나를 데려가실 거예요. 우연히 들른 것
처럼 내일 저녁에 와서 그 기회로 내게 청혼하면 되잖아요."

프레데릭은 지금처럼 결혼 생각에서 멀어져 본 적도 없었
다. 게다가 로크 양이 우스꽝스러운 어린애로 생각되었다. 당
브뢰즈 부인 같은 여자와 비교하면 얼마나 다른지! 그에게 다
른 미래가 가능했다! 오늘 그걸 확신했다. 그러니 감정에 쏠려
이런 중요한 일을 결정할 때가 아니었다. 이제 실리적이 되어
야 했다. 그리고 아르누 부인도 다시 만났다. 그러나 루이즈의
솔직함이 당황스러웠다. 그는 대답했다.

"이 일에 대해서 잘 생각해 본 거야?"

"뭐라고!" 놀라움과 분노로 얼어붙어 그녀가 소리쳤다.

그는 지금 결혼한다는 것은 말도 안 되는 일이라고 말했다.

"그러니까 날 원하지 않는다는 건가요?"

"내 말을 못 알아듣고 있어!"

그러고는 자기가 처리해야 할 중요한 문제들이 있고 끝도
없이 일이 생기며 재산도 위태로운 상태인 데다(루이즈는 한마
디로 딱 잘라 그건 문제가 안 된다고 말했다.) 정치 상황도 결혼에
이롭지 못하다는 사실을 이해시키려고 알아듣기 힘든 말들을
늘어놓았다. 그러니까 가장 현명한 길은 조금 기다리는 것이
었다. 그러면 틀림없이 일이 해결이 될 것이었다. 적어도 자기
는 그렇게 되기를 기대하고 있었다. 그러고는 더 이상 구실을
찾지 못하자 갑자기 생각난 듯 벌써 두 시간 전에 뒤사르디에
집에 갔어야 했다고 말했다.

그런 다음 모두에게 인사하고 오트빌 거리로 접어들어 짐 나즈 거리를 돌아 큰길로 다시 나와서 로자네트 집 5층 계단을 뛰어 올라갔다.

아르누 부부는 생드니 거리 입구에서 로크 영감과 그의 딸과 헤어졌다. 그들은 아무 말 없이 걸었다. 아르누는 수다를 떠느라 지쳐 있었고 그녀는 상당히 피곤해했다. 심지어 그녀는 남편 어깨에 기대어 걸었다. 야회에서 정직한 감정을 보여 준 사람은 이 사람뿐이었다. 그녀는 남편에게 관대한 마음이 넘쳐났다. 그러나 그는 프레데릭에게 조금 원한을 품고 있었다.

"초상화 얘기 나왔을 때 그 친구 얼굴 봤어? 그 친구가 그 여자 애인이라고 말했을 때 내 말 믿으려 하지 않았지!"

"오! 그래, 내가 잘못 생각했어!"

아르누는 이겨서 기분이 흡족해져 계속했다.

"조금 전에 그 여자 만나려고 먼저 간 거라고 내기할 수 있어! 지금 그 여자 집에 있을걸! 거기서 자겠지."

아르누 부인은 모자를 아주 깊숙이 내려썼다.

"그런데 당신 떨고 있잖아!"

"추워서 그래요." 그녀가 대답했다.

아버지가 잠이 들자마자 루이즈는 카트린 방에 들어와 그녀 어깨를 흔들며 재촉했다.

"일어나! ……빨리! 더 빨리! 그리고 마차 좀 불러와." 이 시간에 마차는 없다고 카트린이 대답했다.

"그럼 직접 데리고 가 줘야지?"

"어디로요?"

"프레데릭 집에!"

"말도 안 돼! 왜 그러시는데요?"

그 사람하고 얘기하기 위해서였다. 그녀는 더 이상 기다릴 수 없었다. 지금 당장 그를 만나고 싶었다.

"어떻게 그런 생각을! 한밤중에 그렇게 불쑥 남의 집에 가다니! 게다가 그 사람도 지금 자고 있을 거예요!"

"깨울 거야!"

"처녀가 그런 일을 하다니 마땅치 않아요."

"난 처녀가 아니야! 난 그 사람 아내야! 그 사람을 사랑해! 자! 숄 걸쳐."

카트린은 침대 가에 선 채 곰곰이 생각하더니 마침내 말했다.

"아니! 전 안 갈 거예요!"

루이즈는 뱀처럼 계단을 빠져나갔다. 카트린은 뒤쫓아가 거리에서 그녀와 합류했다. 아무리 충고해도 소용이 없었다. 그녀는 짧은 윗도리 끈을 묶으며 루이즈를 따랐다. 길이 무척 길게 느껴졌다. 자기는 늙어 다리에 기력이 없다고 투덜거렸다.

"게다가 난 아가씨처럼 서둘러 가야 할 이유가 없잖아요!"

그러다가 이내 측은한 마음이 들었다.

"불쌍해라! 아가씨한테는 그래도 이 카토[48]밖에 없지!"

이따금 마음이 꺼림칙해져 카트린은 말했다.

"참! 나한테 좋은 일 시키네요! 만일 아버님이 깨어나시기라도 하면! 하나님! 제발 아무 일도 없어야 할 텐데!"

---

48) 카트린의 애칭.

바리에테 극장 앞에서 국민군 순찰 대원이 그들을 불러 세웠다. 루이즈는 곧바로 하녀를 데리고 룅포르 거리로 의사를 찾으러 간다고 말했다. 그들은 두 사람을 통과시켰다.

마들렌 사원 모퉁이에서 그들은 두 번째 순찰 대원과 마주쳤다. 루이즈가 똑같은 이유를 대자 그중 한 시민이 말을 이었다.

"혹시 구 개월짜리 병 때문은 아니오, 아가씨?"

"닥쳐!" 지휘관이 소리쳤다. "대열 속에서 그런 외설스러운 말은 금지야! 두 분, 가십시오!"

명령에도 아랑곳 않고 재담은 계속되었다.

"잘 놀아 보시오!"

"의사에게 인사를!"

"늑대를 조심하시오!"

카트린이 크게 말했다. "농담을 좋아하는군. 젊으니까!"

마침내 그들은 프레데릭 집에 도착했다. 루이즈는 벨을 몇 번씩이나 세게 잡아당겼다. 문이 반쯤 열리고 문지기가 그녀의 질문에 대답했다.

"안 계세요!"

"지금 자고 있는 거 아닌가요?"

"안 계신다고 하잖아요! 벌써 세 달 전부터 집에서 안 주무세요!"

그리고 문지기 방의 작은 창문이 단두대처럼 찰칵 닫혔다. 그녀는 둥근 천장 아래 어둠 속에서 그대로 서 있었다. 화난 목소리가 그들을 향해 울렸다.

"나가세요!"

문이 다시 열리고 두 사람은 그곳을 나왔다.

루이즈는 경계석 위에 앉아야만 했다. 그러고는 얼굴을 두 손에 파묻고 눈물이 나오는 대로 실컷 흐느껴 울었다. 날이 밝고 있었다. 마차꾼들이 지나갔다.

카트린은 그녀를 부축해서 입을 맞추거나 경험에서 얻은 온갖 위로의 말을 해 주며 집으로 데리고 왔다. 사랑하는 사람 때문에 그토록 마음 아파할 필요는 없었다. 이 사람이 아니면 다른 사람을 찾으면 되는 일이었다.

3

기동대에 대한 열광이 누그러진 로자네트는 그 어느 때보다도 매력적이었다. 프레데릭은 자기도 모르게 그녀 집에서 사는 것이 습관이 되었다.

하루 중 가장 즐거운 때는 테라스에서의 아침 시간이었다. 짧은 마직 상의를 걸치고 맨발로 실내화를 신은 채 그녀는 그의 주위를 왔다 갔다 하고 카나리아 새장을 청소하거나 금붕어에게 물을 주고 벽을 덮은 금련화 넝쿨이 솟아 있는, 흙이 가득 든 화분을 난로용 삽으로 정리하기도 했다. 그리고 그들은 발코니에 팔꿈치를 얹은 채 함께 차나 통행인 들을 바라보았다. 그러면서 햇볕을 쬐고 그날 저녁의 계획을 세웠다. 그는 외출하는 경우에도 두 시간 정도만 자리를 비웠다. 그런 다음에는 함께 극장에 가 앞 좌석에 앉았다. 로자네트는 커다란 꽃다발을 손에 든 채 음악을 듣는 반면 프레데릭은 그녀의 귀에 대고 재미있거나 다정한 말을 속삭이곤 했다. 어떤 날은 사륜마차를 타고 불로뉴 숲에 갔다. 그들은 한밤중까지 늦도록 거닐었다. 그러고는 개선문과 넓은 길을 지나며 공기를 들이마셨고 별이 가득한 하늘 아래 가스등이 저 멀리 끝까지 반짝이는 진주 두 줄처럼 늘어서 있는 밤에 집으로 돌아왔다.

외출할 때면 프레데릭은 항상 기다렸다. 그녀는 모자 양쪽 끈을 턱에 보기 좋게 매는 데 무척 시간이 걸렸다. 그러고는 옷장 거울 앞에서 자기 모습을 비춰 보며 미소를 지었다. 그런 다음 그녀는 그의 팔을 끼고 억지로 자기 옆에 세워 거울을 보게 한 다음 말했다.

"이렇게 나란히 서 있으니까 보기 좋은데! 아유! 예뻐라, 깨물어 주고 싶어!"

그녀에게 이제 프레데릭은 그녀의 것, 그녀의 소유물이었다. 그가 있어 그녀 얼굴이 항상 빛났고 거동은 전보다 관능적으로 변했으며 몸매도 더욱 통통해 보였다. 뭐라고 꼬집어 말할 수는 없지만 그녀는 달라 보였다.

어느 날 그녀는 아주 중요한 소식인 것처럼 아르누 씨가 최근 옛날 자기 공장의 여직공에게 리넨 가게를 차려 주었다고 알려 주었다. 그는 매일 저녁 그 가게에 들러 "돈을 많이 쓰고 지난주에는 자단목 가구를 주었다."라는 것이었다.

"그걸 어떻게 알아?" 프레데릭이 말했다.

"오! 확실해!"

델핀이 그녀의 명에 따라 정보를 알아 온 것이었다. 그렇게 대단한 관심을 보이는 것으로 보아 그녀는 아직도 아르누를 사랑하는 모양이었다! 그는 다만 이렇게 대답하는 데 그쳤다.

"그런 게 무슨 상관이야?"

로자네트는 이 질문에 놀란 듯했다.

"그 사람 내게 빚이 있잖아! 이런 매춘부들하고 같이 지내는 거 보면 혐오스럽지 않아?"

그러고는 의기양양한 증오의 표정으로 덧붙였다.

"게다가 그 여자 그 사람 아주 놀리고 있어! 그 외에도 남자가 셋이나 있거든! 잘됐어! 마지막 한 푼까지 긁어내라고 해, 그러면 속이 시원하겠어!"

사실 아르누는 황혼기 사랑에서 오는 관대함으로 그 보르도 여자에게 이용당하고 있었다.

공장 경영은 더 이상 진척이 없었고 그의 모든 사업이 처참한 상태에 놓여 있었다. 그래서 사업을 일으켜 보려고 우선 애국적인 노래만을 부르는 카페를 차려 볼 생각을 했다. 장관으로부터 보조금을 받아 내면 카페는 선전의 요지가 되는 동시에 수익의 근원이 될 수 있었다. 그런데 정부 정책이 바뀌면서 불가능한 일이 돼 버렸다. 지금 그는 큰 군모 제조업을 꿈꾸고 있었다. 그러나 시작할 자금이 없었다.

가정 생활 역시 행복하지 않았다. 아르누 부인은 그에게 전보다 덜 부드러웠고 가끔 거친 모습까지 보였다. 마르트는 항상 아버지 편을 들었다. 이 때문에 불화가 더욱 심해졌고 집안 분위기는 견딜 수 없는 상태였다. 그는 보통 아침 일찍부터 집을 나가서 기분 전환으로 여기저기 오랫동안 돌아다닌 다음 시골 음식점에서 이런저런 생각에 잠기며 저녁 식사를 하곤 했다.

프레데릭이 집에 찾아오지 않는 기간이 길어지면서 그의 생활 리듬이 깨졌다. 그래서 그는 어느 날 오후 프레데릭에게 찾아가 옛날처럼 자기를 보러 오라며 사정하고는 약속을 받아냈다.

프레데릭은 감히 아르누 부인 집에 찾아가지 못했다. 그녀를 배반했다는 생각이 들었기 때문이다. 그렇다고 이런 식으로 행동하는 것도 비겁한 일이었다. 변명의 여지가 없었다. 이쯤해서 끝을 내야만 했다! 그래서 어느 날 저녁 그는 걷기 시작했다.

비가 오고 있어서 주프루아 상점가로 막 들어가자마자 진열장 불빛 아래 챙 달린 모자를 쓴 작고 뚱뚱한 남자가 다가왔다. 프레데릭은 그가 클럽에서 기묘한 발언으로 청중이 박장대소를 터트리게 했던 바로 그 연설가 콩팽이라는 걸 이내 알아보았다. 그는 빨간 알제리 보병 모자를 쓴 사람 팔에 기대어 서 있었는데 윗입술이 매우 길고 안색은 오렌지처럼 노랗고 턱은 수염으로 뒤덮인 이 남자는 경탄에 찬 큰 눈으로 그를 바라보고 있었다.

콩팽도 이에 자부심을 느끼는 듯 말했다.

"이분 소개할게요! 친구인 구두장이인데 애국자예요! 함께 한잔할래요?"

프레데릭이 거절하자 그는 즉시 라토의 제안[49]이 귀족들

49) 헌법 제정 의회 해산을 요구한 것으로 1849년 1월 제기되어 같은 해 3월 6일에 채택되었다. 이 사건은 제2공화국이 서서히 붕괴되어 가는 도정에서 중요한 위치를 차지한다.

의 음모라며 그에 대해 공격을 퍼붓기 시작했다. 끝장을 내려면 1793년[50]이 다시 도래해야 했다! 그런 다음 그는 르쟁바르의 소식을 묻고 똑같이 이름난 마슬랭, 상송, 르코르뉘, 마레샬 같은 사람들 그리고 최근 트루아의 기병총 약탈 사건에 연루된 델로리에라는 사람의 안부를 물었다.

이 모든 것이 프레데릭에게는 처음 듣는 얘기였다. 콩팽도 그 이상은 아는 것이 없었다. 그는 떠나면서 말했다.

"또 만나겠죠, 당신도 함께합니까?"

"뭘요?"

"송아지 머리와 말예요!"

"송아지 머리라니요?"

"아! 모른 척 하지 말아요!" 그의 배를 툭 치며 콩팽이 말했다.

그리고 두 테러리스트는 카페로 들어갔다.

십 분 후에 프레데릭은 벌써 델로리에 일은 잊어버리고 있었다. 그는 파라디 거리의 한 집 앞에 서 있었다. 그리고 3층 커튼 뒤 불빛을 바라보았다.

마침내 그는 계단을 올라갔다.

"아르누 있습니까?"

하녀가 대답했다.

"안 계세요! 그래도 들어오세요."

그리고 문 하나를 불쑥 열면서 외쳤다.

"부인, 모로 씨가 왔는데요!"

---

50) 자코뱅파가 프랑스 혁명 때 공포 정치를 펼쳤던 시기를 말한다.

그녀는 장식 옷깃보다도 창백해져 일어섰다. 온몸을 떨고 있었다.

"어떻게 이렇게…… 오시다니…… 갑자기?"

"그냥요! 옛 친구들을 만나고 싶어서요!"

그리고 앉으면서 물었다.

"아르누 씨는 잘 지내세요?"

"잘 지내요! 외출 중이에요."

"아! 알겠어요! 그 저녁 습관, 바람 쐬러 나가는 건 여전하세요!"

"안 될 거 없죠? 하루 종일 계산하느라 골치 아픈데 머리도 식힐 겸!"

심지어 그녀는 일꾼으로서의 남편을 칭찬하기까지 했다. 이렇게 치켜세우는 것이 프레데릭 기분에 거슬렸다. 그는 그녀 무릎 위에 놓인 검은 천 조각과 파란 장식 끈을 가리키며 물었다.

"뭐 하시는 거예요?"

"딸이 입을 윗저고리를 손보고 있어요."

"그런데 따님이 안 보이는데 어디 갔나요?"

"기숙사에요." 아르누 부인이 말했다.

그녀 눈에 눈물이 고였다. 그녀는 빠르게 바늘을 놀리며 눈물을 참았다. 그는 태연한 척하려고 그녀 옆 탁자에 놓인《일뤼스트라시옹》을 집어 들었다.

"샹이 그린 이 풍자화 정말 재미있죠?"

"그래요."

그런 다음 두 사람은 다시 침묵에 잠겼다.

바람이 몰아쳐 갑자기 유리창이 흔들렸다.

"날씨가 정말 왜 이럴까!" 프레데릭이 말했다.

"정말이지 이렇게 비가 오는데 친절하게도 와 주셨네요!"

"오! 저요! 그런 건 상관없어요! 전 비가 온다고 약속에 나가지 않는 그런 사람은 아닙니다!"

"무슨 약속이요!" 그녀가 순진하게 물었다.

"기억 안 나세요?"

그녀는 몸을 떨며 고개를 숙였다.

그는 그녀 팔에 조용히 손을 얹었다.

"당신 때문에 얼마나 고통스러웠는지 아세요!"

그녀는 비탄에 젖은 듯한 목소리로 말했다.

"그렇지만 아이 때문에 두려웠어요!"

그녀는 어린 외젠이 병이 났던 일과 그날 겪은 모든 번민을 이야기했다.

"고마워요! 고마워! 더 이상 의심 안 해요! 언제나 그렇듯 당신을 사랑합니다!"

"아니요! 그건 사실이 아니죠!"

"왜죠?"

그녀는 차갑게 그를 바라보았다.

"또 한 사람을 잊고 계시네요! 경마에 데리고 왔던 사람이요! 당신이 초상화를 가지고 있는 여자, 당신 정부요!"

프레데릭이 소리쳤다. "그래요, 맞아요! 아무것도 부정하지 않아요! 난 비열한 인간이에요! 내 말 좀 들어 봐요!" 그가 그녀와 함께했던 것은 마치 자살처럼 절망에서 한 행동이었다. 게다가 자신이 받은 수모에 대한 복수를 그녀에게 하려 한 나머지 그 여자도 무척 불행하게 했다. "대체 이게 무슨 형벌입니까? 이해 못 하시겠어요?"

아르누 부인은 그에게 손을 내밀며 그 아름다운 얼굴을 그에게로 돌렸다. 그들은 부드럽고 끝없는 흔들림과도 같은 도취에 빠져 눈을 감았다. 그러고는 가까이 마주한 채 서로의 얼굴을 바라보았다.

"내가 당신을 더 이상 사랑하지 않는다는 게 믿겼나요?"

그녀는 다정함이 넘치는 낮은 목소리로 대답했다.

"아니요! 이 모든 사실에도 마음속 깊이 그건 불가능하다고 언젠가 우리 둘 사이의 장애는 없어질 거라고 느끼고 있었어요!"

"저도예요! 그리고 죽을 만큼 당신이 다시 보고 싶었어요!"

그녀가 말했다. "한번은 팔레루아얄에서 당신 옆을 지나간 적이 있어요!"

"정말이요?"

그러자 그는 당브뢰즈 집에서 그녀를 다시 만났을 때의 기쁨을 이야기했다.

"그런데 그날 저녁 거기를 나와서 당신을 얼마나 혐오했는지 몰라요!"

"가엾어라!"

"제 생활이 참 서글퍼요!"

"저 역시 그래요! ……만일 슬픔이나 걱정, 모욕, 아내로

서 어머니로서 견디는 모든 것뿐이라면 사람은 언젠가 죽는 거니까 불평하지 않아요. 끔찍한 건 고독이에요. 아무도 없이……."

"제가 있잖아요, 제가!"

"오! 그래요!"

사랑에 복받쳐 흐느끼며 그녀는 일어섰다. 그리고 두 팔을 벌렸다. 그들은 서로 껴안은 채 오랫동안 입을 맞추었다.

바닥이 스치는 소리가 들렸다. 한 여자가 옆에 서 있었다. 로자네트였다. 아르누 부인은 그녀를 알아보았다. 커다랗게 뜬 두 눈이 놀라움과 노여움에 가득 차 부인을 살폈다. 마침내 로자네트가 그녀에게 말했다.

"아르누 씨에게 할 얘기가 있어서 왔는데요, 일 때문에요."

"그 사람 없어요, 보시다시피."

라 마레샬이 말했다. "아! 그러네요! 당신 하녀 말이 맞군요. 정말 죄송해요!"

그리고 프레데릭을 향해 말했다.

"당신 여기 있네, 당신이?"

바로 앞에서 이렇게 친숙하고 허물없는 말투를 듣자 그녀는 마치 뺨을 얻어맞은 것처럼 얼굴이 빨개졌다.

"그 사람 없어요, 다시 말씀드리지만!"

그러자 여기저기 눈길을 주던 라 마레샬이 조용히 말했다.

"돌아가지? 아래 마차 세워 놓았는데."

그는 못 들은 척했다.

"어서, 가자니까!"

"아! 그래요! 잘됐네요! 가세요! 돌아가세요!" 아르누 부인이 말했다.

그들은 나갔다. 그녀는 두 사람을 더 보려고 계단 난간에 몸을 기대었다. 그러자 날카롭고도 가슴을 찢는 웃음소리가 계단 위에서 들려왔다. 프레데릭은 로자네트를 마차 안으로 밀어 넣고 그녀 맞은편에 앉았다. 그리고 집에 올 때까지 한 마디도 하지 않았다.

그를 모욕한, 그에게 되돌아온 이 수치의 원인은 바로 자기 자신이었다. 그는 너무도 무거운 굴욕감에 수치와 더불어 행복의 회한을 느꼈다. 잡으려는 순간 행복은 돌이킬 수 없이 불가능해지고 말았다! 바로 이 사람, 이 여자, 이 매춘부의 잘못 때문에. 그녀를 목 졸라 죽이고 싶었다. 그는 숨이 막혔다. 집에 돌아오자 그는 모자를 가구 위에 팽개치고 넥타이를 잡아 뺐다.

"아! 방금 너무 지나치게 행동한 거 인정하지!"

그녀는 의기양양하게 그의 앞에 버티고 섰다.

"그래서? 뭐가 나쁘지?"

"뭐라고! 내 뒤를 밟는 거야?"

"그게 내 잘못이야? 왜 정숙한 여자들 집에 드나드는데?"

"무슨 상관이야! 네가 그 여자를 모욕하는 거 원치 않아."

"내가 그 여자를 어떻게 모욕했는데?"

그는 아무런 대답할 말이 없었다. 그리고 더욱 증오에 찬 어조로 말했다.

"언젠가 샹드마르스에서……."

"아! 또 그 지루한 옛날 연인 얘기!"

"비천한 것!"

그는 주먹을 불끈 쥐어 들어 올렸다.

"나 죽이지 마! 임신 중이니까!"

프레데릭은 뒤로 물러섰다.

"거짓말!"

그녀는 촛대를 집어 들고 자기 얼굴을 비추며 말했다.

"내 얼굴을 봐! 이거 알아?"

묘하게 부은 피부 위에 노란 작은 반점들이 나 있었다. 프레데릭은 그것이 확실한 사실임을 부정할 수 없었다. 그는 창문을 열고 이리저리 거닐다가 소파에 주저앉았다.

이 일은 우선 그들의 절교를 늦어지게 할 뿐만 아니라 그의 모든 계획을 뒤집어 놓는 불운이었다. 게다가 아버지가 된다는 생각은 우스꽝스럽고 도저히 용납할 수 없는 일처럼 생각되었다. 그런데 왜? 만일 라 마레샬이 아니었다면……? 그는 너무도 깊이 몽상에 빠져 일종의 환영까지 보았다. 바로 거기 양탄자 위 벽난로 앞에 어린 여자아이가 있었다. 아이는 아르누 부인을 닮았고 자기 자신도 약간은 닮아 있었다. 갈색 머리에 하얀 피부, 검은 눈에 눈썹이 아주 기다랗고, 굽슬거리는 머리에 분홍 리본을 달고 있는!(아! 그 아이라면 얼마나 사랑스러울까!) 아이 목소리가 들리는 듯했다. '아! 빠! 아빠!'

방금 옷을 갈아입은 로자네트가 그에게 다가와 그의 눈에 눈물이 고인 것을 보고 엄숙하게 이마에 입을 맞추었다. 그는 일어서며 말했다.

"물론이지! 이 어린애를 죽이면 안 되지!"

그러자 그녀는 아주 수다스러워졌다. 사내아이가 분명해! 이름은 프레데릭이라 할 거고 아이에게 필요한 것들을 준비해야 했다. 그녀가 그토록 행복해하는 것을 보자 그는 동정심이 일었다. 이제 화가 완전히 가라앉아 그는 조금 전 그녀가 왜 그런 행동을 했는지에 대해 물었다.

이유는 바트나 양이 바로 그날 오래전부터 지불을 요구해 온 어음을 보냈기 때문이다. 그러자 그녀는 돈을 받으러 아르누 집에 달려갔다.

"내가 줬을 거 아냐!" 프레데릭이 말했다.

"그쪽에서 내 돈을 받아서 이쪽에 몇천 프랑을 돌려주는 게 더 간단하니까."

"그 여자에게 빌린 돈은 그게 전부야?"

그녀는 대답했다.

"물론이지!"

그다음 날 저녁 9시(문지기가 정한 시각이었다.)에 프레데릭은 바트나 양의 집으로 갔다.

그는 대기실에 쌓아 놓은 가구에 부딪혔다. 그러다 사람들 웅성이는 소리와 음악 소리가 들리는 곳을 따라갔다. 문을 하나 열자 '모임'이 한창 중인 광경이 눈앞에 펼쳐졌다. 안경 쓴 아가씨가 치는 피아노 앞에 선 델마르가 대주교처럼 진지한 모습으로 매춘에 대한 인도주의적인 시를 낭독하고 있었다. 굵고 우렁찬 그의 목소리가 한 번씩 치는 화음에 받쳐져 울려 퍼졌다. 일렬로 늘어선 여자들이 벽 쪽을 차지했는데 대부분 어두운 옷차림에 옷깃에는 장식이 없고 소매에는 커프스가 없는 블라우스를 입고 있었다. 대여섯 남자들이 여기저기 의자에 앉아 있었는데 모두가 생각에 잠긴 얼굴이었다. 소파에는 폐인이 다 된 옛 우화 작가가 앉아 있었다. 두 램프에서 풍겨 나오는 자극적인 냄새가 카드놀이 탁자 위에 가득 늘어놓은 사발에 담긴 초콜릿 향에 섞여 풍겨 왔다.

동양풍 스카프를 허리에 두른 바트나 양은 벽난로 한쪽 구석에 서 있었다. 뒤사르디에는 맞은편 다른 쪽 끝에 서 있었는데 그 자리를 조금 거북스러워하는 것 같았다. 게다가 이러한 예술적인 분위기에 그는 위압감을 느끼고 있었다.

바트나 양은 델마르와 헤어진 걸까? 아마 아닐 것이다. 그러나 그녀는 그 선량한 회사원에게 질투심을 느끼는 것 같았다. 그리고 프레데릭이 잠깐 할 말이 있다고 하자 그녀는 뒤사르디에에게 자기들과 함께 그녀 방으로 가자고 손짓을 했다. 수천 프랑을 앞에 내놓자 그녀는 거기에 이자를 요구했다.

"그럴 필요 없어요!" 뒤사르디에가 말했다.

"가만히 있어!"

그토록 용맹스러운 남자가 무력한 모습을 보자 자신의 나약함이 정당화되는 것 같아 프레데릭은 기분이 좋았다. 그는 어음을 가져오고 아르누 부인 집에서 있었던 소동에 대해서는 더 이상 언급하지 않았다. 그러나 그때부터 라 마레샬의 모든 결점이 드러났다.

그녀는 손쓸 수 없을 만큼 취미가 저속하고 이해하기 힘들 정도로 게으르며 미개인처럼 무지해서 데로지 의사를 매우 유명한 사람으로 생각할 정도였다. 그녀는 이 의사 부부를 집에 초대하는 것을 아주 자랑스럽게 생각했는데 그들이 '결혼한 사람들'이었기 때문이다. 그녀는 유식한 체하며 이르마 양에게 인생의 이러저런 것들을 가르쳐 주었는데 천성적으로 목소리가 작은 이 불쌍한 처녀는 옛 세관원이며 트럼프에 매우 능한 '아주 괜찮은' 사람을 기둥서방으로 두고 있었다. 로자네트는 그를 '내 큰아기'라고 불렀다. 프레데릭은 그녀가 "웃기지 마! 꺼져 버려! 알 수가 없다니까." 등 바보 같은 말을 되풀이하는 것도 견딜 수 없었다. 그녀는 매일 아침 낡은 흰색 장갑을 끼고 골동품 먼지를 털어내는 습관을 고집했다! 그는 특히 그녀가 하녀를 대하는 태도에 화가 났는데 끊임없이 월급을 미룰 뿐 아니라 하녀에게 돈을 빌려 쓰기까지 했던 것이다. 빚을 갚는 날이면 두 사람은 마치 생선 장수처럼 서로 다투고 난 다음 서로 껴안으며 화해하곤 했다. 그녀와 마주 앉아 있기가 고통스러웠다. 당브뢰즈 부인의 야회가 다시 열린 것이 그에게는 위안이 되었다.

그녀는 적어도 그를 즐겁게 했다! 그녀는 사교계의 밀애, 대사의 자리 이동, 양장점 종업원에 대해 알았다. 설사 상투적인 문구가 입에서 튀어나와도 너무도 적절한 표현을 쓴 나머지 그녀의 말은 경의나 조소로 들렸다. 그녀가 서로 이야기 중인 스무 명 사람들 사이에서 한 사람도 지나치지 않고 자신이 원하는 대답을 끌어내고 위험한 대답을 피하는 모습은 누구라도 보아야 했다! 아주 간단한 일도 그녀의 입에서 흘러나오면 비밀 이야기처럼 느껴졌다. 그녀의 가장 사소한 미소까지도 어떤 꿈을 꾸게 했다. 그녀의 매력은 결국 그녀가 평소에 몸에 뿌리는 그윽한 향수처럼 뭐라 말할 수 없이 복잡하고 미묘했다. 프레데릭은 매번 그녀와 같이 있을 때면 무언가를 발견하는 기쁨을 느꼈다. 그러나 맑은 물이 반짝이듯 그녀는 언제 봐도 한결같이 차분한 모습이었다. 그러나 조카딸에 대해서만은 왜 그토록 차가운 태도일까? 그녀는 이따금 조카에게 묘한 눈길을 던지곤 했다.

결혼 문제가 거론되자마자 그녀는 "소중한 아이"의 건강을 이유로 당브뢰즈 씨에게 반대하고 곧바로 조카딸을 발라뢰에 있는 온천에 데리고 갔다. 돌아온 다음에는 또 다른 구실들을 들이댔다. 그 젊은이는 지위가 없었고 이 열렬한 사랑은 진지해 보이지 않으므로 기다려 보는 것도 나쁠 건 없다고 했다. 마르티농은 기다리겠노라고 대답했다. 그의 행동은 훌륭했다. 그는 프레데릭을 격찬했다. 그리고 한 술 더 떠서 조카딸을 통해 숙모의 감정을 안다는 사실을 비치면서 당브뢰즈 부인의 마음에 드는 비결까지 가르쳐 주었다.

당브뢰즈 씨는 질투하기는커녕 그의 젊은 친구를 여러모로 생각해 주면서 이러저런 일로 그에게 자문을 구하거나 그의 미래를 염려해 주었는데 어느 날 로크 영감 얘기가 나오자 그의 귀에 대고 교활한 표정으로 말했다.

"잘했어요."

그리고 세실, 미스 존슨, 하인들, 문지기 등 이 집에서 그에게 친절하지 않은 사람은 단 한 사람도 없었다. 그는 로자네트를 혼자 두고 매일 저녁 이곳에 왔다. 곧 엄마가 된다는 사실에 그녀는 더욱 진지해졌고 마치 불안에 시달리는 듯 약간 우울해 보이기도 했다. 무슨 질문을 해도 그녀의 대답은 한결같았다.

"아니야! 아무 일 없어!"

사실은 그녀는 전에 다섯 장 어음에 서명한 적이 있었다. 첫 번째 어음을 지불한 후에 감히 프레데릭에게 이 얘기를 하지 못하고 그녀는 아르누를 다시 찾아갔다. 아르누는 그녀에게 랑그독 지방의 가스등 사업(아주 대단한 사업이다!)에서 오는 이익 삼 분의 일을 주겠다고 서면으로 약속했다. 그리고 주주 총회가 있기까지는 이것을 사용하지 말아 달라고 당부했다. 총회는 매주 연기되었다.

그러나 라 마레샬은 돈이 필요했다. 프레데릭에게 돈을 부탁하느니 차라리 죽는 편이 나았다. 그녀는 그의 돈을 원치 않았다. 그들의 사랑에 해가 될 것 같아서였다. 그는 생활비는 잘 보조해 주고 있었다. 그러나 매달 빌리는 작은 마차 대금과 당브뢰즈 씨 집을 드나들고부터 들어가는 또 다른 경비들 때문에 그의 정부에게 돈을 더 내줄 수는 없었다. 평소와는 다른 시각에 두세 번 돌아오면서 그는 문 사이로 남자들의 등이 사라지는 것을 본 것 같았다. 그녀는 자주 어디로 간다는 말을 하지 않고 외출하곤 했다. 프레데릭은 자세히 캐묻지 않았다. 언젠가 곧 결정을 내릴 참이었다. 그는 다른 인생, 좀 더 흥미롭고 품위 있는 인생을 꿈꾸었다. 그러한 이상 때문에 당브뢰즈 집에 대해서도 관대할 수 있었다.

그곳은 푸아티에 가문[51]의 사적인 지부였다. 그는 거기에

---

51) 소수 왕당파, 보수파를 가리킨다.

서 위대한 A, 저명한 B, 깊이 있는 C, 웅변이 뛰어난 Z, 거대한 Y, 늙은 중도 좌파 테너, 우익 기사, 정중도파 성주, 어디에서나 볼 수 있는 희극 배우 같은 사람들을 만났다. 그는 그들의 고약한 말투나, 편협함, 원한과 기만, 헌법을 체결해 놓고 이제 그것을 무너뜨리려고 전력을 다하는 이 모든 사람들에게 경악했다. 그들은 부산하게 움직였고, 선언문, 팸플릿, 전등을 내놓았다. 위소네가 쓴 퓌미숑 전기는 걸작이었다. 노낭쿠르는 시골의 선전 활동에 전념했고 그레몽빌 씨는 성직자들을 선동했으며 마르티농은 부르주아 젊은이들을 규합했다. 각자 자기 능력이 닿는 대로 애썼고 시지까지도 그랬다. 그는 이제 진지한 일에 관심을 돌려 당을 위해 하루 종일 이륜마차를 타고 바쁘게 돌아다녔다.

당브뢰즈 씨는 기압계처럼 최근의 정세 변동을 줄곧 변함없이 나타냈다. 라마르틴 얘기가 나오면 그는 항상 어느 민중이 했던 '시는 이제 그만!'이라는 말을 인용했다. 카베냐크는 그의 눈에 배반자에 지나지 않았다. 그가 삼 개월 동안 찬양했던 대통령도 평가를 잃고 있었다.(대통령에게서 필요한 에너지를 발견할 수 없다는 것이었다.) 그에게는 항상 어떤 구원자가 필요했기 때문에 공예 학교 사건[52] 이래로 그가 인정하는 사람은 샹가르니에였다. "다행히 샹가르니에가…… 샹가르니에가 반

---

52) 1849년 6월13일 정부의 로마 파병을 반대하는 민중의 시위 도중 공예 학교가 공화파 특히 르드뤼 롤랭 같은 사람들에게 점령되었는데 샹가르니에 장군이 시위대를 타파하고 그들을 학교에서 철수시켰다. 이 사건으로 그는 우파의 인정을 받게 되었다.

드시…… 오! 샹가르니에가 있는 한 걱정할 건 없어……."

모두들 사상가이며 작가임을 보여 준 티에르 씨가 쓴 반사회주의 저서를 특히 찬양했다. 의회에서 철학자 문구를 인용한 피에르 르루를 보고는 엄청나게 비웃었다. 푸리에주의자들의 연미복 꼬리[53]에 대해서도 농담했다. 그리고 「사상의 시장」[54]에 박수를 치러 갔다. 그 작품의 작가들을 아리스토파네스와 비교하기도 했다. 프레데릭도 다른 사람들처럼 공연을 보러 갔다.

정치적 수다와 진수성찬이 그의 도덕관념을 마비시켰다. 그들이 아무리 평범하게 보일지라도 이런 사람들을 안다는 사실이 자랑스러웠고 내심 부르주아에게서 존경받기를 프레데릭은 바랐다. 당브뢰즈 부인 같은 정부가 있다면 그의 평판도 높아질 것이었다.

그는 이에 필요한 모든 것을 실행해 나가기 시작했다.

그녀가 산책할 때면 산책로에 서 있었고 극장에서는 빠짐없이 그녀 좌석에 인사하러 갔다. 그리고 그녀가 교회 가는 시각을 알아내어 기둥 뒤에 우울한 모습으로 서 있기도 했다. 골동품이 있으면 일러 주거나 연주회 정보, 책이나 잡지를 빌리는 일로 그들 사이에 끊임없이 짧은 편지가 오갔다. 밤에 방문하는 것 외에도 때로는 해가 질 무렵에 찾아가기도 했다. 그럴 때면 대문, 뜰, 대기실, 두 곳 응접실을 차례차례 지나면서 기

53) 《샤리바리》에 게재된 풍자화에서 한 시민의 연미복 양쪽 꼬리 끝에 눈이 그려져 있었다.
54) 1849년 1월부터 10월까지 네 차례 공연된 보드빌.

뽐도 커져 갔다. 마침내 무덤처럼 은밀하고 알코브처럼 따뜻한 규방에 도착했다. 그곳에 여기저기 놓인 온갖 종류 물건들 사이를 지나다 보면 가구의 쿠션 부분에 부딪히기도 했다. 작은 서랍장, 차폐막, 옻칠하거나 조개, 상아, 공작석으로 장식된 잔과 쟁반, 자주 바뀌는 호화스러운 소품들이 널려 있었다. 소박한 물건들도 있었다. 서진(書鎭)으로 쓰이는 에트르타 해변의 조약돌 세 개, 중국 병풍에 걸린 프리존의 헝겊 모자 같은 것들이었다. 이 모든 것들은 조화를 이루었다. 전체적으로 풍겨 나오는 기품이 놀랍기까지 했는데 이는 아마 높은 천장과 화려한 휘장 그리고 걸상의 황금빛 막대 위에서 하늘거리는 긴 비단술 장식 때문일 수도 있었다.

그녀는 거의 언제나 창가를 장식한 화분 옆 이인용 작은 소파에 앉아 있었다. 그는 바퀴 달린 커다란 쿠션 의자 끝에 앉아 그녀에게 가장 정확한 찬사의 말을 건넸다. 그러면 고개를 갸우뚱하고 입가에 미소를 띤 채 그녀는 그를 바라보았다.

그는 그녀에게 감동과 자신을 향한 찬사를 불러일으킬 수 있도록 열정을 다해 시를 읽었다. 그녀는 날카로운 비평이나 현실적인 주장으로 낭독을 중단했다. 그러면 그들의 화제는 언제나 애정 문제로 다시 돌아가곤 했다! 그들은 사랑이 어떻게 싹트는지 여자가 남자보다 사랑을 잘 느끼는지 그에 대한 남자와 여자의 차이는 무엇인지 서로 물었다. 프레데릭은 천박하지도 진부하지도 않으려 애쓰며 자기 의견을 내세웠다. 이것은 일종의 투쟁이 되어 버리곤 했는데 때로는 즐겁고 때로는 무미건조했다.

그녀 옆에서는 아르누 부인을 향해 느꼈던, 자신의 온 존재를 휩쓸며 빠져들게 했던 황홀감도, 처음 로자네트를 만났을 때의 무질서한 즐거움도 느끼지 못했다. 그러나 그녀는 귀족적이고 부자이며 경건하므로 그녀 옷의 레이스처럼 섬세한 감정을 지닌 드문 사람이며 부적을 몸에 지녀서 타락 속에서도 정숙함을 잃지 않는 여자라고 상상하면서 프레데릭은 뭔가 범상하지 않고 소유하기 힘든 것 앞인 듯 그녀를 탐했다.

그는 옛사랑을 이용했다. 예전에 아르누 부인이 그에게 느끼게 했던 모든 것, 우울함, 근심, 꿈을 마치 그녀를 통해 느끼는 것처럼 이야기했다. 그녀는 그의 고백 앞에서 이런 것들에 익숙한 사람처럼 행동했고 단호하게 그를 밀어내지 않으면서 그에게 굴복하지도 않았다. 마르티농이 결혼할 수 없었던 것처럼 그도 그녀를 사로잡기에 이르지 못했다. 조카딸의 애인을 따돌리기 위해 그녀는 심지어 그가 돈을 노리고 있다고 비난했고 남편에게 시험해 보라고 사정했다. 그래서 당브뢰즈 씨는 젊은이에게 세실은 부모가 가난한 고아이기 때문에 어떤 '희망'도 지참금도 없다고 말했다.

마르티농은 그 말이 사실이 아니라고 생각해서인지 혹은 자기 말을 취소하기에는 이미 너무 늦다고 생각해서인지 천재적 행동이라 할 수 있는 바보같은 고집 때문인지 자기 소유의 1만 5000리브르 연금이면 두 사람에게 충분할 거라고 대답했다. 예기치 못했던 이런 초연한 태도에 은행가는 감동했다. 그는 수납인 자리를 알아보겠다고 하면서 그에 필요한 보증서를 약속했다. 그리고 1850년 5월 마르티농은 세실 양과 결혼했다. 결혼 무도회는 없었다. 두 젊은이는 그날 밤으로 이탈리아로 떠났다. 프레데릭은 그다음 날 당브뢰즈 부인을 찾아갔다. 그녀는 평소보다 창백해 보였다. 그녀는 하찮은 두세 가지 주제에 대해 그의 말에 격하게 항변했다. 게다가 남자들은 모두 이기주의자라고 말했다.

그러나 자기처럼 헌신적인 남자도 있다고 프레데릭은 말했다.

"글쎄! 다른 사람들하고 마찬가지죠!"

그녀의 눈이 빨갰다. 울고 있었다. 그러다가 웃음을 지으려 애를 쓰며 말했다.

"미안해요! 내가 나빠요! 슬픈 생각이 떠올라서!"

그는 무슨 소린지 알아들을 수 없었다.

'상관없어! 이 여자는 생각했던 것보다 강하지 않은데.'라고 그는 생각했다.

그녀는 종을 울려 물 한 잔을 가져오게 하고 한 모금 마시고 다시 내가게 한 다음 형편없이 시중을 든다고 불평을 늘어놓았다. 그녀에게 기분 전환을 시켜 주려고 그는 스스로 하인 노릇을 하겠다고 나섰다. 접시를 놓고 가구 먼지를 털며 손님 온 것을 알리는 일, 그리고 방에서 시중드는 하인 일 혹은 유행은 지났지만 주인 마차 뒤쪽에 서서 타는 수렵복 차림 종복 일을 할 수 있다고 했다. 수탉 깃털이 달린 모자를 쓰고 그녀의 마차 뒤에 서 있어 봤으면 좋겠다고 그는 말했다.

"그러면 강아지를 팔에 안고 위엄 있는 걸음걸이로 부인을 따라갈 수 있지 않겠어요!"

"재미있는 분이세요." 당브뢰즈 부인이 말했다.

모든 것을 심각하게 생각하는 건 바보짓 아닐까? 애써 만들지 않아도 도처에 불행한 일투성이였다. 힘들게 고통스러워할 필요는 없었다. 당브뢰즈 부인은 막연히 수긍하듯 눈썹을 치켰다.

이렇게 공감하는 태도에 프레데릭은 한층 더 대담해졌다. 전에 잘못 생각했던 경험 때문에 이제 분명히 볼 수 있었다. 그는 계속했다.

"우리 선조들은 더 지혜롭게 살 줄 알았죠. 왜 자기 충동에 따라 살아가지 못하죠?" 사랑도 결국 그 자체로는 그다지 중요한 게 아니었다.

"그런데 부도덕적이에요, 지금 하시는 말씀!"

그녀는 이인용 소파에 다시 앉아 있었다. 그는 부인 발치 가까이 소파 가장자리에 걸터앉았다.

"제가 거짓말하는 거 안 보이세요! 여자들 마음에 들려면 광대처럼 무심하거나 비극에서처럼 격정을 보여 주어야 하기 때문이죠! 여자들에게 단순히 사랑한다고 말하면 놀림을 당해요! 그녀들이 즐기는 이런 과장된 말들이 진정한 사랑을 모독한다고 생각합니다. 그래서 어떻게 사랑을 표현해야 할지 알 수가 없어요, 특히······ 상당한 지성을 갖춘······ 여자들 앞에서는."

그녀는 속눈썹을 반쯤 감은 채 그를 바라보았다. 그는 그녀 얼굴 위로 몸을 기울이며 목소리를 낮추었다.

"그래요! 전 당신이 두려워요! 모욕을 느끼신 건 아닌가요······? 미안해요······! 이런 얘기 하고 싶지 않았는데! 제 잘

못이 아니에요! 당신이 너무나 아름답기 때문이에요!"

당브뢰즈 부인은 눈을 감았다. 그는 쉽게 승리한 데 놀랐다. 힘없이 하늘거리던 정원의 큰 나무들은 요동을 멈추었고 하늘에는 정체된 구름이 빨간 선을 그렸다. 만물이 정지해 버린 것 같았다. 그러자 똑같은 침묵에 싸인 비슷한 저녁 시간들이 어렴풋이 머리에 떠올랐다. 어디서였지……?

그는 꿇어앉아 부인 손을 잡고 영원한 사랑을 맹세했다. 그리고 그가 떠나려 하자 부인이 손짓으로 불러 아주 작은 소리로 말했다.

"저녁 식사에 또 오세요! 우리 둘만 있을 테니까!"

계단을 내려가며 그는 자신이 딴사람이 된 것 같았고 따뜻한 온실 향기에 휩싸인 것 같았으며 상류 사회의 귀족적 불륜과 고상한 연애의 세계에 결정적으로 발을 내딛은 기분을 느꼈다. 거기에서 첫 번째 자리를 차지하려면 이 정도 여자로 충분했다. 분명히 권력과 행동을 탐하고 있지만, 평범한 남자와 결혼하여 그에게 엄청나게 봉사했던 그녀는 자기를 이끌어줄 강한 남자를 원했다. 이제 불가능한 일은 아무것도 없었다! 그는 말로 800킬로미터를 달리거나 피곤을 모르고 며칠 밤을 계속 일할 수 있을 것 같았다. 마음은 자부심으로 넘쳐 났다.

그의 앞 한길에 낡은 외투를 걸친 남자가 고개를 숙인 채 걸어가고 있었다. 너무도 절망한 모습에 프레데릭은 얼굴을 보려고 고개를 돌렸다. 그 남자도 얼굴을 들었다. 델로리에였다. 그는 주저하는 모습이었다. 프레데릭은 그의 목을 끌어안았다.

"아! 너야! 이럴 수가! 너구나."

그리고 동시에 이런저런 질문을 던지며 그를 집으로 데려갔다.

르드뤼 롤랭 통치 이전 지방 의원은 우선 자기가 겪었던 힘들었던 일들을 이야기했다. 보수파에게는 우애를, 사회주의자에게는 법의 존중을 권장하자 한쪽은 그에게 총탄을 퍼붓고 또 한쪽은 밧줄로 그의 목을 졸라매려고 했다. 6월 사건 이후 그는 사정없이 파면당했다. 그 이후 트루아에서 무기 탈취 음모에 가담했지만 증거 불충분으로 석방되었다. 그다음에는 행동 위원회가 그를 런던에 보냈지만 연회석상에서 동지들과 서로 치고받았다. 파리로 돌아와서는······.

"왜 나한테 안 왔어?"

"넌 항상 집에 없던데. 네 집 문지기는 수수께끼 같은 태도고 어떻게 생각해야 할지 알 수 없었어. 패자 꼴로 다시 나타나고 싶지도 않았고."

그는 여러 민주주의 노선 단체에 펜과 말, 행동으로 봉사하겠다고 말해 보았지만 어디에서도 그를 받아 주지 않았다. 그를 믿지 않는 것이었다. 그는 시계며 책, 옷까지 다 팔았다.

"세네칼과 벨일르[55]에 투옥되는 편이 나았을 거야!"

그때 넥타이를 바로잡던 프레데릭은 이 소식에 별로 놀라지 않았다.

"아, 세네칼이 유배됐어?"

---

55) 1848년 6월 혁명 때 체포된 사람들이 수용되어 있던 곳.

델로리에는 부러운 시선으로 벽을 둘러보며 대답했다.

"누구나 다 너처럼 운이 좋은 건 아니야!"

상대의 의중을 알아차리지 못하고 프레데릭이 말했다. "미안한데 나 저녁 식사 밖에서 하거든. 네 식사는 준비해 줄 거야. 먹고 싶은 대로 주문해! 내 침대에서 자도 되고."

이처럼 완벽한 대접에 델로리에의 쓰라린 마음도 사라졌다.

"네 침대? 그런데…… 너 불편할 텐데!"

"아니야! 난 잘 데가 또 있으니까!"

변호사가 웃으며 말했다. "아! 좋아. 저녁 식사는 어디서 하는 거야?"

"당브뢰즈 부인 집에서."

"그럼 혹시…… 그……?"

"호기심도 많다." 그 추측을 인정하는 미소를 지으며 프레데릭이 말했다.

그런 다음 시계를 쳐다보고 다시 자리에 앉았다.

"그래! 절망해서는 안 돼, 오랜 민중의 옹호자!"

"맙소사! 그런 건 다른 사람들이나 하라고 하지!"

변호사는 고향 탄광 지방에서 고통을 겪은 후로 노동자들을 혐오하고 있었다. 채굴공 하나하나가 그에게 명령을 통지하는 임시 정부를 뜻했다.

"게다가 그자들의 행동은 어디에서든 형편없었지. 리옹, 릴, 르아브르, 파리에서! 외국 제품을 쫓아내고 싶어 하는 제조사들 본을 따라 영국, 독일, 벨기에 그리고 사부아 노동자들을 추방하라고 요구하니 말이야! 그 사람들의 총명함에 대해 말하면, 왕정복고 아래에서 그들의 그 이름난 동업 조합이 무슨 소용이 있었어? 1830년에는 국민군에 들어갔지만 군을 지배할 만한 양식도 없었지! 1848년 혁명이 일어나자마자 각 직업 단체가 제각기 깃발을 치켜들고 다시 나타났잖아! 심지어 자기들 이익만을 대변할 국민 대표를 요구하기까지 했지! 사탕무 대의원이 사탕무밖에 신경 쓰지 않듯이 말이야! 아! 인간들에게 진력이 나, 로베스 피에르의 단두대 앞에 나폴레옹의 장화에 루이필리프의 우산에 차례차례 고개 숙이는, 입속에 빵을 던져 주는 사람에게 영원히 헌신할 천민들! 탈레랑과 미라보가 돈에 매수되었다고 사람들은 항상 비난하지, 그런데 저 아래 길가에 선 심부름꾼에게 심부름 값을 3프랑으로 정해 준다면 50상팀에도 조국을 팔아먹을 거야! 아! 이게 무슨 실책이야! 유럽 전체에 불을 질렀어야 했어!"

프레데릭이 대답했다.

"앞에서 끌어 줄 힘이 부족했어! 너희들은 단지 소시민일 뿐이었고 그중 가장 나은 사람들조차도 현학자에 불과했거든! 노동자들 입장에서는 불평할 만하지. 시 예산에서 100만 프랑을 떼어 내 가장 비속하게 아첨하며 그들에게 준 것 외에는 말만 그럴싸했지 그들을 위해 한 게 아무것도 없었으니까! 노동 수첩[56]은 고용주 수중에 있고 피고용인(법 앞에서도) 말은 믿어 주지 않기 때문에 그들은 고용주보다 항상 열등한 위치에 놓여 있었어. 요컨대 공화국도 이제 낡은 제도처럼 보여.

---

56) 이것 없이는 노동자가 직업을 바꿀 수 없었다.

누가 알아? 진보라는 게 귀족 계급이나 어느 한 사람을 통해 실현될지? 주도권은 항상 위에서 와! 누가 뭐라 해도 민중은 아직 미성숙해!"

"네 말이 옳을지도 몰라." 델로리에가 말했다.

프레데릭 말로는 대다수 시민은 휴식만을 바라고 있고(그가 당브뢰즈 씨 집에서 들은 얘기였다.) 모든 게 보수파에게 유리했다. 그런데 이 진영에는 새로운 인물이 부족했다.

"만일 네가 출마하면 반드시……."

그는 도중에 말을 그만 두었다. 델로리에는 알아듣고 두 손을 이마에 댔다. 그런 다음 문득 물었다.

"그런데 너는? 네가 출마하지 못할 이유가 없잖아? 네가 국회 의원이 되지 말란 법이 있나?"

이중 선거를 했기 때문에 오브 지방에 빈자리가 있었다. 재선된 당브뢰즈 씨는 다른 구에 소속되어 있었다. "내가 맡아서 뛰어 볼까?" 그는 선술집 주인, 교사, 의사, 법률 사무소 서기나 그곳 주인 등 많은 사람을 알았다. "게다가 시골 사람들은 무슨 말이든 쉽게 믿으니까!"

프레데릭은 야망이 다시 솟아나는 것을 느꼈다.

델로리에는 덧붙여 말했다.

"파리에 내 자리 하나 만들어 줘야 해."

"오! 그건 당브뢰즈 씨한테 부탁하면 문제 없어."

변호사가 말을 이었다. "석탄 얘기를 하려던 참이니까 말인데 그 사람 그 큰 회사는 어떻게 됐어? 그런 일이 하고 싶은데! 내가 회사에 도움이 될 수 있을 거야, 나름대로 내 독립성을 유지하면서 말이야."

프레데릭은 사흘 안에 그를 은행가 집에 데리고 가겠다고
약속했다.

당브뢰즈 부인과 즐기는 단둘만의 식사는 감미로웠다. 부
인은 천장에 매달린 램프 불빛 아래 꽃바구니 너머 식탁 맞은
편에 마주 앉아 그에게 미소를 지었다. 창문이 열려 있어 별이
보였다. 스스로를 경계하는 마음에서인지 두 사람은 거의 말
이 없었다. 그러나 하인이 돌아서자마자 그들은 입술 끝으로
서로 키스를 보냈다. 그는 자기 입후보 계획을 이야기했다. 그
녀는 그에 찬성하고 당브뢰즈 씨가 힘을 쓰도록 하겠다고까
지 했다.

저녁에 몇몇 친구가 찾아와 그녀를 축하하기도 하고 동정
하는 말을 늘어놓기도 했다. 조카딸이 없어 무척 쓸쓸하시죠?
물론 신혼부부에게 여행은 무척 즐거운 일이었다. 조금 지나
면 신경 쓸 일, 아이들이 생길 것이다! 하지만 이탈리아는 생
각하던 것과는 다를 것이다. 그래도 두 사람은 꿈이 많은 나이
니까! 거기에다 밀월 중에는 모든 게 좋아 보이게 마련이다!
마지막까지 남아 있던 두 사람은 그레몽빌 씨와 프레데릭이
었다. 외교관은 돌아가려 하지 않았다. 마침내 자정이 되자 그
는 자리에서 일어났다. 당브뢰즈 부인은 프레데릭에게 그와
함께 가라는 신호를 하고는 악수하는 손에 힘을 주어 그가 자
기 말을 따라 줘 감사하다는 표시를 했는데 이는 그 어느 것보
다도 그윽했다.

라 마레샬은 그를 보자 기쁨의 탄성을 질렀다. 5시부터 그

를 기다리고 있던 참이었다. 그는 델로리에 일로 어쩔 수 없이 바빴다는 핑계를 댔다. 그의 얼굴에는 승리와 후광의 기색이 넘쳐 났고 로자네트는 이에 눈이 부셨다.

"연미복이 당신한테 잘 어울려서 그런가. 그런데 이처럼 잘생겨 보이는 건 처음인데! 당신 정말 미남이야!"

애정의 격정에 사로잡혀 그녀는 무슨 일이 있어도 설사 가난으로 죽을 지경이 되어도 다른 남자에게 속하지 않으리라고 속으로 다짐했다!

그녀의 촉촉한 예쁜 두 눈이 그토록 강한 정열로 반짝반짝 빛을 내자 프레데릭은 그녀를 무릎 위에 앉히고는 자신의 퇴폐적 행동을 자찬하며 '이게 무슨 불한당 같은 짓이냐!'라고 속으로 중얼거렸다.

4

델로리에가 찾아갔을 때 당브뢰즈 씨는 석탄 사업을 다시 일으키려고 생각하고 있었다. 그런데 모든 석탄 회사를 하나로 통합하는 일을 세상은 좋게 보지 않았다. 그런 개발 사업에 막대한 자금이 들어서는 안 된다는 듯 사람들은 독점이라고 비난을 했다.

얼마 전 고베의 저서와《주르날 데 민》에서 샤프의 몇몇 논문을 일부러 읽어 둔 델로리에는 이 문제에 완전히 능통했다. 그는 1810년 법률이 양수인에게 절대적인 권한을 부여한다는 사실을 보여 줬다. 게다가 기업에 민주적 색채를 줄 수도 있었다. 석탄업 합병을 방해하는 것은 조합 원칙에 어긋나는 일이었다.

당브뢰즈 씨는 그가 연구 보고서를 작성할 수 있도록 문서를 맡겼다. 이 일의 보수에 대해서는 구체적인 언약을 하지 않아 그만큼 더 유리해 보였다.

델로리에는 프레데릭의 집으로 와 그에게 이야기의 전모를 전했다. 게다가 나오는 길에 계단 아래에서 당브뢰즈 부인을 보았다. "축하한다, 빌어먹을!"

그런 다음 그들은 선거 이야기를 했다. 무언가 고안해 내야만 했다.

사흘 후에 델로리에는 신문사에 보낼 원고를 들고 나타났는데 당브뢰즈 씨가 친구의 입후보를 지지한다는 내용을 적은 친밀한 편지였다. 보수파의 지지와 급진파의 격찬으로 성공은 확실했다. 어떻게 이런 신통치 않은 작품에 이 자본가가 서명을 했을까? 변호사 자신이 한 치 거리낌도 없이 편지를 직접 당브뢰즈 부인에게 보여 주었고 부인은 매우 잘되었다며 나머지 일을 맡아서 처리했다.

이런 처사는 프레데릭을 놀라게 했다. 그래도 그는 동의했다. 그러고는 델로리에가 로크 씨를 만날 예정이었기 때문에 그에게 루이즈와의 관계를 이야기했다.

"그 사람들에게 네가 알아서 적당히 얘기해, 내 사업이 잘 안 되고 있는데 곧 정리가 될 거고 그녀는 아직 어리니까 기다려도 괜찮을 거라든가 하는 식으로!"

델로리에는 떠났다. 프레데릭은 자신이 대단한 남자처럼 생각되었다. 게다가 어떤 충만감, 깊은 만족감을 느꼈다. 돈 많은 여자를 소유하다는 기쁨은 무엇과 비교해도 손색이 없었다. 감정이 환경과 조화를 이루었다. 그의 삶은 이제 어디서든 감미로움으로 넘쳤다.

그중 가장 각별한 것은 아마 살롱에서 여러 사람 사이에 둘러싸인 당브뢰즈 부인을 바라보는 일이었다. 그녀의 예의 바른 거동은 또 다른 모습을 생각나게 했다. 그녀가 차가운 어조로 이야기를 나눌 때면 그는 그녀가 더듬더듬 내뱉는 사랑의 말들을 떠올렸다. 그녀의 정숙함에 대한 모든 존경은 자신을 향한 경의인 것처럼 그를 기쁘게 했다. 때로 그는 소리치고 싶었다. '그런데 난 당신보다 그녀를 잘 알아요! 그녀는 내 겁니다!'

곧이어 그들의 관계는 관례적인 것이 되었고 그렇게 받아들여졌다. 당브뢰즈 부인은 겨울 내내 프레데릭을 사교계에 끌고 다녔다.

그는 거의 항상 그녀보다 먼저 도착했다. 그리고 그녀가 팔을 드러낸 채 한쪽 손에 부채를 들고 머리에 진주 장식을 하고 들어오는 것을 바라보았다. 그녀는 문턱에서 멈춰 섰다.(문틀이 액자처럼 그녀를 둘러쌌다.) 그리고 그가 와 있는지 보려고 눈을 깜빡이며 약간 주저하는 듯한 몸짓을 했다. 그녀는 그를 자기 마차로 데려가곤 했다. 빗줄기가 작은 유리창을 때리고 지나가는 사람들이 그림자처럼 진창 속에서 버둥거렸다. 두 사람은 서로 몸을 바짝 붙이고 조용한 경멸의 눈빛으로 이 모든 것을 어렴풋이 바라보았다. 여러 가지 핑계를 대며 그는 한 시간 남짓 그녀 방에 더 머무르곤 했다.

당브뢰즈 부인이 프레데릭의 접근에 응했던 이유는 특히 권태 때문이었다. 그러나 이 마지막 시도가 헛되이 끝을 맺어서는 안 된다는 생각이었다. 그녀는 정열적인 사랑을 원했고 교태와 부드러운 애정의 표시를 그에게 쏟아부었다.

그녀는 그에게 꽃을 보냈다. 양탄자로 씌워진 의자를 선물하기도 했다. 그의 모든 행동 하나하나에 자기 추억이 따라다닐 수 있도록 그에게 담배 케이스, 잉크병, 수많은 작은 생활용품들을 주었다. 이러한 배려는 처음엔 그를 매혹했지만 곧 아주 사소하게 생각되었다.

그녀는 삯마차를 타고 어느 통로 입구에서 마차를 돌려보낸 다음 반대편 길 맨 끝으로 갔다. 그러고는 얼굴을 이중의 베일로 감싸고 살며시 벽을 따라 프레데릭이 기다리고 있는 거리에 이르렀다. 그때 프레데릭은 그녀를 집에 데려가기 위해 재빨리 팔을 붙잡았다. 그의 하인은 둘 다 밖에서 산책 중이었고 문지기는 심부름을 나가고 없었다. 그녀는 끊임없이 주위를 살폈다. 염려할 필요는 전혀 없었다! 그러면 그녀는 자기 조국을 다시 본 망명자처럼 안도의 한숨을 내쉬었다. 이런 식의 만남이 성공하자 그들은 대담해졌다. 두 사람의 밀회는 점점 잦아졌다. 어느 날 밤 그녀는 심지어 무도회 차림으로 불쑥 그의 집에 나타났다. 이런 뜻밖의 방문은 위험할 수 있었다. 그는 그녀의 경솔함을 나무랐다. 게다가 그녀가 마음에 들지 않았다. 벌어진 옷깃 사이로 납작한 가슴이 과하게 드러나 보였던 것이다.

그때 그는 지금까지 자신에게 감춰 왔던 감각의 환멸을 깨달았다. 그래도 그는 대단히 열렬한 척했다. 그러나 그런 정열을 느끼려면 로자네트나 아르누 부인을 떠올려야 했다. 이러한 감정적 쇠퇴 탓에 오히려 머리는 완전히 자유로워졌다. 그는 그 어느 때보다 강렬히 사교계의 높은 자리를 탐냈다. 그처럼 좋은 발판이 있으니 이용하는 것은 당연했다.

1월 중순 어느 날 아침 세네칼이 그의 서재에 들어왔다. 그가 깜짝 놀라 소리 지르자 세네칼은 자기가 델로리에의 비서라고 대답했다. 그는 프레데릭에게 편지까지 한 통 가져왔다. 편지에는 여러 가지 좋은 소식이 있었는데, 그의 소홀함을 나무라면서도 그리로 꼭 내려오라는 내용이 적혀 있었다.

미래의 국회 의원은 이틀 후에 가겠노라고 대답했다.

세네칼은 이 입후보에 대해 아무런 언급도 하지 않았다. 그는 자기 자신과 지방 상황에 대한 얘기만을 했다.

상황이 아무리 한심해도 그는 즐거웠다. 정세가 공산주의를 향해 가고 있기 때문이었다. 우선 나날이 정부가 관리하는 일이 많아지고 있었는데 이는 행정 당국 자체가 공산주의를 향해 가고 있음을 의미했다. 1848년 헌법은 소유권에 관해 취약함에도 제대로 처리되지 않았다. 공익이라는 명목 아래 국가가 앞으로는 그에 적합하다고 판단되는 것을 모두 가져갈 수 있었다. 세네칼은 자신은 정부 편이라고 선언했다. 프레데릭은 그의 연설 중 자신이 델로리에에게 했던 말이 과장된 형태로 나타나 있음을 감지했다. 이 공화주의자는 심지어 민중의 부족함에 대해 공격을 퍼부었다.

"로베스 피에르는 소수 이익을 옹호함으로써 루이 16세를 국민 의회 앞에 끌어냈고 민중을 구했죠. 모든 일은 결과로 정당화됩니다. 때로는 독재도 필요해요. 압제도 선정을 펴기만 하면 만세입니다!"

그들의 토론은 오랫동안 계속되었다. 돌아갈 즈음 세네칼은(어쩌면 이게 방문 목적이었는지도 모르지만) 델로리에가 당브뢰즈 씨로부터 아무 말이 없어 초초해한다고 말했다.

그런데 당브뢰즈 씨는 병중이었다. 프레데릭은 친숙한 사이로 간주되어 그를 옆에서 지켜볼 수가 있었기 때문에 매일 그를 보러 갔다.

샹가르니에 장군이 파면되자 이 자본가는 큰 충격을 받았다. 그날 밤 그는 가슴에 열이 나고 누워 있지 못할 정도로 숨이 찼다. 피를 빼내자 즉시 편안해졌다. 마른기침이 사라지고 호흡도 순조로워졌다. 일주일 후에 수프를 들며 그는 말했다.

"아! 좀 나아졌어! 정말 죽을 뻔했는데!"

"저를 두고 혼자 가시면 안 돼요." 그가 없이 살아갈 수 없다는 뜻을 내비치며 당브뢰즈 부인이 소리쳤다.

대답 대신 그는 아내와 그녀의 애인을 바라보며 묘한 웃음을 지어 보였는데 그 속에는 체념과 관대함, 조소에다 바늘 끝 같은 거의 유쾌한 암시가 깃들어 있었다.

프레데릭은 노장으로 떠나려 했지만 당브뢰즈 부인이 반대했다. 그는 병세 차도에 따라 차례로 짐을 풀었다 꾸렸다 했다.

갑자기 당브뢰즈 씨는 많은 피를 토했다. '의학계의 권위자'들도 진단해 봤지만 새로운 사실을 발견해 내지 못했다. 다리가 부어오르고 몸은 더욱 쇠약해졌다. 그는 몇 번이나 세무원으로 발령이 난 남편을 따라 멀리 프랑스 저쪽 끝에서 사는 세실을 보고 싶어 했다. 그는 그녀를 데려오라고 분명하게 명했다. 당브뢰즈 부인은 편지 세 통을 써서 그에게 보였다.

심지어 그녀는 간호하는 수녀조차 믿지 못해 일 초도 남편 곁을 떠나지 않고 잠자리에 들지도 않았다. 수위실에서 이름을 전하고 가는 방문객들은 감탄하며 부인 안부를 물었다. 그리고 행인들은 길가 창문 밑에 그토록 많은 짚이 쌓여 있는 걸 보고[57] 존경심을 느꼈다.

2월 12일 5시에 심한 각혈이 있었다. 담당 의사가 위험을 알렸다. 급히 사제를 찾으러 보냈다.

당브뢰즈 씨가 고해하는 동안 부인은 멀리서 주의 깊게 그를 바라보았다. 고해가 끝나자 젊은 의사는 발포제를 붙이고 기다렸다.

램프 불빛이 가구에 가려져 방 안을 불규칙하게 비추었다. 프레데릭과 당브뢰즈 부인은 침대 발치에서 빈사 상태 환자를 지켜보았다. 창문 옆에서 신부와 의사가 작은 소리로 이야기했다. 수녀는 무릎을 꿇고 기도문을 중얼거렸다.

마침내 헐떡거리는 소리가 들렸다. 손이 차가워지고 얼굴은 창백해지기 시작했다. 가끔씩 그는 갑자기 숨을 크게 몰아쉬었다. 호흡이 점점 드물어졌다. 두세 마디 알 수 없는 말이 그의 입에서 새어 나왔다. 가냘픈 숨을 내쉬면서 그는 눈동자를 굴렸다. 그러다가 머리가 베개 옆으로 툭 떨어졌다.

잠시 동안 누구도 꼼짝하지 않았다.

당브뢰즈 부인이 다가가 힘들이지 않고 단순히 의무를 수

---

57) 말발굽 소리가 환자에게 들리지 않도록 하기 위한 배려로, 당시 관행이다.

행하듯 그의 눈을 감겨 주었다.

그러고는 꾹 참은 절망에 경련하듯 몸을 비틀며 두 팔을 벌리고는 의사와 수녀의 부축을 받아 방에서 나갔다. 십오 분 후 프레데릭은 그녀 방으로 올라갔다.

뭐라 형언할 수 없는 냄새가 방을 가득 메운 섬세한 물건들로부터 풍겨 나왔다. 침대 한가운데 펼쳐진 상복이 장밋빛 침대 덮개와 대조를 이루었다.

당브뢰즈 부인은 벽난로 한쪽 구석에 서 있었다. 그녀가 격한 슬픔에 잠겨 있지는 않으리라 짐작했지만 약간은 슬프리라 생각되어 동정하는 어조로 말했다.

"힘들어요?"

"내가? 아니, 전혀."

그러고는 몸을 돌려 상복이 보이자 옷을 살펴보았다. 그러면서 그에게 어려워할 필요 없다고 말했다.

"담배 피워도 돼! 내 방이니까!"

그러고는 크게 한숨을 쉬며 말했다.

"아! 성모 마리아시여! 이제 시원하군."

프레데릭은 이러한 감탄에 놀랐다. 그는 그녀의 손에 입을 맞추며 말했다.

"그래도 그동안 자유로웠잖아."

그들의 사랑이 편안했었다는 이 암시에 당브뢰즈 부인은 상처를 받은 것 같았다.

"내가 남편한테 얼마나 봉사하고 불안에 싸여 살아왔는지 당신은 몰라!"

"뭐라고?"

"그럴 수밖에! 옆에 항상 저런 사생아가 있는데 마음이 편할 리가 없지, 결혼 오 년 만에 데려온 앤데 내가 없었더라면 그에게 무슨 어리석은 짓을 시켰을지 모르지?"

그러더니 그녀는 자기 상황을 설명했다. 그들은 재산 분리 체제로 결혼했다. 그의 세습 재산은 30만 프랑이었다. 당브뢰즈 씨는 결혼 계약 때 그가 먼저 사망할 경우 1만 5000프랑 연금과 이 저택의 소유권을 준다고 보증했다. 그런데 얼마 지나지 않아 그녀에게 전 재산을 준다는 유언장을 만들었다. 지금 아는 바로 그의 재산은 300만 프랑 이상이었다.

프레데릭은 눈이 휘둥그레졌다.

"애를 쓸 만했지? 게다가 나도 거기에 공헌했어! 내가 지켰던 건 내 재산이었어. 세실이 부당하게 날 빈털터리로 만들 수도 있었을 테니까."

"그녀는 왜 아버지를 보러 오지 않았지?" 프레데릭이 말했다.

이 질문에 당브뢰즈 부인은 그를 한동안 바라보았다. 그러고는 차가운 어조로 대답했다.

"알 게 뭐야! 애정이 없어 그런 거겠지! 오! 난 그 애를 알아! 어쨌든 나한테 동전 한 푼 못 받아 갈 거야!"

그녀가 별 방해가 되지는 않았다. 적어도 결혼하고부터는.

"아! 결혼!" 빈정대며 당브뢰즈 부인이 말했다.

그녀는 질투심 많고 타산적이며 위선적인 계집애에게 너무 잘해 주었던 자신을 탓했다. "자기 아버지의 모든 단점 그대로야!" 그녀는 점점 남편을 험담하기 시작했다. 그처럼 철저히 위선적인 데다가 무정하고 돌처럼 냉혹한 사람. "나쁜 사람이야! 나쁜 사람!"

가장 현명한 사람이라도 실수를 범하는 경우가 있다. 증오가 폭발하면서 당브뢰즈 부인은 방금 그 실수를 범한 것이었다. 프레데릭은 맞은편 안락의자에 앉아 분개를 느끼며 생각에 잠겨 있었다.

그녀는 일어나 살며시 그의 무릎에 앉았다.

"좋은 사람은 당신뿐이야! 좋아하는 사람은 당신뿐이야!"

그를 바라보자 마음이 누그러져 신경 반응으로 눈에 눈물이 고였다. 그녀는 속삭였다.

"나와 결혼해 줄래?"

마침내 그는 웃으며 말했다.

"그걸 의심해?"

그러고는 수치심이 느껴져 고인에게 속죄하기 위해 밤을 새워 그를 지키겠다고 나섰다. 그러나 이러한 경건한 감정이 부끄러워 거리낌 없는 어조로 덧붙였다.

"그게 사람들 보기에도 더 나을 거야."

그녀가 말했다. "그래, 어쩌면. 하인들도 있으니까!"

침대를 원래 있던 자리에서 완전히 끌어냈다. 수녀는 발치에 서 있었다. 침대 맡에는 또 다른 사제가 와서 서 있었는데 키가 크고 말랐으며 스페인 사람같이 생겼고 광신적으로 보였다. 하얀 천이 덮인 머리맡 탁자 위에는 촛불이 세 개 타고 있었다.

프레데릭은 의자에 앉아 고인을 바라보았다.

얼굴은 짚처럼 누런색이었다. 양쪽 입가에는 피가 섞인 거품이 묻어 있었다. 머리에 얇은 비단을 두르고 편물 조끼를 입었으며, 모아진 두 팔 사이 가슴 위에는 은십자가가 놓여 있었다.

파란만장한 생애도 이렇게 끝이 난 것이었다! 그동안 얼마나 자주 사무소를 드나들고 숫자를 적으며 사업을 계획하고 보고를 들었을까! 얼마나 많이 빈말을 하고 웃음 지으며 굽신거렸을까! 그는 나폴레옹, 코사크 병사, 루이 18세, 1830년, 노동자, 모든 체제를 환호하며 맞아들였고 권력을 너무도 사랑한 나머지 그걸 얻기 위해 자신을 파는 것도 주저하지 않았을 것이다.

그러나 그는 포르텔 영지, 피카르디의 세 공장, 욘 지방의 크랑세 숲, 오를레앙 근처 농가, 막대한 재산을 남겼다.

프레데릭은 이렇게 그의 재산을 요약해 보았다. 그런데 이제 이 재산이 그녀 소유가 될 것이었다! 그는 우선 '사람들이 뭐라고 할지'와 어머니에게 드릴 선물, 미래의 마차, 문지기를 시키고 싶은 자기 집안의 늙은 마부를 생각했다. 당연히 하인들 복장도 달라져야 했다. 큰 응접실은 자기 서재로 쓸 것이었다. 3층의 벽 세 개를 터서 화랑을 만들 수도 있었다. 아래에 터키탕을 만들 수도 있을 것이었다. 당브뢰즈 씨 서재는 마음에 안 드는데 무엇에 쓰면 좋을까?

사제가 코를 풀거나 수녀가 촛불을 매만지는 소리에 이러한 공상은 갑자기 중단되었다. 그러나 현실이 공상을 확고히 해 주었다. 시체는 여전히 거기에 있었다. 눈이 다시 떠져 있었고 동공이 비록 끈적끈적한 어둠 속에 잠겨 있긴 했으나 수수께끼같이 견딜 수 없는 표정이 어려 있었다. 뭔가 자신을 심판하는 듯한 눈빛이었다. 그는 거의 양심의 가책을 느꼈다. 이 사람에게 불평을 늘어놓을 이유는 전혀 없었기 때문이다. 오히려 그는……. '됐어! 형편없는 늙은이잖아!' 하고 속으로 외치며 마음을 다지기 위해 그를 더욱 가까이에서 바라보았다.

'그래, 어쨌다고? 내가 당신을 죽이기라도 했나?'

그동안 사제는 기도문을 읽고 있었고 수녀는 꿈쩍하지 않고 졸고 있었다. 세 촛대의 심지가 길게 뻗어 나 있었다.

두 시간 동안 레알 쪽으로 줄지어 가는 마차의 둔탁한 바퀴 소리가 들렸다. 유리창이 훤해졌고 삯마차가 지나갔다. 그러고는 포석 위를 종종걸음 치는 당나귀 떼, 망치 소리, 행상인이 외치는 소리, 나팔소리 등이 들려왔다. 이 모든 것들이 점차 잠에서 깨어나는 파리의 커다란 소리에 벌써 뒤섞이고 있었다.

프레데릭은 여러 가지 용무로 분주히 돌아다녔다. 먼저 사망 신고를 하려고 구청으로 갔다. 검시의에게서 증명서를 받은 다음 다시 시청으로 가서 유족이 어떤 묘지를 선택했는지 전하고 장의사와 의논했다.

직원은 그림과 장의 절차를 보여 주었는데 하나에는 매장의 여러 등급이 나타나 있었고 또 하나에는 장식에 대한 모든 상세 사항이 적혀 있었다. 영구 마차는 지붕에 시렁이 달린 걸 원하는지 장식 깃털이 달린 게 좋은지, 말에는 장식 끈을 달아야 하는지, 하인 모자에는 깃털 장식을 해야 하는지, 머리글자가 좋을까 문장이 좋을까, 장례 램프는, 훈장을 들고 갈 남자는, 그리고 마차는 몇 대가 필요할까? 프레데릭은 후했다. 당브뢰즈 부인은 비용을 전혀 신경 쓰지 않기로 하고 있었다.

그런 다음 그는 교회로 갔다.

장례 담당 부사제는 장의사가 바가지를 씌운다고 비난하기 시작했다. 훈장을 들고 갈 남자는 정말 필요 없었다. 초를 많이 켜는 게 나았다! 음악이 따르는 독송 미사로 결정했다. 프레데릭은 모든 비용을 지불하는 연대 책임자로서 합의 사항에 서명했다.

그다음에 그는 묘지 구입 문제로 시청에 갔다. 세로 2미터, 가로 1미터의 사용료는 500프랑이었다. 오십 년마다 계약을 갱신하는 것과 영구히 사용하는 것 중 어느 것으로 하겠는지?

"오! 영구 사용이죠!" 프레데릭이 말했다.

그는 맡은 일을 신중하게 여겼고 애를 썼다. 저택 뜰에서는 대리석상이 그리스식, 이집트식, 무어식 묘지의 견적과 설계도를 보여 주려고 그를 기다렸다. 그러나 집안 건축가가 이 문제를 이미 부인과 논의한 다음이었다. 그리고 현관 탁자에는 매트리스 세탁, 방 안 소독, 여러 가지 방부 처리에 관한 온갖 안내서가 놓여 있었다.

저녁 식사를 마친 그는 하인들 상복 일로 양복점에 갔다. 그리고 마지막으로 한 가지 용무가 더 있었다. 염소 가죽 장갑을 주문했는데 비단 장갑이 더 적합했기 때문이다.

이튿날 아침 10시에 와 보니 큰 살롱이 사람들로 가득했고,

거의 모두가 서로 슬픈 표정으로 다가가 이야기했다.

"한 달 전에 만났었는데! 세상에! 이게 우리 모두의 운명이겠지!"

"그래요. 그래도 이런 일이 최대한 늦게 오도록 애를 써야죠!"

그러다 만족하듯 살짝 소리 내어 웃음을 짓거나 심지어 상황과 전혀 상관없는 대화를 나누기도 했다. 마침내 장례식 사회자가 프랑스식 연미복에 짧은 바지 그리고 외투, 상장을 붙인 넓은 옷소매 차림에 옆구리에 장검을 차고 겨드랑이에는 삼각모를 낀 채 인사를 하며 관례적인 문구를 또박또박 말했다.

"여러분, 괜찮으시다면." 모두가 출발했다.

그날은 마들렌 광장에 꽃 시장이 서는 날이었다. 날씨는 맑고도 온화했다. 천막을 약간 흔드는 미풍에 성당 정면 현관에 친 거대한 검은 천 양끝이 부풀어 있었다. 당브뢰즈 씨의 방패꼴 가문이 네모난 벨벳 위에 세 군데 붙어 있었다. 그것은 검은 바탕에 '은장갑 낀 주먹을 꼭 쥔 왼쪽 금색 팔'의 문장이었는데 백작의 관과 함께 가훈이 적혀 있었다. '모든 수단을 통하여.'

관을 운반하는 사람들이 무거운 관을 계단 위까지 올려놓자 모두들 들어갔다.

여섯 군데 예배실에 반원형 성가대석 그리고 의자에는 검은 천이 씌워져 있었다. 성가대석 밑 영구대에는 커다란 촛불이 여러 개 켜져 있어, 유일하게 노란 불빛이 퍼져 나오고 있었다. 양쪽 구석에 놓인 촛대 모양 등 위에는 알코올이 타고 있었다.

가장 중요한 사람들은 중앙 제단 주위에 앉고 다른 사람들은 회중석에 자리를 잡았다. 식이 시작되었다.

몇 사람을 제외한 사람들이 대부분 종교 의식에 대해 완전히 무지했기 때문에 식의 진행자는 가끔씩 모두에게 일어나거나 무릎을 꿇거나 다시 앉으라는 신호를 했다. 오르간과 콘트라베이스 두 개의 연주 소리가 낭독하는 목소리와 번갈아 들렸다. 중간에 침묵이 흐를 때는 제단에서 사제가 중얼거리는 소리가 들렸다. 그러고는 음악과 노래가 다시 시작되었다.

둥근 천장 세 개에서 희미한 햇살이 비치고 있었다. 그러나 열린 문 사이로 하얀 광선이 마치 강물처럼 수평으로 쏟아져 들어와 모자를 벗은 사람들의 머리를 비추었다. 그리고 늘어선 주열 사이 중간쯤 대기 속에는 구석 문틀과 기둥 위의 장식 잎사귀에 칠해진 금박에서 반사되는 빛이 투영된 그림자가 떠돌았다.

프레데릭은 지루해져 '죽은 자에게 드리는 기도'에 귀를 기울였다. 그는 참석자들을 바라보기도 하고 막달라 마리아의 생애를 그린 매우 높이 걸린 그림을 보려고 애를 쓰기도 했다. 다행히 펠르랭이 옆에 와서 앉자마자 벽화에 대해 장광설을 늘어놓기 시작했다. 종이 울렸다. 모두가 교회를 나왔다.

길게 포장을 드리우고 높은 데는 깃털로 장식한 영구 마차가 갈기에 장식 끈, 머리에 깃털 장식을 달고 은색으로 수놓인 넓은 마의로 발굽까지 덮인 검은 말 네 필에 끌려 페르라셰즈 묘지를 향해 갔다. 여성용 승마화를 신은 마부는 긴 상장이 늘어진 삼각모를 쓰고 있었다. 상여 끈은 하원 재무관, 오브 지역 의원, 석탄 업계 대표 그리고 친구로서는 퓌미숑, 이 네 사람이 잡고 끌었다. 고인의 사륜마차와 상 마차 열두 대가 그 뒤를 따랐다. 이어서 참석자들의 행렬이 큰길 중앙을 가득 메운 채 지나갔다.

이 모든 광경을 보려고 행인들이 걸음을 멈추었다. 여자들은 아이를 안고 의자 위에 올라섰고 카페에서 술을 마시던 사람들은 손에 당구 큐를 든 채 창문으로 내다봤다.

길은 멀었다. 그리고 처음엔 조심스럽다가 나중에 수다스러워지는 연회석에서처럼 전체적인 행렬이 곧 느슨해졌다. 모두들 의회가 대통령에게 수당 지불을 거절한 얘기로 분분했다. 피스카토리 씨는 너무 신랄했고 몽탈랑베르는 "항상 그렇듯 훌륭했으며" 샹볼 씨, 피두 씨, 크레통 씨, 요컨대 위원회 전체가 캉탱보샤르 씨와 뒤푸르 씨의 의견을 따라야 했다는 얘기였다.

이런 이야기는 로케트 거리에 이르기까지 계속됐는데 상점이 늘어선 이 거리에서는 색유리 사슬과 그림, 금색 글씨로 뒤덮인 검은 방패밖에 보이지 않았는데 이 때문에 거리가 종유석이 가득한 동굴이나 도기 제품 가게처럼 보였다. 그러나 묘지 철책 앞에 이르자 모두들 순식간에 조용해졌다.

나무들 사이로 부서진 원주, 피라미드, 사원식, 고인돌 모양, 오벨리스크, 청동 문이 달린 에트루리아식 지하 묘지 같은 각종 무덤들이 세워져 있었다. 그중 몇몇은 시골풍 소파와 접의자가 갖춰져 있어 음산한 규방처럼 보였다. 거미줄이 누더기처럼 유골 단지의 작은 사슬에 늘어져 있었다. 비단 리본으로 묶인 꽃다발과 십자가는 먼지로 뒤덮여 있었다. 사방 난간 사이, 묘비 위에 보랏대 국화꽃 다발과 촛대, 화병, 꽃, 금색 글씨가 새겨진 검은 원반, 작은 석고상이 있었다. 소년상과 소녀상 혹은 구리철사로 공중에 매단 작은 천사상이었다. 개중에는 머리 위에 양철 지붕이 있는 것도 있었다. 검은색, 흰색, 하늘색 유리 섬유로 꼬인 굵은 밧줄이 묘비 위에서 포석까지 큰 뱀들처럼 굴곡을 이루며 내려와 있었다. 햇빛이 그 위로 쏟아져 내려 새까만 나무 십자가 사이로 반짝거렸다. 영구차는 시내 거리들처럼 포장이 된 큰길로 나아갔다. 이따금 마차 바퀴 굴대가 삐걱거렸다. 옷자락이 풀 위에 끌린 채 꿇어앉은 여인들이 조용히 죽은 자에게 말하고 있었다. 주목 잎 덤불에서 희끄무레한 연기가 솟아올랐다. 남겨진 제물이나 쓰레기를 태우는 것이었다.

당브뢰즈 씨의 무덤은 마뉘엘과 뱅자맹 콩스탕의 무덤과 가까웠다. 이곳에서 땅은 급경사를 이루었다. 발치에 푸른 나무들 꼭대기가 보였고 더 멀리로는 화력 펌프 굴뚝이 있었으며 그 너머로 전체 시가지가 보였다.

프레데릭은 연설문을 읽는 동안 경치를 감상할 수 있었다.

첫 번째 애도사는 하원 의원 이름이었고 두 번째는 오브 의회, 세 번째는 사온에루아르 지역 석탄 조합, 네 번째는 욘의 농업 조합 이름으로 낭독되었다. 그리고 또 하나는 자선 협회 대표였다. 마침내 한 낯선 남자가 아미앵의 골동품 협회 이름으로 여섯 번째 애도문을 읽기 시작하자마자 사람들은 돌아가기 시작했다.

모두가 이 기회를 빌어 당브뢰즈 씨를 희생자 삼은 사회주의를 비난했다. 난무하는 무정부주의와 질서를 위한 헌신적인 노력 때문에 그의 생이 단축되었다. 모두가 그의 지식과 청렴함, 관대함, 심지어 국민의 대변자로서의 그의 침묵까지도 예찬했는데 그가 웅변가는 아니었지만 그에게는 그보다 몇 배 나은 실질적인 장점이 있었기 때문이다 등등……. 꼭 덧붙여야 할 문구들 '요절', '영원한 회한', '저세상', '잘 가기를 아니 차라리 다시 만납시다!' 등이 언급되었다.

자갈 섞인 흙이 덮였다. 이걸로 세상에서는 더 이상 그에 대해 언급하지 않을 것이었다. 장례 기사를 신문에 써야 하는 위소네는 모든 애도사를 농담조로 다시 들먹였다. 뭐라 해도 당브뢰즈라는 인물은 근래 가장 출중한 "뇌물 수령자"이기 때문이라는 것이었다. 그런 다음 장례차가 부르주아들을 각기 자기 일이 있는 곳으로 데려다주었다. 장례식이 너무 오래 걸리지는 않아 모두들 기뻐했다는 내용이었다.

프레데릭은 피곤해 집으로 돌아왔다.

이튿날 그가 당브뢰즈 집에 나타나자 부인은 아래층 사무실에서 일하는 중이라고 일러 주었다. 서류 상자며 서랍이 뒤죽박죽 열려 있었고 회계 장부는 여기저기 던져져 있었다. '회수 불가능'이라고 씌인 서류 뭉치가 바닥을 뒹굴었다. 그 위로 넘어질 뻔한 그는 서류를 주워 들었다. 당브뢰즈 부인은 커다란 소파에 파묻혀 모습도 보이지 않았다.

"그런데 도대체 어디 있어요? 무슨 일이에요?"

그녀는 펄쩍 뛰어 일어났다.

"무슨 일이냐고? 난 망했어, 망했다고! 알아들어?"

공증인 아돌프 랑글루아 씨가 그녀를 사무실로 불러 남편이 결혼 전에 쓴 유언장을 그녀에게 전했다. 전 재산을 세실에게 남긴다는 내용이었다. 그리고 또 다른 유언장은 찾을 수가 없었다. 프레데릭은 얼굴이 무척 창백해졌다. 그녀가 잘못 찾은 건 아닐까?

"이거 봐!" 방 안을 가리키며 당브뢰즈 부인이 말했다.

금고 두 개가 도끼로 부서져 반쯤 열려 있었고 그녀는 책상을 구석구석 살피고 벽장을 뒤지며 깔개를 흔들어 보더니 갑자기 비명을 지르며 방금 눈에 띈, 놋쇠 자물쇠 달린 작은 상자가 있는 구석으로 달려갔다. 열어 보니 아무것도 없었다!

"아! 비열한 인간! 혼신을 다해 보살펴 주었는데!"

그리고 그녀는 울음을 터뜨렸다.

"혹시 다른 데 있는 건 아닐까?" 프레데릭이 말했다.

"아니! 여기 있었어! 이 금고에. 최근에 여기 있는 걸 봤는데. 태워 버린 거지! 분명해!"

아프기 시작한 어느 날엔가 당브뢰즈 씨는 서명을 하기 위해 내려왔었다.

"그때 한 거야!"

그리고 그녀는 기진맥진하여 의자에 다시 주저앉았다. 텅 빈 요람 옆에 앉은 상중 어머니도 활짝 입을 벌린 금고 앞의 당브뢰즈 부인만큼 비통해하지는 않았을 것이다.

비록 그 동기가 저열하긴 했지만 그녀의 고통이 너무도 깊어 보여 그는 어쨌든 빈털터리가 된 건 아니지 않냐며 그녀를 위로하려 했다.

"빈털터리야, 당신한테 큰 재산을 줄 수 없으니까!"

대략 1만 8000~2만 리브르 정도 되는 이 집을 제외하면 3만 리브르 연금밖에 남지 않았다.

프레데릭에게는 그 정도도 대단한 부였지만 실망하지 않을 수 없었다. 그의 모든 꿈, 미래의 호화로운 생활과도 작별이었다! 명예를 지키기 위해 당브뢰즈 부인과 결혼할 수밖에 없었다. 그는 잠시 생각에 잠긴 다음 애정 어린 모습으로 말했다.

"그래도 당신은 항상 내 거잖아!"

그녀는 그의 품에 몸을 던졌다. 그는 자신에 대한 찬탄이 약간 섞인 측은한 마음으로 그녀를 꼭 껴안았다. 눈물을 그친 당브뢰즈 부인이 행복으로 빛나는 얼굴을 들고 그의 손을 잡으며 말했다.

"아! 당신은 절대 의심하지 않았어! 당신을 믿었어!"

자신이 선행이라고 여기는 행위에 대한 예견된 확신은 젊은이의 마음에 들지 않았다.

그런 다음 그녀는 그를 자기 방으로 데려갔고 두 사람은 계획을 세웠다. 프레데릭은 이제 출세를 생각해야 했다. 그녀는 그의 입후보에 대해서도 여러 가지 훌륭한 충고를 해 주었다.

우선 정치 경제에 관한 두세 가지 구절을 알아야 했다. 예를 들면 종마(種馬)에 대한 것이라든지 한 가지 전문적인 주제를 택해 지방 이해와 관련된 논문 몇 편을 써야 하며 우체국과 담배 가게를 항상 자유자재로 이용해야 하고 주민들에게 작은 도움을 수없이 제공해야 한다는 것이었다. 이런 면에서 당 브뢰즈 씨는 진정한 모델이었다. 예컨대 언젠가 한번은 친구들을 가득 태운 마차를 헌 신발 가게 앞에 세우게 한 다음 손님들에게 줄 열두 켤레 신발을 고르고 자기도 지독하게 형편없는 장화를 한 켤레 사서는 이 주 동안 신고 다니는 영웅심을 발휘했다. 이런 이야기에 그들은 유쾌해졌다. 기품과 젊음, 재치를 되찾은 그녀는 또 다른 몇 가지 일화를 들려주었다.

그녀는 그가 즉시 노장으로 출발해야겠다는 생각에 찬성이었다. 두 사람의 이별은 애정으로 넘쳤다. 그러고는 문지방에 이르러 그녀는 다시 한 번 속삭였다.

"나 사랑하지?"

"영원히!" 그가 대답했다.

한 심부름꾼이 로자네트가 곧 출산할 거라는 소식을 알리는, 연필로 쓴 쪽지를 가져와 집에서 그를 기다리고 있었다. 며칠 전부터 너무도 바빠 그 생각을 할 틈도 없었다. 그녀는 샤요에 있는 전문 요양원에 들어가 있었다.

프레데릭은 삯마차를 타고 떠났다.

마르뵈프 거리 모퉁이에 이르러 그는 간판 위에 커다란 글씨로 '요양원과 산원, 원장 알레상드리 부인, 일등 산파, 산파 양성소 졸업, 다수 저서 출판 등'이 써 있는 것을 보았다. 그러고 길 중간쯤 작은 문 위에 간판이 또 있었다.(출산이라는 말은 없었다.) '알레상드리 부인의 요양원'이라는 문구와 모든 약력이 적혀 있었다.

프레데릭은 노커를 두드렸다. 희극에 등장하는 시녀 같은 하녀가 그를 거실로 안내했다. 그곳에는 마호가니 책상과 석류 빛 벨벳 소파 그리고 유리 덮개가 씌워진 시계 장식이 있었다.

곧이어 원장이 나타났다. 키가 큰 마흔 살가량 되는 여자였는데 갈색 머리에 날씬하고 눈이 아름다우며 예절 바른 사람이었다. 그녀는 프레데릭에게 순산 소식을 알리고 그를 산모 방으로 안내했다.

로자네트는 이루 형언할 수 없는 웃음을 짓기 시작했다. 그리고 마치 사랑의 파도에 휩싸여 숨이 막힌다는 듯 낮은 목소리로 말했다.

"사내아이야, 여기, 여기!" 그러면서 침대 옆 작은 요람을 가리켰다.

그는 커튼을 열었다. 그러자 포대기에 싸여 역겨운 냄새를 풍기며 울고 있는, 극도로 주름이 진 무언가 누르스름한 붉은 것이 보였다.

"아이한테 뽀뽀해야지!"

그는 혐오감을 감추려고 대답했다.

"그런데 아프게 하면 어쩌지?"

"아니! 괜찮아!"

그러자 그는 입술 끝으로 아이에게 입을 맞추었다.

"어쩌면 이렇게 당신을 닮았을까!"

그녀는 여태껏 본 적이 없는 넘쳐흐르는 애정을 표시하며 가녀린 두 팔로 그의 목에 매달렸다.

당브뢰즈 부인이 떠올랐다. 그는 자기 기질 그대로 사랑하고 괴로워하는 이 불쌍한 존재를 배반하는 것이 잔인한 일처럼 생각되어 프레데릭은 자기 자신을 나무랐다. 며칠 동안 그는 밤까지 그녀 옆에 머물렀다.

그녀는 이런 은밀한 요양원에 있는 것이 행복했다. 심지어 건물 정면 덧문들은 항상 닫혀 있었다. 밝은색 인도 사라사가 드리워진 그녀 방은 큰 정원 쪽으로 나 있었다. 유명한 의사들 이름을 친구처럼 나열하는 것이 유일한 결점인 알레상드리 부인은 그녀를 세심하게 보살폈다. 대부분 시골 출신으로 같이 요양원에 입원해 있는 여자들은 자기들을 보러 오는 사람이 아무도 없어 지루해했다. 로자네트는 모두가 자신을 부러워하는 것을 알고는 이를 프레데릭에게 자랑스럽게 이야기했다. 그러나 조그만 소리로 이야기해야 했다. 끊임없이 피아노 소리가 들려오긴 해도 칸막이가 얇아서 모두가 그들 이야기를 엿들을 수 있었던 것이다.

그가 마침내 노장으로 떠나려 하던 즈음 델로리에의 편지를 받았다.

새로운 후보자가 두 명 나타났다. 한쪽은 보수파였고 또 한쪽은 급진파였다. 세 번째 후보자는 어느 진영을 대표하든 승산이 없었다. 이건 프레데릭의 잘못이었다. 좋은 기회를 놓쳐 버린 것이다. 좀 더 일찍 내려와 운동을 했어야 했다. "넌 농업 공진회에도 참석하지 않았잖아!" 변호사는 그가 신문과 전혀 연줄이 없는 사실을 비난했다. "아! 옛날에 내 충고를 들었더라면! 우리에게 신문이 있다면!" 그는 이 점을 강조했다. 게다가 당브뢰즈 씨를 고려해 그에게 투표했을 많은 사람들이 이제 등을 돌릴 것이라고 했다. 델로리에도 그들 중 한 사람이었다. 자본가에게서 더 이상 기대할 것이 없어지자 그는 그의 피보호자를 버리려 했다.

프레데릭은 당브뢰즈 부인에게 편지를 가져갔다.

"그러니까 노장에 가 있었던 게 아니야?" 그녀가 말했다.

"왜 그런 말을?"

"사흘 전에 델로리에를 만났으니까."

남편이 사망한 사실을 알고 변호사는 석탄 사업에 관한 서류를 도로 가지고 와서 사업에 도움을 주고 싶다고 했다. 이 말에 프레데릭은 의아해했다. 이 친구는 거기서 뭘 하고 있던 걸까?

당브뢰즈 부인은 자기와 헤어지고 난 뒤 그가 무엇을 했는지 알고 싶어 했다.

"아팠어." 그가 대답했다.

"적어도 나한테 알렸어야지."

"아니, 그럴 필요까진 없었어." 게다가 이러저런 귀찮은 일, 약속, 찾아오는 사람도 많았다.

그날 이래로 그는 저녁에는 착실하게 라 마레샬 집에서 자고 오후 시간은 당브뢰즈 부인 집에서 지내는 이중생활을 했는데 그에게 자유로운 시간은 겨우 점심때 한 시간뿐이었다.

아이는 시골 앙디에 있었다. 프레데릭은 매주 아이를 보러 갔다.

유모 집은 마을 언덕 위 우물처럼 어두운 작은 뜰 안쪽에 있었는데 뜰에는 짚이 흩어져 있고 여기저기 닭이 돌아다녔으며 헛간에는 채소 수레가 있었다. 로자네트는 먼저 미친 듯이 아이에게 입을 맞추었다. 그리고 흥분 상태에 빠져 왔다 갔다 하고 산양 젖을 짜려 하기도 하고 투박한 빵을 먹기도 하며 퇴비 냄새를 맡기도 하고 그걸 손수건에 조금 싸서 가져가려고도 했다.

그런 다음 그들은 오랜 산책을 했다. 그녀는 묘목장에 들어가고 울타리 밖으로 늘어진 라일락 가지를 꺾거나 작은 포장마차를 끄는 노새에게 "위, 앞으로, 나귀야!" 하고 소리치는가하면 철책 사이로 예쁜 정원 내부를 바라보느라 멈춰 서기도했다. 유모가 아이를 데리고 가서 호두나무 그늘에 내려 주기도 했다. 그리고 두 여자는 몇 시간이고 쓸데없는 이야기로 수다를 떨었다.

프레데릭은 그 옆에 앉아 군데군데 나무 수풀이 서 있는 비탈진 땅 위 네모난 포도밭, 잿빛 리본 같은 먼지투성이 오솔길, 녹색 바탕 위에 하얗고 빨간 반점을 이루는 집 들을 바라보았다. 마치 거대한 타조의 가벼운 깃털 끝이 공중으로 사라져 가는 것처럼 기관차 연기가 때때로 나뭇잎 뒤덮인 언덕 밑에 수평으로 길게 늘어졌다.

그러고는 그의 시선이 아들에게로 향했다. 그는 아들이 청년이 된 모습을 그려 보고 친구처럼 지내리라 생각했다. 그러나 어쩌면 바보일지도 모르고 불행할 게 확실했다. 출생이 비합법적이라는 사실이 그를 짓누를 것이었다. 차라리 태어나지 않는 편이 나을 뻔했다. 그러면서 프레데릭은 중얼거렸다. "불쌍한 것!" 가슴이 알 수 없는 슬픔으로 차올랐다.

그들은 흔히 막차를 놓치곤 했다. 그럴 경우 당브뢰즈 부인은 약속한 시각에 오지 않았다고 그를 나무랐다. 그는 이야기를 꾸며 댔다.

로자네트에게도 핑곗거리를 만들어야 했다. 그녀는 그가 매일 저녁 무엇을 하는지 알 수 없었다. 집에 사람을 보낼 때면 그는 항상 없었다! 어느 날 그가 집에 있는데 두 여자가 거의 동시에 나타났다. 어머니가 곧 도착할 거라며 그는 라 마레샬을 내보내고 당브뢰즈 부인을 숨게 했다.

얼마 지나지 않아 이런 거짓말에 그는 재미를 느꼈다. 그는 한 여자에게 방금 또 한 여자에게 한 맹세를 되풀이했고 두 사람에게 똑같은 두 개 꽃다발을 보냈으며 그녀들에게 동시에 편지를 쓰고는 두 여자를 여러 가지로 비교해 보았다. 세 번째 여자는 항상 그의 머릿속을 떠나지 않았다. 그녀를 소유할 수 없다는 사실이 그의 배신을 정당화했고 두 여자를 교대로 배신하는 것이 쾌락을 한층 돋우었다. 둘 중 한쪽을 속일수록 그녀들 사랑이 서로 뜨거워져 일종의 경쟁심으로 각자가 그에게 다른 여자를 잊어버리게 하려는 듯 속은 쪽은 한층 더 그를 사랑했다.

"내 믿음에 경의를 보내야지!" 어느 날 당브뢰즈 부인이 누군가 그녀에게 모로 씨가 로즈 브롱이라는 여자와 부부처럼 산다는 사실을 알리는 편지를 펼치며 말했다.

"혹시 경마장에서 본 여자 아니야?"

"말도 안 돼!" 그가 말했다. "보여 줘 봐."

활자체로 씌인 편지에는 서명이 없었다. 처음에 당브뢰즈 부인은 그들의 숨겨진 관계를 덮어 줄 이 여자를 참고 견뎠다.

그러나 정열이 점점 강해지면서 그녀는 관계를 끊으라고 요구했고 프레데릭은 벌써 오래전에 끝냈다고 대답했다. 프레데릭이 이렇게 확언하자 그녀는 모슬린 밑에 감춰진 비수 끝처럼 빛나는 시선으로 눈을 깜박이며 물었다.

"그러면 또 한 여자는?"

"또 한 여자?"

"도자기 장수 부인."

그는 멸시하듯 어깨를 으쓱했다. 그녀는 더 이상 묻지 않았다.

그러나 한 달 후에 두 사람이 명예와 성실성에 대한 얘기를 하던 중 그가 자신의 그런 자질을 자랑하자(조심하여 대수롭지 않다는 듯한 방식으로) 그녀가 말했다.

"그래, 당신은 정직해, 거기에 다시 가지 않았으니까."

라 마레샬이라고 생각하고 있던 프레데릭이 더듬거리며 말했다.

"어디를?"

"아르누 부인한테."

그는 어디서 이런 정보를 얻었는지 알려 달라고 사정했다. 그녀의 부재단사 르쟁바르 부인에게서라고 했다.

이런 식으로 그녀는 그의 생활을 일일이 알았는데 그는 그녀 생활에 대해 아무것도 알지 못했다!

그러나 그는 그녀의 화장실에서 콧수염이 긴 남자의 작은 초상화를 발견했다. 이 사람이 언젠가 자살했다든가 하는 이야기를 들은 그 사람인가? 그러나 그 이상 알 수 있는 어떤 방도도 없었다! 게다가 무슨 소용이 있나? 여자들 마음이란 서랍이 첩첩이 박힌 비밀장과도 같은데. 애를 써서 손톱을 다 깨뜨려 가며 열어 보면 바닥에 보이는 건 말라 버린 꽃이나 먼지 부스러기 아니면 비어 있기 마련인데! 그리고 그는 너무 많이 아는 게 두려운지도 몰랐다.

그녀는 함께 갈 수 없는 초대는 거절하게 했고 그를 언제나 옆에 둔 채 잃어버릴까 두려워했다. 매일매일 점점 더해 가는 이러한 결속에도 누군가에 대한 평이나 예술품에 대한 평가 같은 사소한 일로 갑자기 두 사람 사이에 깊은 심연이 생겼다.

그녀는 정확하고도 딱딱한 방식으로 피아노를 쳤다. 그녀는 유심론자(당브뢰즈 부인은 영혼이 별들로 윤회한다고 믿었다.) 이면서도 금고는 아주 놀라우리만큼 잘 지켰다. 하인들에게는 교만했고 가난한 사람들의 누더기 앞에서 눈빛은 냉담했다. 평소에 늘 하는 말들 "나하고 무슨 상관이야? 그러면 보기 좋게 속는 거지! 내가 뭐 그럴 필요 있나!" 그리고 사소해서 분석할 수도 없는 수많은 것들에서 그녀의 천성적인 이기주의가 드러나 보였다. 그녀는 문 뒤에서 엿듣고 고해 신부에게도 거짓말할 사람이었다.

늘 지배하려는 성향으로 그녀는 프레데릭이 일요일이면 교회에 같이 가기를 바랐다. 그녀가 원하는 대로 그는 성경책을 가지고 따라갔다.

유산을 잃은 일로 그녀는 상당히 변해 있었다. 사람들이 당브뢰즈 씨의 죽음 때문이라고 생각하는 상심한 모습 덕에 그녀는 더욱 세간의 주목을 끌었다. 그리고 옛날과 다름없이 많은 손님들을 받았다. 프레데릭이 선거에 실패한 후 그녀는 두 사람을 위해 독일 파견 외교관직을 탐냈다. 먼저 해야 할 일은 지배적인 사상에 따르는 일이었다.

나폴레옹 제정 시대가 다시 오기를 바라는 사람이 있는가 하면 어떤 사람은 오를레앙 가문의 부활을, 또 어떤 사람은 샹보르 백작의 통치를 꿈꾸기도 했다. 그러나 모두가 하나같이 지방 분권화가 시급하다는 데 의견을 같이했다. 그리고 그 방편으로 몇 가지 제안이 나왔다. 파리를 수많은 큰길로 나누어 여러 마을을 만들어야 한다든지 정부를 베르사유로 옮겨야 한다든지 부르즈에 학교를 세우고 도서관을 폐지하는 등 모든 것을 관할 지구장에게 맡겨야 한다는 의견이었다. 그리고 사람들은 시골을 찬양했는데 무지한 사람이 다른 사람들보다 양식이 있기 때문이라는 것이었다! 증오가 들끓고 있었다. 초등학교 교사와 주류상에게, 철학 수업에, 역사 강의에, 소설, 빨간 조끼, 긴 수염에, 모든 독립과 모든 개인 의지의 표명을 향해. '권위 원칙을 다시 세우기' 위한 힘이고 권위이기만 하다면 누구의 이름이든 어디에서 오든 상관없었다! 보수파들은 이제 세네칼과 똑같이 말했고 프레데릭은 더 이상 무슨 얘기인지 알 수 없었다. 그의 옛 애인 집에서는 똑같은 사람들이 예전에 했던 얘기들을 여전히 하고 있었다.

매춘부의 살롱은(이곳이 중요해지기 시작한 것은 이때부터다.) 다양한 부류의 보수파들이 서로 만나는 중립 지대였다. 당대 영광을 헐뜯는 데 전념하던(질서 회복을 위해서는 좋은 일이다.) 위소네는 로자네트에게 다른 사람처럼 살롱을 열게끔 마음이 일도록 부추겼다. 그가 연회 기사를 쓸 것이었다. 그러고는 먼저 진지한 사람 퓌미숑을 데려왔다. 이어서 노낭쿠르, 그레몽빌 씨, 전 지사인 라르실루아 씨 그리고 지금은 브르타뉴 지방 저지대 농학자이며 그 어느 때보다도 독실한 신앙인인 시지가 나타났다.

그 밖에도 코맹 남작, 쥐미약 백작, 라 마레샬의 옛 연인들, 그 밖에 몇몇 사람이 왔다. 그들의 거침없는 태도에 프레데릭은 화가 났다.

자신이 주인이라는 사실을 나타내기 위해 그는 생활비를 늘렸다. 그래서 남자 하인을 고용하고 집도 바꿨으며 가구도 들였다. 이렇게 돈을 쓴 것이 그의 재산에 비해 차이 나는 결혼을 한다는 인식을 약화하는 데 유용했지만 그 결과 그의 재산은 상당히 줄어들었다. 그리고 로자네트는 그가 왜 이런 일을 하는지 전혀 알지 못했다!

낙오한 부르주아인 그녀는 작고 평온한 가정생활을 꿈꾸었다. 그러나 '일주일에 한 번 손님을 맞이하는 것'에 만족했고 자기와 비슷한 처지의 여자들을 가리켜 '그런 여자들!'이라고 말하곤 했다. 그녀는 '사교계 귀부인'이 되고 싶어 했고 자신을 그중 한 사람이라고 생각하기도 했다. 품위 있는 양식을 위해 프레데릭에게 살롱에서 담배를 피우지 말라고 하기도 하고 고기 없는 식사를 하도록 하기도 했다.

마침내 그녀는 자신의 본래 역할에 어긋나기에 이르렀다. 진지해진 데다가 잠자리에 들기 전 마치 술집 출입문에 측백나무가 서 있듯 항상 약간 우울한 모습이었다.

그는 원인을 알아냈다. 그녀는 결혼을 꿈꿨던 것이다. 그녀

역시! 그 사실에 프레데릭은 화가 났다. 게다가 그녀가 아르누 부인 집에 나타났던 일이 생각났고 그녀가 그에게 몸을 허락하기까지 오랫동안 저항했던 사실로 아직도 원한을 품고 있었다.

그러면서도 그는 그녀의 옛 남자들이 누구인지 알고 싶어 했다. 그녀는 모두 부인했다. 일종의 질투심이 치밀어 그는 그녀가 예전에 받았거나 지금도 가끔씩 받는 선물에도 화를 냈다. 그녀 자체의 본성에 화가 나면 날수록 격하고도 동물적인 관능의 욕구가 그를 그녀에게로 이끌었으나 그것도 일시적인 환상과 증오로 끝이 나곤 했다.

그녀의 말, 목소리, 미소, 모든 것이 싫어지기에 이르렀는데 특히 그녀의 눈빛, 언제나 투명하고 바보 같은 여자 특유의 그 눈이 싫었다. 때로는 너무도 싫어 아무 감정 없이 그녀가 죽어가는 모습을 지켜볼 수 있을 것 같았다. 그러나 어떻게 화를 내겠는가? 그녀는 비할 데 없이 다정했다.

델로리에가 다시 나타나 자신이 노장에 머물렀던 이유는 소송 대리인 사무소를 구하는 일로 흥정을 하기 위해서였다고 설명했다. 프레데릭은 그를 다시 만나 기뻤다. 믿을 수 있는 사람이었다! 그는 그를 두 사람 사이에 제삼자로 끼어들게 했다.

변호사는 가끔 그들 집에서 식사를 했는데 사소한 말다툼이 있을 때면 항상 로자네트 편을 들었기에 한번은 프레데릭이 그에게 이런 말까지 했다.

"어! 흥미 있으면 그 여자하고 자도 돼!" 그만큼 그는 우연히 그녀를 떨쳐 버릴 기회가 오기를 바랐다.

6월 중순쯤 그녀는 지불 명령서 한 통을 받았는데 집행관 아타나즈 고트로 씨가 클레망스 바트나 양에게 빌린 4000프랑을 지불하라고 엄명하는 내용이었다. 이행하지 않는다면 다음 날 차압하겠다는 것이었다.

사실 전에 서명한 어음 네 장 중 한 장만이 지불된 상태였다. 그 이후로 들어온 돈은 다른 일에 쓰였던 것이다.

그녀는 아르누 집으로 달려갔다. 그는 생제르맹 거리에 살고 있었고 문지기는 번지수를 알지 못했다. 그녀는 여기저기 친구 집에 찾아가 봤지만 모두 집에 없어 낙심한 채 돌아왔다. 이런 일이 결혼에 방해가 될까 두려워 떨며 그녀는 프레데릭에게 아무 얘기도 하려 하지 않았다.

이튿날 아침 아타나즈 고트로 씨가 부하 둘을 데리고 나타났는데 한 사람은 여위고 험상궂은 인상으로 창백한 얼굴에 욕심쟁이 같았고 또 한 사람은 부착식 옷깃을 달고 바지 끈을 팽팽하게 맸으며 엄지손가락에 검은 타프타 골무를 끼고 있었다. 두 사람 모두 옷깃에는 때가 끼어 있고 코트 소매는 매우 짧고 비천하리만큼 더러웠다.

반대로 그들의 주인은 아주 잘생긴 남자였는데 먼저 자신 직무가 고역이라는 사과의 말로 시작한 다음 방 안을 둘러보면서 "정말이지 좋은 것들이 많군요." 하고 말했다. 그는 "차압할 수 없는 것들 외에도요."라고 덧붙였다. 그가 손짓하자 두 입회인은 사라졌다.

그러자 그의 칭찬은 한층 더해졌다. 이처럼 아름다우신 분에게 믿을 만한 남자분이 없으시다니! 재판소 권한의 경매라니 정말 유감입니다! 그런 불행을 딛고 결코 다시 일어서지는 못하죠. 그는 그녀에게 겁을 주려고 했다. 그러고는 그녀가 충격을 받은 모습을 보자 돌연 인정이 넘치는 어조로 바뀌었다. 그가 사교계를 잘 아는데 귀부인들과도 일 문제로 교류한다는 것이었다. 그러고는 벽에 걸린 그림을 살펴보며 이름을 일일이 댔다. 그것은 전에 사람 좋은 아르누가 소장하던 그림들로서 송바즈의 데생, 뷔리외의 수채화, 디트메르의 풍경화 세 장이었다. 물론 로자네트는 그 가격을 알지 못했다. 고트로 씨가 그녀를 향해 돌아섰다.

"이러면 어떨까요! 제가 좋은 사람이란 걸 보이기 위해 이렇게 합시다. 제게 디트메르 그림을 전부 양보하세요, 그러면 빚은 제가 전부 지불할게요, 어때요?"

그때 대기실에서 사정 이야기를 듣고 두 보조 집행인을 방금 만난 프레데릭이 모자를 쓴 채 퉁명스럽게 들어왔다. 고트로 씨는 다시 위엄을 되찾았다. 문이 열려 있었기 때문이다.

"자, 두 사람, 적어요! 두 번째 방에는 그러니까 두 개 보조 상판이 있는 참나무 탁자 둘, 찬장 둘⋯⋯."

프레데릭은 그를 중단하고 차압을 막을 방도는 없는지 물었다.

"오! 물론 있죠! 이 가구 대금을 누가 지불하죠?"

"제가요."

"그러면 소유권 회복 요구서를 작성하세요. 아직 시간이 있습니다."

고트로 씨는 재빨리 쓰기를 마치고 브롱 양을 급속 심리로 소환한다고 조서를 꾸미고 나서 자리를 떴다.

프레데릭은 비난하지 않았다. 그는 보조 집행인이 남기고 간 양탄자 위 진흙 자국을 골똘히 바라보고 있었다. 그리고 혼 잣말로 중얼거렸다.

"돈을 구해야겠군."

"아! 참, 나도 바보지!"라 마레샬이 말했다. 그녀는 서랍을 뒤져 편지 한 통을 집어 들고 급히 랑그독 조명 회사로 주식 명의 변경을 하러 갔다.

그녀는 한 시간 후에 돌아왔다. 증권은 다른 사람에게 이미 팔린 상태였다! 사원은 아르누가 작성한 약속 서류를 살펴보 면서 대답했다. "이 증서로 당신이 주주라고는 도저히 인정할 수 없습니다. 회사는 모르는 서류예요." 요컨대 그녀는 쫓겨 났고 이에 화가 나 숨이 막힐 지경이었다. 진상을 밝히기 위해 프레데릭은 곧바로 아르누 집에 가야 했다.

그러나 아르누는 프레데릭이 유실된 저당권 1만 5000프랑 을 간접적으로 받아 내기 위해 왔다고 생각할지도 몰랐다! 게 다가 자기 정부의 애인이었던 사람에게 이런 요구를 한다는 것이 파렴치하게 생각되었다. 절충안으로 그는 당브뢰즈 씨 저택에서 르쟁바르 부인의 주소를 알아낸 후 그곳에 심부름꾼 을 보내 시투아앵이 요즘 자주 드나든다는 카페를 알아냈다.

바스티유 광장에 있는 작은 카페였는데 그는 카페 안쪽 오 른편 구석에서 건물 일부가 된 것처럼 꿈쩍하지 않고 하루 종 일 처박혀 있었다.

그는 작은 맥주잔으로 시작해 그로그, 비쇼프[58], 데운 포도
주에다가 오루즈[59]까지 차례로 마신 다음 맥주로 다시 돌아
왔다. 그리고 절대 필요한 일이 아니면 입을 열지 않으며 삼십
분마다 한 번씩 "맥주 한 잔!"이라는 말을 내뱉을 뿐이었다.
프레데릭은 그에게 아르누와 가끔 만나는지 물었다.

　　"아니요!"

　　"저런, 왜요?"

　　"바보 녀석!"

　　정치 문제로 틀어진 것이라 생각한 프레데릭은 콩팽의 안
부를 물었다.

　　"짐승!" 르쟁바르가 말했다.

　　"왜요?"

　　"그의 송아지 머리!"

　　"아! 송아지 머리가 무슨 뜻인지 좀 가르쳐 주세요!"

　　르쟁바르는 동정 어린 미소를 지었다.

　　"바보 같은 소리들이지!"

　　한참 동안 말이 없다가 프레데릭이 다시 입을 열었다.

　　"그러니까 그 사람은 이사 갔어요?"

　　"누구?"

　　"아르누요."

　　"그래요. 플뢰뤼 거리로!"

---

58) 포도주에 레몬이나 오렌지를 섞은 음료.
59) 포도주를 약간 탄 물.

"번지수는요?"

"내가 제수이트 신자들하고 같이 다닐 일 있나!"

"뭐요, 제수이트요!"

시투아앵은 몹시 화가 나 대답했다.

"내가 소개해 준 애국자의 돈으로 그 더러운 자식이 묵주 가게를 차렸소!"

"설마요!"

"가서 봐요!"

과연 사실이었다. 타격을 입고 약해진 아르누는 종교 쪽으로 돌아섰다. '자신에게 항상 신앙적 바탕이 있었던 데다가' (장사치 기질과 타고난 솔직함이 합쳐져) 자기 안녕과 부를 위해 종교용품 가게를 차렸던 것이다.

프레데릭은 그의 가게를 쉽게 찾아냈다. 간판에는 '고딕 미술품, 종교 예식 복원, 세 동방 박사 향 등등'이라고 적혀 있었다.

진열장 양쪽 구석에는 금색, 주홍색, 푸른색으로 칠해진 나무 조각상이 세워져 있었다. 양가죽을 두른 세례 요한상과 앞치마에 장미꽃을 담고 물레 씨아를 팔 밑에 낀 성녀 주느비에브상이었다. 그리고 이런저런 석고상들이 무리를 이루었다. 소녀에게 공부를 가르치는 수녀, 아이 침대 옆에 꿇어앉은 어머니, 성단 앞에 선 세 학생 등이었다. 가장 훌륭한 것은 안에 노새와 소, 아기 예수가 진짜 밀짚 위에 누워 있는 마구간을 나타낸 일종의 오두막집이었다. 진열대 위에서 아래까지 열두 개가 한 벌인 메달, 온갖 묵주, 조개 모양 성수반 그리고 교회의 영예를 상징하는 인물들의 초상화가 있었는데 그중 아프르 대주교와 교황이 둘 다 미소 짓고 있는 초상화가 눈에 띄었다.

아르누는 계산대에서 고개를 떨군 채 졸고 있었다. 그는 놀라우리만큼 늙어 있었고 관자놀이 주위에는 분홍빛 반점까지 생겨나 있었는데 햇빛에 반사된 금십자가 광선이 그 위에 내리쏟아졌다.

이 쇠퇴한 모습에 프레데릭은 서글픈 마음이 들었다. 그래도 라 마레샬을 위해서 마음을 다지고 나아갔다. 가게 안쪽에서 아르누 부인이 나타났다. 그러자 그는 발길을 돌렸다.

"못 만났어." 돌아와 그가 말했다.

곧바로 르아브르의 공증인에게 돈을 보내 달라는 편지를 쓰겠다고 했지만 소용없이 로자네트는 화를 냈다. 이렇게 마음이 약하고 우유부단한 남자는 본 적이 없었다. 그녀가 부족한 것투성이인 생활을 견디는데 다른 사람들은 없는 것 없이 편안한 생활을 한다는 것이었다.

프레데릭은 초라한 아르누 부인의 집안을 그려 보면서 불쌍한 그녀를 생각했다. 그는 책상 앞에 앉아 있었다. 로자네트의 찌르는 듯한 목소리가 계속되자 말했다.

"아! 제발 입 좀 다물어!"

"설마 그 사람들 편을 드는 건 아니겠지?"

그가 소리쳤다. "그래! 이렇게 집착하는 이유가 뭐야?"

"근데 당신은 왜 그 사람들이 돈을 갚는 걸 바라지 않아? 옛날 애인이 상처를 받을까 봐 그렇지, 솔직히 말해!"

그는 시계를 집어 들어 그녀를 박살을 내고 싶었다. 말이 나오지 않았다. 그는 입을 다물었다. 로자네트는 방 안을 왔다 갔다 하며 덧붙였다.

"당신의 그 소중한 아르누를 고소할 거야. 오! 당신 도움 필요 없어!" 그리고 입술을 깨물며 말했다. "변호사한테 물어볼 거야."

사흘 후 델핀이 불쑥 들어왔다.

"부인, 부인, 저기 풀 그릇을 든 남자가 왔는데 무서워 죽겠어요."

로자네트가 부엌으로 가 보니 얼굴은 온통 얽은 데다가 한쪽 팔은 마비된 한 남자가 취해서 헛소리를 지껄였다.

고트로 씨 아래에서 공고문을 붙이는 사람이었다. 차압에 대한 이의 신청이 기각되어 자연히 경매가 붙게 된 것이었다.

계단을 힘들게 올라왔으니 그는 우선 한잔 달라고 했다. 그런 다음 부인이 여배우라고 생각했는지 극장표를 달라고 사정했다. 그러고는 몇 분 동안 무슨 뜻인지 알 수 없게 눈을 깜빡거리더니 마침내 40수를 주면 아래층 문에 붙여 놓은 공고문 한 쪽을 찢어 버리겠다고 말했다. 공고문에는 로자네트 이름이 적혀 있었는데 이는 바트나 양의 증오를 표시한 것으로 예외적으로 혹독한 방법이었다.

그녀도 예전에는 심성이 약한 사람으로 마음 아픈 일로 심지어 베랑제에게 편지를 써 충고를 구한 일도 있을 정도였다. 그러나 세파에 시달려 그녀 성격도 격해졌다. 차례차례 피아노 레슨을 하기도 하고 값싼 정식을 감독하기도 했으며 패션지에 참여하거나 세낸 아파트에 다시 세를 주고 화류계 여자들에게 레이스를 팔기도 했는데, 그러면서 아르누를 비롯한 많은 사람들에게 도움을 주었다. 그 전에는 상사에서 일을 하기도 했다.

거기서 바트나는 여공들 임금을 계산하는 일을 맡았다. 각 여공들 앞으로 두 개 장부가 있었는데 그중 하나는 항상 그녀 수중에 있었다. 일을 도와준다는 호의로 오르탕스 바슬랭이라는 여공 장부를 정리해 주던 뒤사르디에가 어느 날 출납구에 갔을 때 바트나 양이 마침 이 여공의 임금 계산서를 가지고 와서 회계원에게 1682프랑을 받아 가려고 했다. 그런데 그 전날 뒤사르디에가 브라슬랭 장부에 기재한 금액은 1082프랑뿐이었다. 그는 거기서 핑계를 둘러대고 장부를 돌려받았다. 그러고는 이 착복 건을 은폐해 주려고 장부를 잃어버렸다고 말했다. 여공은 순진하게 이 거짓말을 그대로 바트나 양에게 전했다. 바트나 양은 일의 진상을 알아내려고 무관심한 표정을 지으며 이 착한 회사원에게 이야기를 꺼냈다. 그는 "태워 버렸다."라고만 했을 뿐 다른 말은 하지 않았다. 그 후 얼마 안 있어 그녀는 상사를 떠났는데 뒤사르디에가 장부를 태우지 않은 채 가지고 있을 거라고 생각했다.

그가 부상 당했다는 소식을 듣고 장부를 되찾을 생각으로 그의 집에 달려갔다. 그러나 구석구석 샅샅이 찾아봤지만 아무것도 발견하지 못하자 그녀는 그토록 충실하고 따뜻하며 용감하고 강한 이 젊은이에게 처음에는 존경심을 느꼈는데, 곧이어 그 감정이 사랑으로 변했다. 이 나이에 그런 행운이 찾아오리라고는 생각지도 못했다. 그녀는 이 사랑에 굶주린 듯

달려들었다. 그리고 이를 위해 문학도 사회주의도 '위안을 주
는 교리와 고결한 유토피아'도 그녀가 강의하던 여성의 탈종
속론도 델마르까지도 팽개쳤다. 마침내 그녀는 뒤사르디에에
게 청혼했다.

그녀가 자기 정부이긴 했지만 뒤사르디에는 전혀 사랑을
느끼지 못했다. 게다가 돈을 사취한 사실도 잊을 수가 없었다.
게다가 그녀는 돈이 너무 많았다. 그는 결혼을 거절했다. 그러
자 그녀는 울면서 자신이 품었던 꿈을 이야기했다. 그들 앞으
로 기성복 가게를 차리는 일이었다. 개업에 필요한 자금은 있
었고 다음 주에는 4000프랑이 더해질 예정이었다. 그러고는
라 마레샬에게 소송을 건 이야기를 했다.

뒤사르디에는 친구 때문에 이 일이 마음에 걸렸다. 그는 경
비대에서 프레데릭에게 받았던 담뱃갑, 나폴레옹 거리에서의
저녁 시간들, 좋은 얘기들, 빌렸던 책들, 프레데릭의 수많은
배려를 생각했다. 그는 바트나에게 고소를 취하하라고 사정
했다.

그녀는 로자네트에게 이해할 수 없는 증오를 드러내며 그
의 선량함을 비웃었다. 그녀가 부를 탐하는 이유도 언젠가 사
륜마차를 타고 로자네트의 기를 꺾어 놓기 위해서였다.

이토록 뿌리 깊은 비열함에 뒤사르디에는 오싹해졌다. 그
리고 경매 날짜를 확실히 알고는 집을 나왔다. 이튿날 아침부
터 그는 당황한 기색으로 프레데릭의 집에 들어갔다.

"사과할 일이 있어서요."

"무슨 일이죠?"

"저를 은혜도 모르는 자식이라고 생각하실 거예요, 난 그 여자의……." 그는 말을 더듬었다. "오! 그 여자 다시는 보지 않을 거예요, 공모자가 되고 싶지 않으니까요!" 상대가 놀란 표정으로 그를 바라보자 그는 말했다. "사흘 후에 당신 애인 가구가 경매에 붙지 않나요?"

"누가 그래요?"

"바트나가 직접 자기 입으로요! 그런데 전 당신에게 상처를 준 건 아닌지 염려가 돼서……."

"천만에요, 친구!"

"아! 정말입니까, 참 좋은 분이세요!"

그러고는 주춤거리며 그에게 작은 양피 지갑을 내밀었다.

그의 전 재산 4000프랑이었다.

"어떻게! 아! 아니! 안 돼요……!"

"당신에게 상처가 될 걸 알고 있어요." 눈물을 글썽이며 뒤사르디에가 말했다.

프레데릭은 그의 손을 잡았다. 그러나 이 착한 젊은이는 격한 어조로 말을 이었다.

"받아 주세요! 그래야 제가 마음이 놓여요! 전 완전히 절망한 상태예요! 게다가 이제 모든 게 끝장나지 않았나요? 혁명이 일어났을 때 전 모두가 행복해질 거라고 믿었어요. 생각나세요, 얼마나 멋있었는지! 얼마나 가슴이 확 트였는지! 그런데 이제 다시 최악의 상태로 돌아왔어요."

그러고는 방바닥을 그대로 한참 바라본 다음 말을 이었다.

"이제 그들은 우리 공화국을 말살하고 있어요. 로마의 공화제를 붕괴시켰듯이요! 그리고 베네치아, 폴란드, 헝가리 모두 처량한 운명입니다! 정말 끔찍해요!

먼저 자유의 나무를 찍어 내리더니 다음에는 선거권을 제한했고 클럽을 폐쇄했으며 검열을 재수립했고 교육은 사제들에게 넘겨 버렸어요. 종교 재판이 부활하는 동안 안 될 것도 없겠죠? 보수주의자들은 코사크 기병들이 우리를 해치워 버렸으면 하니까요! 사형 제도 반대를 거론하는 신문은 발행 금지를 당하고 파리는 총검으로 득실거리며 열여섯 개 도에는 계엄령이 선포된 상태예요. 그리고 특별 사면은 또다시 거부되었고요!"

그는 두 손으로 머리를 감쌌다. 그러고는 커다란 고뇌에 빠졌을 때처럼 두 팔을 벌리며 덧붙였다.

"그렇지만 애를 써 보기라도 한다면! 참된 의도가 있다면 서로 마음이 통할 수도 있을 텐데! 그런데 천만에요! 노동자도 부르주아보다 나을 게 없어요, 아시겠어요! 최근 엘뵈프에 화재가 났을 때 그들은 도와주기를 거절했어요. 한심한 작자들은 바르베스를 귀족처럼 취급해요! 민중을 조롱하려고 석공인 나도를 대통령으로 앉히려 하고요, 말이 됩니까! 그런데 방법이 없어요! 손써 볼 도리가 없어요! 모두가 우리 반대편에 서 있어요! 난 나쁜 일은 결코 한 적이 없는데, 그런데도 무언가가 위에서 내리누르는 듯 괴로워요. 이대로 계속된다면 미쳐 버리고 말 겁니다. 차라리 누군가의 손에 죽고 싶어요. 말씀드리지만 돈은 필요 없어요! 나중에 갚으세요, 그럼! 빌려 드리는 걸로 하죠."

프레데릭은 돈이 필요한 상황이라 결국 4000프랑을 받고 말았다. 이렇게 해서 바트나와의 일은 해결되었다.

그러나 얼마 안 있어 아르누를 상대로 소송에 진 로자네트는 고집을 부려 항소하겠다고 했다.

델로리에는 그녀에게 아르누의 약속은 증여도 정당한 양도도 성립하지 못한다는 사실을 지치도록 설명했다. 법이 부당하다며 그녀는 그의 말은 듣지도 않았다. 자신이 여자라고 남자들이 자기들끼리 상부상조한다는 것이었다! 그래도 마지막엔 그의 충고를 따랐다.

델로리에는 프레데릭 집에 오면서 전혀 허물없이 몇 번이나 세네칼을 저녁 식사에 데려왔다. 그에게 돈을 빌려 주고 단골 양복점에서 옷까지 맞춰 주었는데 이렇게 무례하게 행동하는 것이 프레데릭은 마음에 들지 않았다. 변호사는 어떻게 살아가는지 알 수 없는 이 사회주의자에게 자신의 낡은 외투 몇 벌을 주었다.

한편 그는 로자네트에게 도움을 주고 싶어 했다. 어느 날 그녀가 도토 회사의 주식 열두 주를 보여 주자(아르누에게 3만 프랑 손해 배상을 청구한 회사의 것이었다.) 그가 말했다.

"뭔가 수상한데! 좋아요!"

그녀는 자기 채권을 돌려받기 위해 아르누를 소환할 권리가 있었다. 먼저 아르누가 회사의 전 부채를 연대 책임자로서 지불하려 했다는 사실을 증명해야 했다. 개인 부채를 회사 부채로 신고해 몇 개 어음을 회사 이름으로 돌렸기 때문이다.

"이걸로 상법 586조와 587조에 의거해 그에게는 위장 파산

죄가 성립됩니다. 그자를 확실히 감옥에 넣을 수 있습니다."

로자네트는 그의 목에 매달렸다. 이튿날 그는 노장에 일이 있어 자신이 소송을 맡을 수 없다며 그녀에게 그의 옛 고용주를 소개해 주었다. 급한 일이 있으면 세네칼이 그에게 편지를 쓸 거라고 했다.

사무소 매입 문제로 협상을 하러 간다는 말은 핑계였다. 그는 로크 씨 집에서 대부분 시간을 보냈는데 우선 친구 칭찬을 시작으로 친구의 말투와 거동까지도 흉내를 냈다. 이렇게 그는 루이즈의 신임을 얻어 냈고 또 한편으로는 르드뤼 롤랭에게 비난을 퍼부음으로써 그녀 아버지의 신임을 얻어 냈다.

프레데릭이 돌아오지 않는 이유는 상류 사회에 출입하기 때문이라고 그는 말했다. 차츰차츰 델로리에는 그들에게 프레데릭이 누군가를 사랑하고 있으며 아이가 하나 있으며 한 여자를 부양하고 있다고 알려 주었다.

루이즈의 절망은 엄청났고 모로 부인의 분개도 그에 못지 않았다. 그녀는 아들이 막연한 심연 속으로 소용돌이쳐 가는 것을 보고 체면에 대한 믿음에 상처 받아 자신이 불명예를 얻은 느낌이었고 어느 날 갑자기 표정이 변했다. 프레데릭에 대해 물으면 그녀는 빈정거리는 태도로 대답했다.

"잘 있어요, 아주 잘 있어요."

그녀는 아들이 당브뢰즈 부인과 결혼한다는 사실을 알았다.

결혼 날짜가 정해졌다. 이제 그는 이 사실을 어떻게 로자네트에게 이해시킬 수 있을까 궁리했다.

가을이 반쯤 지났을 때 그녀는 도토 회사 소송에서 이겼다.

프레데릭은 이 사실을 방청석에서 나온 세네칼과 집 문 앞에서 마주치면서 알게 되었다.

아르누 씨가 모든 사기 사건의 공모자라는 사실이 인정되었다. 전 과외 교사가 이 일로 너무도 기뻐하는 기색이었는데 프레데릭은 로자네트에게는 자기가 소식을 전하겠다면서 그를 막았다. 그는 성난 얼굴로 그녀 집에 들어갔다.

"자, 이제 만족하겠네!"

그러나 이 말은 듣지도 않고 그녀는 말했다.

"애 좀 봐!"

그녀는 난로 옆 요람에 눕혀진 아이를 가리켰다. 아침에 유모 집에서 아이가 너무도 아파 파리로 데려왔다.

아이는 팔다리가 몹시 여위고 입술은 흰 반점으로 덮여 있었는데 입 안에 마치 우유가 응고되어 있는 것처럼 보였다.

"의사는 뭐라고 해?"

"아! 의사! 여행 때문에 더 악화됐다는데 생각이 안 나는데 이름이 뭐더라…… 그래, 아구창이래. 이 병에 대해 알아?"

프레데릭은 즉시 대답했다. "물론이지." 그리고 별로 대단한 병은 아니라고 덧붙였다.

그러나 밤이 되자 아이가 허약해진 모습과 마치 생명이 벌써 이 가련한 작은 육체를 떠나가면서 풀이 자라나는 물질만을 남겨 놓은 듯 곰팡이 같은 희끄무레한 반점들이 더 퍼져 나가는 것을 보자 그는 겁이 났다. 아이의 두 손은 차가웠고 이제 더 이상 마시지도 못했다. 그리고 문지기가 어느 사무실에서 우연히 데려온 새 유모가 되풀이했다.

"몹시 아픈가 봐요, 몹시요."

로자네트는 밤새 서 있었다.

아침에 그녀는 프레데릭을 부르러 갔다.

"와서 봐. 더 이상 움직이지 않아."

사실 아이는 죽어 있었다. 그녀는 아이를 안아 흔들었다. 온 갖 다정한 이름으로 부르며 아이를 껴안고 입맞춤과 오열을 아이에게 퍼부으며 정신 나간 듯 빙빙 돌고 머리를 쥐어뜯으며 소리 질렀다. 그리고 긴 의자 언저리에 주저앉아 입을 벌린 채 한곳만을 뚫어지게 바라보며 끝없이 눈물을 흘렸다. 그리고 그녀가 탈진 상태에 빠지자 방 안이 고요해졌다. 가구들이 넘어져 있었다. 냅킨이 두세 장 뒹굴어 다녔다. 6시 종이 울렸다. 야등이 꺼졌다.

이 모든 광경을 보면서 프레데릭은 거의 꿈을 꾸는 느낌이었다. 가슴이 불안으로 조여 왔다. 이 죽음은 시작일 뿐이고 그 뒤에 곧 다가올 더 큰 불행이 있는 것만 같았다.

갑자기 로자네트가 다정한 목소리로 말했다.

"우리 아이를 보존할 거지?"

그녀는 아이를 미라로 만들고 싶어 했다. 여러 가지 이유로 그건 힘든 일이었다. 이렇게 어린아이에게 그런 일은 실현 불가능했다. 초상화가 나을 것이었다. 그녀는 이 생각에 동의했다. 그는 펠르랭에게 편지를 썼고 델핀이 편지를 전하러 갔다.

펠르랭은 즉시 도착했다. 이러한 열성으로 과거 행동을 만회하기 위해서였다. 그는 먼저 말했다.

"가엾은 아기! 아! 세상에, 이런 불행이!"

그러나 점점 (그 안의 예술가가 고개를 들면서) 이런 흑갈색 눈과 창백한 얼굴로는 아무것도 할 수 없다고 말했다. 이것은 그야말로 정물이었다. 대단한 재능이 필요했다. 그러고는 중얼거렸다.

"아! 쉽지 않아! 쉽지 않아!"

"비슷하기만 하면 되는데." 로자네트가 말했다.

"아! 난 유사함 같은 것에는 신경 안 써요! 사실주의는 저리 가랍니다! 정신을 그리는 거죠! 제게 맡기세요! 어떻게 해야 할지 생각해 볼 테니까."

그는 왼손으로 이마를 짚고 팔꿈치는 오른손으로 받친 채 생각에 잠겼다. 그러고는 갑자기 말했다.

"아! 생각났어요! 파스텔 그림이 좋겠어요! 색채를 반농담으로 해서 엷게 바르면 윤곽만은 도톰하게 할 수 있어요."

그는 하녀에게 화구 상자를 가져오게 했다. 그런 다음 의자 하나는 발밑에 또 하나는 옆에 두고 마치 재능에 따라 그리는 것처럼 침착하게 대강의 윤곽선을 그리기 시작했다. 그는 코레조의 어린 성 요한, 벨라스케스의 로즈 왕녀, 레이놀즈의 우윳빛 살결, 로렌스의 기품 특히 글로우어 부인 무릎에 앉은 머리 긴 어린아이를 칭찬했다.

"게다가 이런 어린애들만큼 예쁜 게 세상에 또 있을까요! 숭고함의 전형(라파엘로가 그의 여러 성모 마리아에서 보여 줬죠.)은 어쩌면 아이를 안고 있는 어머니 모습일지도 몰라요!"

로자네트는 슬픔이 복받쳐 나갔다. 그러자 펠르랭이 즉시 말했다.

"그런데 아르누……! 어떻게 됐는지 알아요?"

"아니요! 무슨 일인데요?"

"그렇게 끝날 수밖에 없었지, 하긴!"

"무슨 일이에요, 대체?"

"그 사람 지금쯤 아마…… 잠깐만요……!"

화가는 시체 머리를 들어 올리려고 일어섰다.

"그래서요……." 프레데릭이 말을 이었다.

그러자 펠르랭은 길이를 좀 더 잘 재려고 눈을 깜빡이며 말했다.

"우리 친구 아르누는 지금쯤 감옥에 들어가 있을 거라는 얘기예요!"

그러고는 만족한 어조로 말했다.

"좀 보세요! 이러면 어때요?"

"예, 아주 좋아요! 그런데 아르누는요?"

펠르랭은 파스텔을 내려놓았다.

"내가 아는 바로는 그 친구 미뇨라는 르쟁바르 친구한테 소송당한 상태예요, 르쟁바르 그 사람 머리 좋잖아요? 바보 같으니라고! 글쎄 언젠가……."

"아! 르쟁바르 얘길 하는 게 아니잖아요!"

"참 그렇지. 그러니까 어제저녁 아르누 그 친구 꼭 1만 2000프랑을 구했어야 했는데, 그렇지 않으면 파산이라나."

"오! 과장된 이야기겠죠." 프레데릭이 말했다.

"전혀 그렇지 않아요! 심각해 보이던데, 아주 심각해 보였어요!"

그때 로자네트가 화장한 것처럼 눈꺼풀 밑이 붉어져서 다시 들어왔다. 그녀는 화폭 옆에 서서 바라보았다. 펠르랭은 그녀가 있어 입을 다문다는 신호를 했다. 그러나 프레데릭은 그런 데는 아랑곳없이 말했다.

"그런데 믿어지지가 않아요……."

화가가 말했다. "다시 말하지만 어제 그 친구 만났어요. 저녁 7시에 자콥 거리에서요. 만일의 경우에 대비해서 여권까지 준비해 두었던데요. 온 가족이 르아브르에서 배를 탈 수도 있다고 얘기하던데."

"뭐라고요! 부인도요?"

"당연하죠! 혼자 살기에는 너무도 좋은 아버지니까."

"확실해요……?"

"물론이죠! 그 친구가 어디에 가서 1만 2000프랑을 구하겠어요?"

프레데릭은 두세 번 방 안을 돌았다. 그는 숨을 헐떡이고 입술을 깨물더니 모자를 집어 들었다.

"어디 가는 거야?" 로자네트가 물었다.

그는 대답도 없이 사라졌다.

5

1만 2000프랑을 찾아내야 했다. 그렇지 않으면 다시는 아르누 부인을 볼 수 없을 것이었다. 지금까지는 꺾이지 않는 희망이 그에게 남아 있었다. 그녀는 그에게 마음의 본질, 인생의 근본과도 같은 존재가 아니었던가? 그는 몇 분 동안 고뇌에 시달리면서도 더 이상 로자네트의 집에 있지 않다는 사실에 한시름 놓으며 길 위에서 비틀거렸다.

어디서 돈을 구할 것인가? 대가를 치르더라도 그 돈을 당장 구하는 것이 얼마나 어려운 일인지 프레데릭 자신도 잘 알았다. 단 한 사람, 그를 도와줄 수 있는 사람은 당브뢰즈 부인이었다. 그녀는 항상 책상 서랍 속에 지폐 뭉치를 넣어 두고 있었다. 그는 그녀 집에 갔다. 그리고 대담한 어조로 물었다.

"1만 2000프랑 빌려 줄 수 있어?"

"뭐 하려고?"

그건 비밀이었다. 그녀는 알고 싶어 했다. 그는 양보하지 않았다. 둘 다 고집을 피웠다. 마침내 그녀가 이유를 알기 전에는 한 푼도 줄 수 없다고 말했다. 프레데릭은 얼굴이 새빨개졌다. 그의 친구 하나가 돈을 훔쳤는데 오늘 중으로 돈을 갚아야만 했다.

"이름이 뭐지? 이름? 어서, 그 사람 이름?"

"뒤사르디에!"

그러자 그는 아무 말도 하지 말아 달라고 간청하며 그녀 무릎 앞에 몸을 던졌다.

당브뢰즈 부인이 말했다. "나를 어떤 여자로 보는 거야. 당신이 죄인인 줄 알겠어. 그런 비탄에 잠긴 얼굴 그만해! 자, 돈 여기 있어! 그리고 그 사람 일 잘 해결하길 바라!"

그는 아르누 집으로 달려갔다. 그는 가게에 없었다. 그러나 가지고 있던 집 두 채 중 예전처럼 여전히 파라디 거리에 살고 있었다.

파라디 거리에 이르자 문지기가 아르누 씨는 전날부터 집에 없다고 잘라 말했다. 부인에 대해서는 감히 아무 말도 하지 못했다. 프레데릭은 계단을 쏜살같이 올라가 열쇠 구멍에 귀를 댔다. 마침내 문이 열렸다. 부인은 주인과 외출하고 없었다. 하녀도 그들이 언제 돌아올지는 알 수 없었다. 자기 월급이 지불되어 막 떠나려는 참이었다.

갑자기 문이 삐걱거리는 소리가 들렸다.

"그런데 누가 있는데요?"

"오, 아니에요! 바람이에요!"

그러자 그는 돌아서 나왔다. 어쨌든 이렇게 갑자기 사라졌다는 사실이 무언가 석연치 않았다.

르쟁바르는 미뇨의 친구니까 혹시 뭔가 말해 줄 수 있지 않을까? 프레데릭은 몽마르트르의 앙프뢰르 거리에 있는 그의 집으로 마차를 타고 갔다.

그의 집에는 작은 정원이 있고 주위 틈새가 철판으로 메워진 쇠 울타리가 쳐져 있었다. 삼단 현관 계단이 집의 하얀 정면을 돋보이게 했다. 보도를 지나치자 1층에 두 방이 보였는데 하나는 가구 위에 온통 옷이 널려 있는 응접실이었고 또 하나는 르쟁바르 부인 아래에서 재봉사들이 일하는 작업실이었다.

모든 재봉사들은 집주인이 대단한 일을 하고 높은 사람들과 교류하는 비범한 사람이라 생각했다. 르쟁바르가 테가 둘린 모자를 쓰고 심각해 보이는 길쭉한 얼굴로, 초록색 코트를 입고 지나가면 그녀들은 하던 일을 멈추었다. 게다가 그는 항상 몇 마디 격려하는 말이나 점잖게 인사 건네는 것을 잊지 않았다. 그래서 나중 가정생활에 있어서도 그를 이상형으로 품었기 때문에 자신들은 불행하다고 생각했다.

그러나 어느 누구도 르쟁바르 부인만큼 그를 사랑하는 사람은 없었는데 작고 총명한 이 부인은 일을 해서 남편을 부양하고 있었다.

모로 씨가 자기 이름을 알리자마자 하인들에게서 그와 당브뢰즈 부인과의 관계를 들어 알았기 때문에 그녀는 급히 그를 맞으러 나왔다. 남편은 "방금 돌아온 참"이었다. 프레데릭은 그녀를 뒤따라가며 잘 꾸며진 집 안과 수많은 방수 가공 천들을 보고 감탄했다. 그는 시투아앵이 사색할 때면 들어가 앉는 서재에서 몇 분 기다렸다.

그는 평소보다 덜 무뚝뚝한 태도로 그를 맞았다.

그는 아르누 이야기를 해 주었다. 전 도자기 장수는 애국자이며《시에클》주식 일백 주를 가진 미뇨에게 민주적 차원에서 신문 경영과 편집을 바꿔야 한다며 그를 감언이설로 꾀어냈다. 그리고 다음 주주 총회에서 자기 의견을 관철하겠다는 핑계로 그에게 오십 주를 요구했는데 이를 투표에서 그를 지지할 만한 친구들에게 넘기겠다는 것이었다. 미뇨는 어떤 책임도 지지 않을 것이고 누구와도 문제가 될 일은 없었다. 그러고는 이 일이 성공하면 적어도 5000~6000프랑은 벌 수 있는 좋은 관리직을 얻게 해 주겠다고 했다. 주식이 넘겨졌다. 그러나 아르누는 즉시 주식을 팔았다. 그리고 이 돈으로 종교용품상과 연합했다. 미뇨는 주식을 돌려 달라고 요구했지만 아르누는 차일피일 미뤘다. 마침내 애국자는 주식이나 그에 상응하는 금액 5만 프랑을 돌려주지 않으면 사기죄로 그를 고소하겠다고 위협했다.

프레데릭은 절망한 기색이었다.

시투아앵이 말했다. "그뿐만이 아니야. 사람 좋은 미뇨가 사 분의 일만 주면 참겠다고 했소. 상대는 또 이러저런 약속을 했지만 물론 다 말도 안 되는 헛소리였지. 요컨대 그저께 아침 미뇨가 스물네 시간 내에 잔금은 상관없이 1만 2000프랑을 갚으라고 통고한 거요."

"그런데 나에게 지금 그 돈이 있어요!" 프레데릭이 말했다.

시투아앵은 천천히 고개를 돌렸다.

"농담이죠!"

"아니요! 내 주머니에 있어요. 돈을 가져왔어요."

"급하기도 해라! 빌어먹을! 게다가 너무 늦었어요. 고소는 이미 처리된 상태고 아르누는 떠났으니까."

"혼자서요?"

"아니요! 부인하고. 르아브르 역에서 누가 그 사람들 봤다던데."

프레데릭은 놀라울 만큼 창백해졌다. 르쟁바르 부인은 그가 기절하지 않을까 생각했다. 그는 정신을 추스르고 나서 앞날에 대해 두세 가지 질문을 하기까지 했다. 르쟁바르는 이 모든 게 민주주의에 해가 된다며 서글퍼했다. 아르누는 항상 품행이 어지럽고 무질서한 사람이었다.

"정말 경솔한 사람이야! 돈을 물 쓰듯 하고! 여자 때문에 정신 못 차리고! 불쌍한 건 그 친구가 아니라 그 부인이죠!" 시투아앵은 정숙한 여자들을 존경했기에 아르누 부인에게 커다란 존경심을 품고 있었다. "부인이 무척 힘들 거야!"

프레데릭은 이러한 동정심에 고마운 마음이 들었다. 그리고 마치 자신이 도움을 받은 것처럼 힘을 주어 악수했다.

"용무는 다 봤어?" 그를 보자 로자네트가 말했다.

용기가 없어 마음을 달래려고 여기저기 거닐다가 왔다고 그가 대답했다.

8시에 그들은 식탁에 자리를 잡았다. 그러나 두 사람은 마주한 채 서로 말이 없었고 이따금 긴 한숨을 내쉬다가 요리는 그대로 물렀다. 프레데릭은 화주를 마셨다. 그는 극도로 피로한 것 빼고는 아무런 의식도 없었으며 자신이 상처 입고 짓밟혀서 완전히 지쳤다고 느꼈다.

그녀는 초상화를 가지러 갔다. 빨강, 노랑, 초록, 남색이 강렬한 색조를 이루며 얼기설기 칠해져 있었는데 추하고 거의 형편없는 모양새가 되어 있었다.

게다가 죽은 아이도 이제 알아보기 힘들 만큼 변해 있었다. 보랏빛이 된 입술 때문에 피부가 더욱 하얗게 보였다. 콧구멍은 더욱 얇아지고 눈은 더 심하게 팼다. 머리는 파란 호박단 베개 위 동백꽃과 가을 장미, 제비꽃 사이에 놓여 있었다. 그건 하녀의 생각이었다. 그녀들 둘이 이렇듯 경건하게 장식한 것이었다. 레이스 덮개로 덮인 벽난로 위에는 도금한 은촛대가 서로 멀리 놓여 있고 그 사이에 축성된 회양목 다발이 놓여 있었다. 구석에 놓인 두 그릇에서는 터키 향이 피어올랐다. 이 모든 게 요람과 더불어 임시 제단처럼 보였다. 프레데릭은 당브뢰즈 씨 옆에서 밤샘하던 기억이 났다.

로자네트는 아이를 바라보려고 거의 십오 분마다 커튼을 젖혔다. 그녀는 몇 달 후면 걷기 시작할 아이 모습, 그리고 중학교 교정에서 술래잡기하는 모습, 그다음에는 스무 살 청년이 된 모습을 그려 보았다. 그녀가 만들어 낸 이 모든 영상들은 극도의 고통으로 모성애가 가중되면서 마치 그녀가 잃어버린 아들들처럼 생각되었다.

프레데릭은 또 다른 소파에 꿈쩍하지 않고 앉아 아르누 부인을 생각했다.

그녀는 지금 기차를 타고 차창으로 얼굴을 돌린 채 자기 뒤로 파리에서 멀어져 가는 시골 들판을 바라보고 있거나 처음 만났을 때처럼 증기선 갑판 위에 있을지도 몰랐다. 그러나 이 배는 그녀가 다시는 돌아오지 못할 곳을 향해 가고 있었다. 그러자 트렁크는 바닥에 뒹굴고 누더기가 된 벽지에 문은 바람에 덜컹거리는 여관방에 있는 그녀 모습이 보였다. 그런 다음에는? 그녀는 어떻게 될까? 어쩌면 초등학교 교사. 간호사, 하녀? 그녀는 가난이 부를 온갖 우연에 맡겨져 있었다. 그녀의 운명이 어찌될지 모른다는 사실이 그를 고통스럽게 했다. 그녀가 도망치는 걸 막든지 그녀 뒤를 따라갔어야 했다. 그녀의 진정한 남편은 자신이 아니었던가? 그녀를 다시는 보지 못할 것이며 이렇게 끝나 버렸고 더 이상 돌이킬 수 없다고 생각하자 그는 자신의 존재가 찢어지는 것만 같았다. 아침부터 참았던 눈물이 터져 나왔다.

로자네트가 그 모습을 보았다.

"아! 당신도 나처럼 울고 있어! 슬픈 거야?"

"그래! 그래! 슬퍼……!"

그는 그녀를 끌어안고 두 사람은 포옹한 채 흐느껴 울었다.

당브뢰즈 부인도 침대에 엎드려 두 손에 얼굴을 파묻은 채 울었다.

저녁에 상복 이후 처음 입을 옷을 올랭프 르쟁바르 부인이 가봉하러 왔다가 프레데릭이 집에 찾아왔더라는 것과 그가 아르누에게 줄 1만 2000프랑을 가지고 있었다는 얘기를 했다.

그러니까 그 돈, 자기 돈은 다른 여자가 떠나가는 걸 막기 위한 것, 정부를 붙들어 두기 위한 것이었다!

맨 처음 그녀는 화가 머리끝까지 치밀었다. 그리고 하인처럼 그를 내쫓아 버리기로 결심했다. 실컷 울고 나자 마음이 가라앉았다. 모든 것을 덮어 두고 아무 말도 하지 않는 편이 나을 거라는 생각이 들었다.

이튿날 프레데릭은 1만 2000프랑을 도로 가져왔다.

그녀는 친구를 위해 필요할지도 모르니 가지고 있으라고 간청한 다음 그 친구에 대해 이것저것 물어보았다. 도대체 누구 때문에 그렇게 돈을 사취하게 되었을까? 틀림없이 여자 때문이겠지! 여자를 위해서 남자들은 온갖 범죄를 저지르니까.

이렇게 빈정대는 말투에 프레데릭은 당황했다. 그는 친구를 중상한 사실에 커다란 회한을 느꼈다. 안심되는 것은 당브뢰즈 부인이 사실을 알 리가 없다는 점이었다.

그러나 그녀는 집요했다. 다음다음 날 그녀는 그 친구에 대해 또다시 물은 다음 또 다른 친구 델로리에에 대해 물었다.

"믿을 만하고 영리한 사람이야?"

프레데릭은 그의 자랑을 늘어놓았다.

"언제 오전 중에 집에 들러 달라고 말해 줘. 일 때문에 물어볼 게 있어서."

그녀는 서류 뭉치 속에서 명백히 지불 거절된 아르누의 수표 몇 장을 찾아냈다. 그 위에는 아르누 부인의 서명이 있었다. 언젠가 이 수표 때문에 프레데릭이 아침 식사 중인 당브뢰즈 씨를 한번 찾아왔더랬다. 은행가는 소송을 걸어 돈을 회수하려고 하지는 않았지만 상업 재판소로 하여금 아르누뿐만 아니라 그의 부인에 대해서도 파산 판결을 내리도록 해 두었다. 남편이 부인에게 알리지 않는 편이 낫다고 생각하여 아르누 부인은 그런 사실을 모르고 있었다.

좋은 무기였다! 당브뢰즈 부인은 이 사실을 의심치 않았다. 그러나 그녀의 공증인에게 얘기하면 포기하라고 충고할 수 있었다. 누군가 잘 알려지지 않은 사람이 필요했다. 그러자 그녀는 필요하면 돕고 싶다고 얘기했던 철면피한 인상의 키 큰 사내가 생각났다.

프레데릭은 순진하게 이야기를 전했다.

변호사는 그런 상류 사회 부인과 인맥이 닿는다는 생각에 기뻐했다.

그는 급히 달려왔다.

그녀는 상속 재산은 조카딸 소유라고 먼저 얘기하고 더더욱 그런 이유로 그녀가 상환할 채권을 정리하려고 하며 이것도 마르티농 부부에게 좋은 마음을 베풀고 싶어서라고 말했다.

델로리에는 이 일에 뭔가 숨겨진 의도가 있음을 알아챘다. 그는 어음을 살펴보면서 이 일을 곰곰이 생각했다. 아르누 부인 자신이 서명한 이름을 보자 그녀 모습 전체 그리고 그가 받았던 모욕이 떠올랐다. 복수할 기회가 왔는데 잡지 못할 이유가 없지 않는가?

그는 당브뢰즈 부인에게 상속 재산 중 상환이 불가능한 채권을 경매에 붙이라고 충고했다. 누군가의 이름으로 그 채권을 은밀히 사서 소송을 걸면 될 것이었다. 그는 명의를 빌려 줄 사람을 나서서 찾아오겠다고 말했다.

11월 말쯤 프레데릭은 아르누 부인 집이 있는 거리를 지나다가 창문을 향해 눈을 들었다. 그러자 문에 커다란 글씨로 게시문이 붙어 있었다.

호화 가구 경매. 부엌용품 일체, 내의류와 냅킨, 식탁보, 셔츠, 레이스, 속치마, 바지, 프랑스산과 인도산 캐시미어, 에라르 피아노, 르네상스풍 떡갈나무 장롱 둘, 베네치아 거울, 중국과 일본 도자기.

"그들 가구야!" 프레데릭은 중얼거렸다. 문지기에게 물으니 그렇다고 했다.

경매는 누가 하는지 묻자 그는 모른다고 했다. 그러나 경매인 베르텔모 씨라면 알지도 몰랐다.

이 사법 보조관은 처음에는 어떤 채권자가 경매를 걸었는지 일체 말하려 하지 않았다. 프레데릭이 우겼다. 대리인 세네칼이라는 사람이었다. 그리고 베르텔모 씨는 가지고 있던 《프티트 아피슈》를 그에게 빌려 주는 친절까지 보였다.

프레데릭은 로자네트 집에 와서 신문을 펼친 채 탁자 위에 던졌다.

"읽어 봐!"

"뭐를?" 그녀가 너무도 태연한 표정으로 말해 그는 더욱 화가 났다.

"모르는 척하지 마!"

"무슨 소린지 모르겠네."

"당신 아르누 부인 경매에 붙인 거지?"

그녀는 공고문을 다시 읽었다.

"그 여자 이름이 어디 있는데?"

"그 사람 가구야! 나보다 잘 알잖아!"

"나하고 무슨 상관이야?" 어깨를 으쓱하며 로자네트가 말했다.

"무슨 상관이냐고? 당신 복수하는 거잖아! 계속 못살게 굴었잖아! 그녀 집에까지 가서 모욕하지 않았어! 당신같이 아무보잘것없는 여자가. 가장 신성하고 아름다우며 훌륭한 여자를! 왜 그 여자를 파산시키려고 혈안이 되어 있지?"

"잘못 안 거야, 정말이야!"

"거짓말 마! 세네칼을 앞세워서 한 거잖아!"

"무슨 소리야!"

그러자 그는 분노로 휩싸였다.

"거짓말! 거짓말! 한심한 것! 그 여자 질투하는 거지! 당신 그 여자 남편한테 파산 선고를 했어! 세네칼이 이 일에 이미 관여했었잖아! 그 사람도 아르누를 싫어하니까 당신들 두 사람 증오가 죽이 잘 맞은 거지. 당신 도토 회사에 소송을 걸어 이겼을 때 그자가 기뻐하는 걸 봤어. 이런 사실을 부정할 수 있어?"

"난 맹세코……."

"오! 그 맹세, 빤한 거지!"

그리고 프레데릭은 사소한 것까지 자세하게 곁들여 그녀 남자들 이름을 들먹였다. 로자네트는 얼굴이 새하얗게 질려 뒤로 물러섰다.

"놀랍지! 눈 감고 있으니까 장님인 줄 알았나 보지. 이제 진력이 나! 당신 같은 여자가 배신했다고 죽지는 않아. 너무 흉측해지면 멀어지면 그만이야. 당신 같은 여자 벌줘 봤자 품격만 떨어지지!"

그녀는 팔을 비틀었다.

"세상에, 누가 당신을 이렇게 변하게 했을까?"

"당신이지!"

"이 모든 게 아르누 부인을 위해서……!" 울면서 로자네트가 소리쳤다.

그는 냉정하게 말을 이었다.

"내가 사랑한 사람은 그 여자뿐이었어."

이런 모욕에 그녀는 눈물을 멈추었다.

"참 취미도 좋아! 나이는 많고 피부는 감초색이며 몸은 퉁퉁하고 눈은 지하실 환기창처럼 크며 휑하고! 그렇게 좋으면 그 여자한테 가!"

"바로 내가 기다리던 거야! 고마워!"

로자네트는 평소 같지 않은 이러한 태도에 놀라 꿈쩍하지 못했다. 그녀는 문이 닫히기까지 그대로 있었다. 그러고는 쏜살같이 달려가 대기실에서 팔로 그를 끌어안으며 붙잡았다.

"당신 정말 미쳤어! 미쳤어! 말도 안 돼! 사랑해." 그녀는 애원했다. "제발, 아이를 생각해서라도!"

"당신이 한 일이라고 말해!" 프레데릭이 말했다.

그녀는 또 한 번 자신은 무고하다고 항의했다.

"그럼, 잘 있어! 그리고 이게 마지막이야!"

"내 말 들어 봐."

프레데릭은 돌아섰다.

"나를 잘 안다면 내 결심을 되돌릴 수 없다는 것도 잘 알 거야!"

"아! 아! 다시 돌아오게 될 거야!"

"천만에!"

그리고 그는 문을 거칠게 꽝 닫았다.

로자네트는 델로리에에게 편지를 써 당장 만나고 싶다고 전했다.

그는 닷새 후 어느 저녁에 도착했다. 그녀가 그들이 헤어졌다는 얘기를 하자 그가 말했다.

"겨우 그 일로! 대단한 불행입니다!"

그녀는 처음에 그가 프레데릭을 다시 데려올 수 있으리라 생각했다. 그러나 이제 모든 것이 끝났다. 그녀는 그의 집 문지기에게서 그가 당브뢰즈 부인과 곧 결혼한다는 사실을 들었다.

델로리에는 그녀에게 설교했는데, 이상하리만큼 쾌활하고 익살스러워 보였다. 그러고는 시간이 너무 늦었으니 소파 위에서 하룻밤 재워 달라고 부탁했다. 그리고 다음 날 아침 그녀에게 언제 다시 만날지 모르겠다고 예고한 다음 노장으로 떠났다. 가까운 시일 내에 자기 인생에 큰 변화가 있을지 모른다고 그는 얘기했다.

그가 도착한 지 두 시간 후에 노장은 야단법석이 되었다. 프레데릭이 당브뢰즈 부인과 결혼한다는 소문이 자자했다. 마침내 오제 집안의 세 아가씨들이 더 이상 참지 못하고 모로 부인 집으로 찾아갔고 부인은 자랑스럽게 이 사실을 인정했다. 로크 영감은 이 때문에 병이 났다. 루이즈는 방에 틀어박혔다. 심지어 그녀가 정신 이상이 됐다는 소문까지 돌았다.

그러나 프레데릭은 슬픔을 감출 수가 없었다. 당브뢰즈 부인은 그의 기분을 바꿔 보려는 듯 전보다 자상하게 대했다. 매일 오후 그녀는 그를 마차에 태우고 산책을 나갔다. 그리고 한번은 부르스 광장을 지나면서 재미로 경매장에 들어가 보자고 했다.

그날은 12월 1일이었는데 마침 아르누 부인의 물건이 경매되는 날이었다. 그는 날짜를 기억하고 있어서 사람도 많고 시끄러워 참을 수 없다며 싫다고 했다. 그녀는 잠깐 둘러보기만 하자고 했다. 마차가 멈췄다. 그녀를 따라갈 수밖에 없었다.

뜰에는 세면기 없는 세면대, 나무 소파, 낡은 바구니, 도자기 조각, 빈 병, 매트리스 같은 것들이 늘어져 있었다. 작업복이나 먼지로 뒤덮인 더러운 코트를 입은 얼굴 흉한 남자들, 천가방을 멘 사람들이 무리 지어 이야기를 나누거나 소란스럽게 서로 소리쳐 부르고 있었다.

프레데릭은 안으로 더 들어가기가 불편하다고 말했다.

"아! 말도 안 돼!"

그리고 그들은 층계를 올라갔다.

오른쪽 첫 번째 방에서는 일람표를 손에 든 남자들이 그림을 살펴보고 있었다. 또 다른 방에서는 중국산 무기 수집품을 팔고 있었다. 당브뢰즈 부인은 내려가고 싶어 했다. 그녀는 문 위 번호를 바라본 다음 복도 끝 사람들로 붐비는 방으로 그를 데려갔다.

그는 즉시 라르 앵뒤스트리엘의 두 진열장과 작업대, 모든 가구를 알아보았다! 방 안쪽에 크기별로 쌓인 가구들이 방바닥부터 창문까지 큰 경사를 이루었다. 방 다른 편에는 융단과 커튼이 벽을 따라 수직으로 늘어져 있었다. 그 밑 계단식 좌석에는 노인들이 앉아 졸고 있었다. 왼쪽에는 일종의 계산대가 있었고 흰 타이를 맨 경매인이 작은 망치를 가볍게 흔들고 있었다. 그 옆에서 한 젊은이가 기록을 하고 있었다. 그리고 더 아래쪽에서는 외무 사원과 외출표[60] 판매인처럼 생긴 건장한 사내가 경매물 이름을 크게 외치고 있었다. 세 청년이 이름 불린 물건을 골동품상과 여자 고물상들이 쭉 늘어 앉은 탁자 위에 갖다 놓았다. 사람들이 그 뒤에서 왔다 갔다 했다.

프레데릭이 들어갔을 때 속치마, 스카프, 손수건, 심지어 내의까지 손에서 손으로 왔다 갔다 하며 뒤집어지곤 했다. 가끔씩 누가 멀리서 던지거나 하면 하얀 물체가 갑자기 허공을 가로질러 갔다. 그다음에는 옷, 부러진 깃털 장식이 축 늘어진 그녀의 모자, 모피들 그리고 세 켤레 장화 등이 팔렸다. 그녀의 팔다리 모양이 희미하게 드러나 보이는 신성한 물건들이 이렇게 흩어져 사방으로 팔려 나가는 것은 마치 까마귀 떼가 그녀의 시체를 갈갈이 쪼아 먹는 것처럼 잔인하게 느껴졌다.

---

60) 극장에서 막간 등에 잠시 외출할 때 받는 표.

사람들 숨결로 가득 찬 실내 공기에 그는 구역질이 났다. 당브뢰즈 부인이 그에게 작은 향수병을 내밀었다. 참 재미있다고 그녀는 말했다.

침실 가구가 나왔다.

베르텔모 씨가 가격을 공표했다. 경매인이 즉시 가격을 더 큰 소리로 반복했다. 그리고 요원 세 명이 조용히 망치 두드리는 소리를 기다린 다음 물건을 옆방으로 가져갔다. 이렇게 해서 그에게 오면서 그녀의 작고 예쁜 발이 스쳐 지나갔던 동백꽃 무늬가 있는 커다란 푸른 융단, 그들이 둘만 있을 때 그가 항상 그녀와 마주 보고 앉던 작은 자수 안락의자, 그녀 손이 닿아 상아가 더욱 부드러워진 벽난로 가리개 두 개, 아직도 바늘이 꽂혀 있는 벨벳 바늘꽂이 등이 차례차례 사라졌다. 마치 그의 심장 조각조각들이 이 물건들과 함께 떨어져 나가는 것만 같았다. 그리고 단조롭게 반복되는 똑같은 목소리, 똑같은 동작에 그는 피로에 싸여 죽음과도 같은 마비 상태, 점차 해체되어 가는 느낌을 받았다.

비단옷이 스치는 소리가 들렸다. 로자네트가 그를 건드렸다.

그녀는 프레데릭에게 이 경매 일을 들어 알았다. 슬픈 마음이 가라앉자 이 기회에 이득을 보자는 생각이 들었다. 그녀는 진주 단추가 달린 하얀 비단 조끼에 주름 장식이 달린 옷을 입고 꼭 맞는 장갑을 끼고 의기양양하게 경매장에 왔다.

그는 화가 나 창백해졌다. 그녀는 그와 같이 있는 여자를 바라보았다.

당브뢰즈 부인은 그녀를 알아보았다. 그리고 일 분 동안 두 여자는 머리끝에서 발끝까지 무슨 결점이나 흠은 없는지 찾아내려고 서로 면밀히 훑어보았다. 한쪽은 어쩌면 상대의 젊음을 부러워하면서 또 한쪽은 경쟁자의 지극히 고상하며 귀족적인 단순함에 분통을 느끼며.

마침내 당브뢰즈 부인은 형언할 수 없는 거만한 미소를 지으며 고개를 돌렸다.

경매인이 피아노를 열었다. 그녀의 피아노였다! 그는 선 채로 오른손으로 음계를 쳐 본 다음 1200프랑이라고 가격을 부르고는 1000프랑, 800프랑, 700프랑으로 가격을 내렸다.

당브뢰즈 부인이 장난스러운 어조로 피아노가 고물이라고 비웃었다.

골동품상들 앞에 원형 장식에 귀퉁이와 자물쇠가 은으로 된 작은 상자가 놓였다. 그가 슈아죌 거리에서 맨 처음 만찬 때 보았고 그 이후 로자네트 집으로 갔다가 다시 아르누 부인에게 돌아온 바로 그 상자였다. 그녀와 이야기하는 도중 그의 눈길이 수없이 이 상자에 가 부딪히곤 했었다. 그에게는 가장 소중한 추억이 담긴 물건이었기 때문에 측은한 마음에 가슴이 무너져 내리는데 갑자기 당브뢰즈 부인이 말했다.

"나 저거 살 거야."

"특별한 것도 없는데." 그가 말했다.

반대로 그녀는 아주 예쁘다고 생각했다. 그러자 경매인이 물건의 정교함을 격찬했다.

"르네상스 시대의 걸작입니다! 800프랑! 거의 전체가 은으로 되어 있습니다! 백악도 조금 섞여 있어 빛이 날 겁니다!"

그녀가 사람들 사이로 헤치고 나가자 프레데릭이 말했다.

"정말 별난 생각이야!"

"화나?"

"아니! 하지만 이걸 사서 뭘 하겠어?"

"혹시 알아? 연애편지라도 들어 있는지!"

그녀의 눈빛 속에 이 말이 암시하는 바가 분명히 드러나 보였다.

"그러니까 더더욱 죽은 사람들의 비밀은 들추어 내지 말아야지."

"그 여자가 죽은 거라고는 생각하지 않는데." 그녀는 분명한 목소리로 더 높은 가격을 말했다. "880프랑!"

"당신 이러는 거 바람직하지 않아." 프레데릭이 중얼거렸다.

그녀는 웃었다.

"부인, 내가 당신에게 하는 첫 번째 부탁이지 않소."

"그러면 좋은 남편은 못 될걸요, 알아요?"

누군가 방금 값을 올렸다. 그녀는 손을 올렸다.

"900프랑!"

"900프랑!" 베르텔모 씨가 반복했다.

"900프랑 10…… 15…… 20…… 30!" 경매인은 청중을 둘러보며 단속적으로 고개를 흔들며 소리를 질렀다.

"내 아내가 지각 있는 사람이라는 걸 보여 줘." 프레데릭이 말했다.

그는 부인을 천천히 문 쪽으로 끌고 갔다.

경매인은 계속했다.

"자, 자, 여러분, 900프랑 30! 930프랑에 사실 분?"

문턱까지 와 있던 당브뢰즈 부인이 걸음을 멈추었다. 그리고 높은 목소리로 외쳤다.

"1000프랑!"

청중 사이에 일종의 전율, 침묵이 흘렀다.

"1000프랑, 여러분, 1000프랑! 반대 없습니까? 없죠? 1000프랑! 낙찰!"

상아 망치가 내려쳐졌다.

그녀는 명함을 건네고 상자를 받았다.

상자는 토시 속에 집어넣었다.

프레데릭은 가슴을 뚫고 지나가는 커다란 냉기를 느꼈다.

당브뢰즈 부인은 그의 팔을 잡고 있었다. 그리고 마차가 기다리는 거리에 이르기까지 감히 그의 얼굴을 마주하지 못했다.

그녀는 달아나는 도둑처럼 마차에 몸을 던졌다. 그리고 자리에 앉고 나서 프레데릭을 돌아보았다. 그는 모자를 벗어 손에 들고 있었다.

"안 타세요?"

"아니요, 부인!"

그리고 그녀에게 차갑게 인사를 하면서 문을 닫은 다음 마부에게 떠나라는 신호를 했다.

그는 먼저 기쁨, 다시 찾은 해방감을 느꼈다. 행운을 저버리고 아르누 부인을 위해 복수한 사실이 자랑스러웠다. 그러고는 자기 행동에 놀라워하며 끝없는 피로감에 빠져들었다.

이튿날 아침 하인이 소식을 알렸다. 계엄령이 선포되었고 의회가 해산되었으며 국회 의원 일부가 마자 감옥에 수감되었다는 것이었다. 공적인 일은 상관없을 만큼 그는 자기 일에 몰두해 있었다.

그는 거래하던 상인들에게 결혼 준비로 했던 여러 가지 주문을 취소하는 편지를 썼다. 이제 생각하니 이 결혼은 역겨운 투기처럼 생각되었다. 그는 당브뢰즈 부인이 증오스러웠다. 그녀 때문에 비열한 짓을 저지를 뻔했기 때문이다. 그는 그 때문에 라 마레샬도 잊어버리고 아르누 부인에게조차 신경 쓰지 못한 채 꿈의 파편 속에서 길을 잃고 아파하며 고통과 절망에 차서 오직 자기 자신 하나만을 생각했다. 그리고 그토록 힘들었던 가식적인 환경에 대한 증오로, 풀잎의 신선함, 시골의 휴식, 마음이 순박한 사람들과 고향 지붕 그늘 아래에서 보내는 무위의 생활을 그렸다. 수요일 저녁 마침내 그는 집에서 나왔다.

큰길에는 많은 사람들이 여기저기 떼를 지어 있었다. 가끔씩 순경이 그들을 흩어지게 했다. 흩어진 군중은 그 뒤에서 다시 모여들었다. 사람들은 제멋대로 떠들었고 군대에 농담과 모욕을 퍼붓기도 했지만 그게 전부였다.

"어쩐 일이죠! 싸우지 않는 겁니까?" 프레데릭이 한 노동자에게 말했다.

작업복 입은 남자가 그에게 대답했다.

"우린 부르주아들에게 목숨을 바칠 만큼 그렇게 어리석지 않아요! 자기들끼리 알아서 하라죠!"

그러나 한 신사가 이 노동자를 흘겨 바라보며 중얼거렸다.

"사회주의자, 불량배 같은 것들! 이번에 이것들을 전부 몰살할 수만 있다면!"

프레데릭은 그처럼 엄청난 원한과 어리석음을 도저히 이해할 수 없었다. 파리에 대한 증오심이 한층 더해졌다. 다음다음 날 그는 첫차를 타고 노장으로 떠났다.

곧이어 집들이 사라지고 시골 풍경이 펼쳐졌다. 홀로 객차에서 다리를 좌석 위에 걸친 채 그는 최근에 일어났던 일들, 그의 모든 과거를 돌아보았다. 루이즈가 생각났다.

'그녀는 나를 사랑했었지, 그녀는! 그 행복을 붙잡지 않은 건 내 잘못이었어…… 할 수 없지! 그 생각은 더 이상 말자!'

그러고는 오 분 후에 고쳐 생각했다.

'누가 알아, 그런데……? 나중에라도 안 될 건 없지?'

그의 몽상은 자신의 두 눈처럼 머나먼 지평선 너머로 뻗어 나갔다.

'그녀는 순진했지, 시골 처녀. 거의 야생적이었어. 그래도 그토록 착했는데!'

노장이 가까워질수록 그녀도 그에게 다가왔다. 수르됭 초원을 지날 때 그는 옛날처럼 포플러 밑 물웅덩이 근처에서 꼴을 베는 그녀의 모습을 본 듯했다. 차가 멈췄다. 그는 내렸다.

그는 섬과 햇빛 좋은 날 그들이 함께 산책했던 정원을 다시 보기 위해 다리 위에서 팔꿈치를 괴었다. 그러고는 여행과 시골 공기에서 오는 현기증, 최근 마음의 동요로 쇠약해져서 생긴 일종의 흥분 상태에 빠져 생각했다.

'그녀는 아마 밖에 나와 있을지도 몰라. 그녀를 만나러 가

는 건 어떨까!'

생로랑 교회 종이 울렸다. 교회 앞 광장에는 가난한 사람들이 모여 있었고 이 고장의 유일한 사륜마차(결혼식 때 쓰이는)도 있었다. 그때 갑자기 교회 정문에 우수수 쏟아져 나온 하얀 타이를 맨 부르주아들 사이로 신혼부부 한 쌍이 나타났다.

그는 환각이 아닌가 했다. 천만에! 그녀였다, 붉은 머리끝에서 발끝까지 내려오는 하얀 면사포를 쓴 루이즈였다! 그리고 그였다. 은사로 수놓은 푸른 옷, 지사 차림인 델로리에였다. 도대체 어쩌다?

프레데릭은 집 모퉁이에 숨어, 지나가는 행렬을 지켜보았다.

수치심과 패배감에 부서질 대로 부서진 그는 기차역으로 되돌아가 파리로 돌아왔다.

삯마차 마부가 샤토 도에서 짐나즈까지 바리케이드가 쳐져 있다면서 생마르탱 거리 쪽으로 돌아갔다. 프로방스 거리 모퉁이에서 프레데릭은 큰길로 가려고 마차에서 내렸다.

5시였다. 가랑비가 내리고 있었다. 부르주아들이 오페라 극장 쪽 길을 메우고 있었다. 맞은편 집들은 모두 문이 닫혀 있었다. 창가에도 사람이 보이지 않았다. 큰길을 가득 메운 용기병들이 말 위에 몸을 굽히고 칼을 빼어 든 채 전속력으로 달리고 있었다. 투구에 달린 깃털과 등 뒤로 나부끼는 커다란 흰 외투가 안개 속에서 흔들거리는 가스등 불빛을 스치고 지나갔다. 군중은 공포에 싸여 말없이 그들을 바라보았다.

용기병이 공격하는 사이사이 경찰 분대가 군중을 작은 길로 내몰기 위해 나타나곤 했다.

그런데 토르토니 정문 계단 위에 있는 남자는 뒤사르디에로, 키가 커서 멀리서도 눈에 띄었는데 여인상 기둥처럼 꼼짝하지 않고 있었다.

삼각모를 쓰고 맨 앞에서 걷던 경관들 중 한 명이 그를 칼로 위협했다.

그러자 상대는 한 발자국 앞으로 나아가 외치기 시작했다.

"공화국 만세!"

그는 가슴에 두 팔을 십자가로 포갠 채 그대로 등을 대고 쓰러졌다.

공포의 비명이 군중 속에서 일었다. 경찰관은 눈으로 주위를 한 바퀴 살폈다. 프레데릭은 놀라 입을 벌린 채 그 경관이 세네칼임을 알아보았다.

6

그는 여행을 떠났다.

여객선에서의 우울함, 차가운 텐트 속 아침, 풍경과 폐허 앞에서의 당혹감, 끊겨진 친밀감의 쓸쓸함을 알았다.

그는 돌아왔다.

사교계를 드나들고 또 다른 사랑을 했다. 그러나 첫사랑의 끊임없는 추억이 다른 사랑을 덧없게 했다. 그리고 욕망의 격렬함도 감각의 예민함도 수그러들었다. 지적인 야망 역시 점점 빛을 잃었다. 세월이 흘렀다. 그러자 지성도 나태해지고 마음도 활력을 잃었다.

1867년 3월 말 해질 무렵 그가 서재에 혼자 있으려니 한 여인이 들어왔다.

"아르누 부인!"

"프레데릭!"

그녀는 그의 손을 잡고 조용히 창가로 데리고 가서 자세히 살펴보며 되뇌었다.

"그 사람이야! 바로 그 사람!"

황혼 무렵 어스름한 빛 속에서 얼굴을 가린 검은 레이스 베일 사이로 그녀의 두 눈만이 보였다.

벽난로 가에 작은 검붉은 벨벳 지갑을 놓은 다음 그녀는 앉았다. 두 사람은 서로 말을 꺼내지 못하고 미소만 짓고 있었다. 마침내 그는 그녀와 남편에 대해 이런저런 질문을 했다.

그들은 검소하게 살며 빚을 갚기 위해 브르타뉴 지방의 외진 곳에서 살고 있었다. 거의 항상 몸이 아픈 아르누는 이제 노인처럼 보였다. 딸은 보르도로 시집갔고 아들은 모스타가넴 주둔 부대에 있었다. 이런 이야기를 한 다음 그녀는 머리를 들었다.

"그런데 당신을 다시 만나다니! 기뻐요!"

그는 파산 소식을 듣고 그들 집에 달려갔더라는 얘기를 잊지 않고 했다.

"알고 있었어요!"

"뭐라고요?"

뜰에서 그의 모습이 보이자 그녀는 숨어 버렸더랬다.

"왜였죠?"

그러자 사이사이 말을 잇지 못하며 떨리는 목소리로 말했다.

"두려웠어요! 그래요…… 당신이…… 내 자신이!"

이 사실에 그는 마치 관능적 기쁨에 사로잡힌 듯 가슴이 마구 뛰었다. 그녀는 계속했다.

"더 일찍 오지 못해 미안해요." 그리고 금색 야자나무가 수놓아진 석류석빛 지갑을 가리키며 말했다. "당신에게 주려고 일부러 수놓은 거예요. 벨빌에 있는 땅을 담보로 빌린 돈이 들어 있어요."

프레데릭은 이렇게까지 할 필요는 없었다고 나무라며 선물에 감사했다.

"아니요! 이것 때문에 온 건 아니에요! 꼭 한 번 찾아오고 싶었어요, 그러고는 돌아가야죠…… 거기로."

그러자 그녀는 자기가 사는 곳을 이야기했다.

나지막한 이층집으로, 정원에는 거대한 회양목이 가득 심어져 있고 밤나무 가로수 두 줄이 언덕 위까지 뻗어 있는데 그곳에서 바다가 보였다.

"거기에 내가 프레데릭이라고 이름 지은 벤치에 앉으러 가곤 해요."

그런 다음 그녀는 가구며 골동품, 액자 등을 기억 속에 담아 가려는 듯 살살이 바라보기 시작했다. 라 마레샬의 초상화는 커튼에 반쯤 가려져 있었다. 그러나 금색과 흰색이 어둠 속에 선명하게 떠올라 그녀의 눈길을 끌었다.

"이 여자 내가 아는 사람 같은데요?"

"그럴 리 없어요!" 프레데릭이 말했다. "옛 이탈리아 그림인데요."

그녀는 그의 팔을 끼고 거리를 한 바퀴 돌고 싶다고 말했다.

그들은 나갔다.

상점 불빛이 잠깐씩 그녀의 창백한 옆얼굴을 비추었다. 그리고 그녀는 다시 어둠에 싸였다. 마차와 인파와 소음 속에서 그들은 오직 그들만을 생각하며 아무 소리도 듣지 못하고 마치 나란히 낙엽이 쌓인 시골길을 걷듯 그렇게 걸어갔다.

그들은 지나간 날들, 라르 앵뒤스트리엘 시절의 만찬, 아르누의 괴벽들, 옷깃 끝을 잡아당기거나 수염에 포마드를 바르는 방식, 그리고 그보다 친밀하고 깊은 다른 일들을 이야기했다.

처음 그녀의 노랫소리를 들었을 때 얼마나 황홀했는지! 생클루에서의 생일날 그녀는 얼마나 아름다웠는지! 그는 오퇴유의 작은 정원, 극장에서의 밤들, 큰길에서 마주쳤던 일, 옛 하인들, 그녀의 흑인 하녀 등을 떠올렸다.

그녀는 그의 기억력에 놀라워하며 말했다.

"가끔씩 당신이 했던 말들이 먼 메아리처럼, 바람에 실린 종소리처럼 들려와요. 그리고 책에서 사랑의 구절들을 읽을 때면 당신이 옆에 있는 것만 같아요."

"사람들이 책에서 과장되었다고 비난하는 모든 걸 당신은 내게 느끼게 해 주었어요." 프레데릭이 말했다. "샤를로테의 빵을 싫어하지 않았던 베르테르를 이해할 수 있어요."

"가엾은 친구!"

그녀는 한숨을 내쉬었다. 그리고 한참 동안 침묵하다가 말했다.

"어쨌든 우리는 서로 몹시 사랑했던 거예요."

"서로에게 속하지 않으면서요!"

"그런 편이 더 나았는지도 모르죠." 그녀가 말했다.

"아니! 아니요! 얼마나 행복했을까요!"

"아! 그래요, 당신의 것과 같은 사랑의 힘이라면요!"

그토록 오랜 이별 후에도 여전히 계속되는 것을 보면 대단히 깊은 사랑임이 분명했다!

프레데릭은 어떻게 자기가 사랑한다는 사실을 알았는지 물었다.

"어느 날 저녁 당신이 장갑과 소맷부리 사이 손목에 입을 맞추었을 때요. 그때 난 생각했어요. '나를 사랑하고 있어……사랑하고 있어.' 하지만 그걸 확인하는 게 두려웠어요. 조심스러워하는 당신 모습이 너무도 보기 좋아 마치 무의식적이며 계속되는 경의의 표시처럼 그걸 즐겼어요."

그는 아무것도 후회하지 않았다. 옛날의 고통은 보상받은 것이었다.

그들이 돌아왔을 때 아르누 부인은 모자를 벗었다. 작은 탁자 위에 놓인 램프가 그녀의 하얀 머리를 비추었다. 순간 그는 가슴 한복판을 뭔가로 내리친 듯한 느낌이었다.

이런 실망을 감추려고 그는 그녀의 무릎 가까이 바닥에 꿇어앉았다. 그리고 그녀 손을 잡으며 사랑을 말하기 시작했다.

"당신 모습, 당신의 가장 사소한 행동에서도 이 세상에서 인간의 것이 아닌 것 같은 중요함이 느껴졌어요. 제 가슴은 당신 발걸음 뒤에서 마치 먼지처럼 피어올랐어요. 당신의 모든 게 향기와 부드러운 그림자, 끝없는 하얀빛으로 충만한 어느 여름밤 달빛 같았어요. 육체와 영혼의 지극한 기쁨이 내게는 입을 맞추려고 몇 번씩 불러 보곤 하던 당신 이름 속에 있었어요. 그 이상은 아무것도 상상한 적이 없어요. 두 아이를 거느린, 다정하고 진지하며 눈부실 정도로 아름답고 그토록 훌륭한 아르누 부인, 당신 그대로였어요! 이 모습 앞에 다른 어떤 것들도 다 지워져 버렸어요. 다른 모습을 생각할 수가 있었을까요! 내 자신 가장 깊은 곳에 항상 당신 목소리가 울리고 당신의 두 눈이 빛나고 있었으니까요!"

그녀는 이제 더 이상 자기 모습이 아닌 이 여인에 대한 찬사를 황홀하게 받아들였다. 스스로의 말에 도취되어 프레데릭은 자신이 하는 말을 믿기에 이르렀다. 아르누 부인은 불빛을 등지고 그를 향해 몸을 숙였다. 그는 이마에 그녀 숨결이 스치는 것을 느끼고 옷을 통해 그녀의 몸 전체와 어렴풋이 맞닿은 느낌이었다. 그들은 서로 손을 꼭 잡았다. 그녀의 신발 끝이 치맛자락 밑으로 약간 보이자 그는 거의 무력해져서 말했다.

"당신 발을 보면 가슴이 떨려요."

부끄러운 마음이 들어 그녀는 일어섰다. 그러고는 꼼짝하지 않은 채 몽유병자 같은 묘한 어조로 말했다.

"이 나이에! 이런 남자를! 프레데릭! ……나만큼 사랑받은 여자는 없을 거예요! 아니, 아니요! 젊다는 게 무슨 소용이에요? 그런 건 상관없어요! 난 여기 오는 모든 여자들을 대수롭지 않게 생각해요!"

"오! 여기 오는 여자는 없어요!" 그는 친절하게 그렇게 말했다.

그녀의 얼굴에 빛이 났다. 그녀는 그에게 결혼할 것인지 물었다.

그는 결혼은 하지 않는다고 단언했다.

"정말이요? 왜죠?"

"당신 때문에요." 그녀를 두 팔로 안으며 프레데릭이 말했다.

그녀는 몸을 뒤로 젖히고 입을 반쯤 벌린 채 눈동자는 위를 보며 그대로 가만히 있었다. 그리고는 갑자기 절망한 모습으로 그를 밀쳐 냈다. 무슨 일인지 말해 달라고 그가 사정하자 그녀는 고개를 숙이며 말했다.

"당신을 행복하게 해 드리고 싶었어요."

프레데릭은 아르누 부인이 자신에게 몸을 허락하기 위해 온 게 아닌가 하는 생각이 들었다. 그러자 그는 그 어느 때보다도 강렬하고도 격하며 미친 듯한 욕망에 다시 사로잡혔다. 그러나 말로 표현할 수 없는 일종의 반발, 근친상간에 대한 두려움 같은 그 무엇이 느껴졌다. 또 다른 두려움, 나중에 혐오감을 느끼게 되지 않을까 하는 두려움도 그를 주춤하게 했다. 게다가 얼마나 당혹스러울까! 그래서 신중함과 동시에 이상을 더럽히지 않고 싶다는 마음에서 그는 몸을 돌려 담배 한 대를 만들기 시작했다.

그녀는 감탄에 차 그를 바라보았다.

"어쩌면 그렇게 섬세할까! 당신뿐이에요! 당신뿐이에요!"

11시가 울렸다.

그녀가 말했다. "벌써! 15분에 돌아갈게요."

그녀는 다시 앉았다. 그러나 그녀는 시계를 바라보고 있었고 그는 담배를 피우며 계속 서성거렸다. 두 사람 모두 더 이상 서로 할 얘기가 없었다. 이별할 적에는 사랑하는 사람이 벌써 떠나 버린 것 같은 그런 순간이 있다.

마침내 시곗바늘이 25분을 지나자 그녀는 모자 끈을 천천히 집어 들었다.

"잘 있어요, 친구, 내 소중한 친구! 당신을 다시 만나지는 못할 거예요! 이게 여자로서 나의 마지막 걸음이었어요. 내 영혼은 당신을 떠나지 않을 거예요. 하늘의 모든 축복이 있기를!"

그리고 그녀는 어머니처럼 그의 이마에 입을 맞추었다.

그러나 무엇을 찾는 듯하더니 그에게 가위를 달라고 했다.

그녀는 머리빗을 뽑았다. 순간 하얀 머리카락 전체가 흘러내렸다.

"이거 간직하세요! 그럼 잘 있어요!"

그녀가 나가자 프레데릭은 창문을 열었다. 아르누 부인은 길에서 지나가는 삯마차에 신호를 했다. 그녀가 안으로 들어가자 마차는 사라졌다.

그것이 전부였다.

7

올겨울 초 프레데릭과 델로리에는 항상 그렇듯 서로 다시 만나 사랑하게 되는 운명적인 타고난 기질로 또다시 화해해 난롯가에서 이야기를 나누었다.

한 사람은 당브뢰즈 부인과 사이가 틀어진 사정을 간단히 이야기했다. 그녀는 한 영국인과 재혼을 했다.

또 한 사람은 로크 양과 결혼하게 된 경위는 얘기하지 않고 아내가 어느 날 가수와 도망쳤다고 이야기했다.

사람들의 조롱으로부터 벗어나기 위해 그는 도청 일에 지나친 열성을 보인 나머지 오히려 자기 평판을 해치고 말았다. 그는 해고당했다. 그러고는 알제리의 식민 청장, 터키 문무 고관의 비서, 신문 경영주, 광고 중개인으로 일하다가 마지막에는 산업 회사 법무계 사무원이 되었다.

프레데릭은 재산 삼 분의 이를 모두 탕진한 다음 소시민으로 살아가고 있었다.

두 사람은 서로 친구들 소식을 물었다.

마르티농은 현재 상원 의원이었다.

위소네는 높은 자리를 차지하고 있었는데 모든 극장과 신문이 그의 수중에 있었다.

시지는 종교에 몰두해 여덟 자식들과 함께 조상 대대로 내려온 성에 살고 있었다.

펠르랭은 푸리에주의자, 유사 요법[61], 호구리[62], 고딕 예술, 인도주의 회화에 관심을 쏟다가 지금은 사진사로 일하고 있었다. 파리 온 벽에는 검은 양복에 몸은 작고 머리는 큰 그의 모습이 붙어 있었다.

"그리고 네 친구 세네칼은?" 프레데릭이 물었다.

"사라졌어! 나도 몰라! 그런데 너는, 네 그 위대한 사랑 아르누 부인은?"

"전투기 중위인 아들하고 로마에 있을 거야."

"남편은?"

"작년에 죽었어."

"아!" 변호사가 말했다.

그러고는 이마를 치며 말을 이었다.

"근데 얼마 전에 어느 가게에서 입양한 사내아이 손을 잡은 라 마레샬을 만났어. 오드리 씨 미망인이라는데 지금은 아주

---

61) 생체의 병적 반응과 동일한 반응을 일으키는 약물 미량을 사용하는 치료.
62) 신령의 힘으로 탁자 따위를 움직이는 영기술의 일종.

뚱뚱해졌어, 거대해. 어떻게 그처럼 망가질 수가! 옛날에는 그
토록 날씬했던 사람이."

델로리에는 그 날씬한 몸매를 확인하려고 그녀가 절망에
빠진 순간을 이용한 사실을 숨기지 않았다.

"네가 허락한 일이기도 했고."

이 고백은 아르누 부인을 유혹하려 했던 사실을 은폐한 데
대한 보상이었다. 어쨌든 성공하지 못한 일이었으니 고백했
더라도 용서받았을 것이다.

이 사실을 알고 약간 화가 났지만 프레데릭은 웃어넘기는
척했다. 라 마레샬 얘기가 나오자 바트나 생각이 났다.

델로리에는 그녀를 본 적이 없고 아르누 집을 드나들던 다
른 사람들과도 만난 적이 없었다. 그렇지만 르쟁바르는 확실
히 기억했다.

"아직 살아 있어?"

"겨우! 매일 밤 규칙적으로 그라몽 거리에서 몽마르트르
거리까지 노쇠해서 허리는 구부러지고 기진맥진한 유령 같은
모습으로 몸을 질질 끌고 카페 앞을 돌아다니나 봐!"

"그러면 콩팽은?"

프레데릭은 기뻐 소리를 지르며 임시 정부의 전 지역 의원
에게 수수께끼 같은 송아지 머리에 대해 가르쳐 달라고 했다.

"그건 영국 수입품이야. 왕당파가 거행하는 1월 30일 기념
식을 풍자적으로 흉내 내기 위해서 공화파가 매년 연회를 열
곤 했는데 그때 송아지 머리를 먹고 스튜어트 집안 말살을 위
해 건배를 하면서 송아지 머리뼈에 포도주를 마셨지. 테르미

도르 폭동 이후에 테러리스트들도 똑같은 결사를 만들었어, 세상에 어리석음이 난무한다는 걸 보여 주는 거지."

"정치에 담담해진 것 같은데?"

"나이 탓이지." 변호사가 말했다.

그러다 두 사람은 자기들 인생을 정리해 보았다.

두 사람 모두 실패했다. 사랑을 꿈꾼 쪽도, 권력을 꿈꾼 쪽도. 그 이유는 뭘까?

"어쩌면 일직선같이 쭉 뻗은 일관성이 부족해서일 거야." 프레데릭이 말했다.

"넌 그럴 수 있어. 난 그 반대야. 무엇보다도 중요한 수많은 부수적인 것들을 고려하지 않고 지나치게 곧게 굴어서 실패한 거야. 난 너무 논리적이었고 넌 너무 감정적이었어."

그런 다음 그들은 우연, 상황, 그들이 태어난 시대를 탓했다.

프레데릭이 계속했다.

"옛날에 상스에서 넌 철학 비평사를, 그리고 난 프루아사르에서 찾아낸 주제로 중세기 노장에 대한 방대한 소설 속에 브로카르 드 페네스트랑주 전하와 트루아 주교가 어떻게 외스타슈 당브르시쿠르 전하를 공격할 것인가를 쓰려던 무렵(기억나니?) 우리가 되려고 했던 건 이런 게 아니었어."

젊은 시절을 되살리면서 매번 그들은 서로에게 물었다.

"기억나니?"

그들은 중학교 교정, 예배당, 응접실, 계단 밑 펜싱 도장, 자습 감독과 학생들 얼굴, 낡은 장화 속 바지 끈을 자르던 베르사유 출신 앙글마르, 미르발 씨와 그의 붉은 수염, 선화(線畵)

와 데생을 가르치던 바로와 쉬리레라는 항상 다투던 두 선생, 마분지로 된 태양계 유성군 그림을 가지고 다니며 강의료 대신 식당에서 식사를 하고 순회 근무를 하던 천문학자(그는 코페르니쿠스와 고향이 같은 폴란드인이었다.) 그리고 산책 중에 진탕 먹고 마셨던 일, 처음 담배를 피웠던 일, 상장 수여식, 방학의 즐거움을 떠올렸다.

그들이 터키 여자 집에 갔던 건 1837년 방학 때였다.

본명이 조라이드 튀르크였던 그녀를 사람들은 이렇게 불렀다. 많은 사람들이 그녀를 회교도, 터키 여자라고 믿었는데 이게 성벽 뒤쪽 강가에 있는 그녀 집의 시적 분위기를 한층 고조했다. 창가에 물푸레나무 화분과 금붕어 단지가 있어 쉽게 알아볼 수 있는 그녀의 집은 한여름에도 그늘져 있었다. 하얀 짧은 웃옷 차림에 광대뼈에 연지를 바르고 기다란 귀고리를 찬 아가씨들은 사람이 지나가면 창문을 두드렸다. 그리고 저녁이면 문 앞에서 쉰 목소리로 조용히 노래를 흥얼거리곤 했다.

이 퇴폐적인 장소는 그 구역 전체에 어떤 환상적인 빛을 발했다. 사람들은 이곳을 '아는 곳', '어떤 거리', '다리 아래'라고 돌려 말했다. 근처 농가 여자들은 남편 때문에 불안에 떨었고 군수 집 주방 하녀를 이 집에서 발견한 이후로 부르주아 부인들은 하녀 때문에 두려워했다. 그리고 이곳은 당연히 모든 소년들이 은밀하게 망상하는 장소이기도 했다.

그러던 어느 일요일 모두가 저녁 예배에 가고 없을 때 미리 머리를 굽슬굽슬하게 단장해 둔 프레데릭과 델로리에는 모로 부인의 정원에서 꽃을 꺾은 다음 들판 쪽으로 난 문으로 나와서 포도밭을 크게 한 바퀴 돈 다음 낚시터로 다시 돌아와 손에 여전히 커다란 꽃다발을 든 채 터키 여자 집으로 슬그머니 들어갔다.

사랑하는 남자가 약혼자에게 하듯 프레데릭은 꽃다발을 내밀었다. 그러나 날씨는 더운 데다 미지에 대한 걱정, 일종의 후회 그리고 자기 뜻대로 할 수 있는 그 많은 여자들을 한눈에 본다는 기쁨에 너무도 동요된 나머지 그는 얼굴이 하얗게 질려 그 자리에서 꼼짝 못한 채 말 한 마디 못 하고 서 있었다. 그렇게 당황하는 모습에 모두가 웃어 댔다. 자기를 비웃는 거라고 생각한 그는 도망쳤다. 프레데릭이 돈을 가지고 있었기 때문에 델로리에는 그를 따를 수밖에 없었다.

그들이 나오는 걸 본 사람들이 있었다. 이 사건은 삼 년 후에도 잊히지 않는 화젯거리였다.

그들은 서로 상대방의 기억을 보충해 가며 장황하게 이야기를 늘어놓았다. 그리고 이야기가 끝나자 프레데릭이 말했다. "그때가 제일 좋았어!"

"그래, 어쩌면? 그때가 제일 좋았어!" 델로리에가 말했다.

작품 해설

1. 『감정 교육』의 정치, 사회, 문화적 배경

19세기는 산업화, 도시화 현상이 두드러지면서 그에 따라 사회적, 정치적 대변동이 이루어지던 시기였다. 1840년대 초에서 1860년대 말을 배경으로 전개되는 소설 『감정 교육』은 프랑스 대혁명 이후의 정치적 파동, 즉 왕정복고와 공화국을 거쳐 제2제정에 이르는 파란만장한 시기를 구현하고 있다.

소설 초기에 해당하는 루이필리프 통치 시기는 부르주아 계급이 정권을 독점함으로써 그 세력을 더욱 강화하고 있던 때이다. 루이필리프의 오른팔이었던 기조는 오를레앙파 귀족을 지지하면서 경제적 성장을 강화하는 정책을 펼쳤는데 이는 그 반대파의 증오를 불러일으키는 결과를 낳게 되었고 소설에서 학생들이 기조의 사임을 요구하는 장면은 이를 반영한 것이다.

루이필리프가 대표하는 군주 체제는 1848년 선거 개혁으로 무너지게 되는데 그 긴장된 상황은 소설에서 2월 22일의 바리케이드와 총성으로 묘사된다. 제2공화국 설립과 함께 정치 클럽이나 언론 활동이 활기를 띠게 되는데 이 체제에서 세네칼, 뒤사르디에, 델로리에 같은 진보주의와 당브뢰즈와 로크 영감으로 대표되는 보수주의의 양 진영이 연합되는 듯 보였으나 이러한 결속은 겉모습뿐으로 1848년 6월 혁명 이후로 사라질 운명이었다. 실업 문제를 해결하기 위해 만들어진 국민 작업장이 문을 닫게 되면서 2월 혁명보다 더욱 격한 폭동이 발생하게 된 것이다.

경제 위기에 직면한 제2공화국은 길게 존속하지 못한다. 아르누 부인의 재산이 경매에 붙여진 그다음 날인 1851년 12월 2일, 당시 대통령이던 루이 나폴레옹 보나파르트는 뒤사르디에가 죽음을 맞이하게 되는 폭동의 분위기 속에서 스스로 황제임을 선포한다. 부르주아적 독재 체제를 유지하며 경제 성장을 지지하던 제2제정은 1860년부터 일련의 개혁을 거쳐 좀 더 자유주의적 경향을 띠게 되고 1869년 선거에서 공화국을 내세우던 급진주의가 확대되면서 나폴레옹 3세의 권력을 끝내고자 하는 자유주의자들이 많은 의석을 차지하게 된다.

정치적으로 불안과 파란의 시대가 계속된 반면 경제적으로 프랑스는 진정 산업 혁명에 걸맞은 전례 없는 부흥의 시대를 걷게 된다. 아르누의 라르 앵뒤스트리엘이 그 한 단면을 보여 준다고 할 수 있는데 산업과 상업이 놀라운 성장을 이루면서 새로운 부의 분배가 이루어지고 정착하게 된 것이다. 이 시기 사업에 진출하여 성공한 부르주아는 주도 계급으로 부상하는데 이러한 대세를 재빠르게 파악하여 성공의 발판으로 삼는 인물이 바로 당브뢰즈다. 그는 왕정에 대한 집착이 성공의 지름길이 될 수 없다는 사실을 간파하여 산업 쪽으로 방향을 돌리고 경제적 힘을 바탕으로 정계로 진출하고자 한다.

이 시기 놀라운 경제적 부흥의 장으로 떠오른 파리는 초창기 백화점과 은행, 광산 회사, 증권가 등이 하루아침에 막대한 재산을 이룩하거나 침몰하는 배경이 되었다. 프레데릭이 주식 하락으로 큰돈을 잃게 되는 일화는 그 한 예이다. 18세기와는 달리 19세기에 이르러 철도, 도시 개발 등 방대한 공공사업으로 눈에 띄게 화려해진 파리는 노동자들이나 사회적 상승을 꿈꾸는 자들에게는 물론, 예술과 문학계를 비롯한 모든 계층 사람들에게 동경의 도시로 떠오른다. 다양한 계층과 부류 사람들과의 만남이 수없이 이루어지며 성공과 실패의 기회가 만연한 실험의 장이었던 파리 생활은 파리 특유의 인물들을 창출했기에 이 도시는 특히 작가와 예술가들에게 영감의 보고가 되었다.

이러한 화려한 성장의 이면에는 경제적 부흥이 초래하는 정반대 사회 변화도 있었는데, 도시의 프롤레타리아 계급의 성장이 그것이다. 이들은 저임금이나 공동 작업이 요구하는 고된 규율과 열악한 작업 조건에 시달려야 했는데 이는 아르누가 운영했던 크레유의 작업장 장면에 잘 그려져 있다. 한편

푸리에, 생시몽, 프뤼동의 이론을 거론하는 델로리에나 뒤사르디에는 이러한 사회적 부당함에 맞서 노동 계급을 옹호하는 인물이다.

2. 『감정 교육』과 사실주의

소설이 출간된 당시 문학계는 낭만주의가 쇠퇴하고 사실주의가 만연하던 시기였다. 미래와 먼 곳에의 동경, 정복 의지, 불안과 고독 사이에서 방황하는 자아 등이 낭만주의 문학의 중심 주제였다면 사실주의에서는 '현실'이 그 자리를 대신한다. 사실주의의 선구자라 할 수 있는 발자크의 소설에서 사실주의적 묘사는 인물의 사회적 배경을 나타내는 설명적인 것이며 스탕달의 사실주의는 다분히 심리적인 것이다. 플로베르는 이들보다 더욱 역사적 사실에 천착했는데 그는 『감정 교육』에서 한 젊은이의 인생을 통해 1848년 당대 젊은 세대의 '정신적 초상화'를 그리고자 했다. 사회의 모든 양상을 그리되 자료와 조사를 통한 철저한 사실에 기반함으로써 독자에게 현실적 환상을 주고자 하는 것이 목적이었다. 그는 혁명 당시 분위기를 사실에 부합하여 재구성하기 위해 방대한 양의 자료를 조사, 참조하였는데 예를 들면 아르누의 도자기 제조소를 위해 크레유를, 로자네트와 프레데릭의 서정적 에피소드를 위해 퐁텐블로와 프레데릭 고향의 배경인 노장을 방문했다. 그 밖에 증권, 질환, 당브뢰즈의 사업 등 소설을 가로지르는 수많은 에피소드를 위한 자료 조사가 이루어졌다. 이러한 관점에서 『감정 교육』은 작가가 스스로 인정하려 하지 않았음에도 사실주의적 전통에 속하는 소설이라 할 수 있다. 그러나 플로베르의 작품을 단순히 사실주의 문학의 전형으로 정의하는 것은 플로베르가 이룩한 문학적 미학과 윤리를 간과한 채 작품의 의미를 축소하는 결과를 낳을 것이다. 『감정 교육』뿐 아니라 전 작품을 통해 플로베르는 사실주의에서 더 나아가 지극히 현대적인 문학적 비전과 그에 따른 기법들을 구현했다. 스토리를 배제하고 문체의 힘만으로 우뚝 설 수 있는 작품을 구상했던 그에게 문체의 아름다움은 절대적 가치를 의미했는데 이는 완벽한 문체 속에 가장 깊고도 정확한 의미를 담아야 한다는 신념에서 비롯된 것이었다. 이러한 관점에서 플로베르 문체의 미학을 미를 위한 미를 주장했던 예술 지상주의와 혼동해서는 안 될 것이다.

　『감정 교육』에서 플로베르는 상당히 폭넓은 사회 계층을 그린다. 당브뢰즈로 대표되는 귀족 출신 대부르주아에서 뒤사르디에가 대표하는 점원(노동자), 아르누가 대변하는 소부르주아, 펠르랭 같은 예술가까지, 이렇게 범속한 현실을 반영하는 것은 다양한 계층의 인물들을 통해 역사와 상황 속에 선 개인의 선택과 의지 그리고 그에 대한 신실함의 문제, 즉 사랑, 우정, 정치, 사회적 범주 속에서 배우게 되는 감정을, 주인공 프레데릭을 위시한 한 세대 전체를 통해 숙고하겠다는 의미다.

3. 『감정 교육』과 역사 소설

19세기 유럽에 점철된 정치적, 역사적 파란은 이 시기에 역사 소설이란 장르가 지배적일 수 있었던 주요 요인이었다. 역사적 사건에 직면한 한 세대의 운명을 그리는 수많은 소설이 있었는데 그 대표적인 예가 월터 스콧이었다. 그의 소설에는 주요한 역사적 대사건들이 중심축을 이루며 이를 중심으로 픽션과 실제에 근거한 인물들, 일반 대중이 혼합되어 등장하면서 허구와 역사적 사실이 긴밀히 얽혀 있다. 사회적 그룹을 대표하는 등장인물들의 인생이 역사적 사실과 부합하면서 역사적 대혼란의 순간들이 재구성되기 때문에 이야기에는 일관성이 보존된다. 소설 인물이 항상 역사적 위인인 것은 아니지만 이들은 역사적 순간에 결정적인 역할을 한 것으로 부각된다. 비록 무명 인물들이지만 이들이 역사를 이룩하면서 역사는 하나의 방향과 의미를 지니게 된다.

『감정 교육』에서 역사는 역사적 사실을 전달하는 내레이션과 인물들 사이에서 벌어지는 토론의 형태로 등장하는데, 많은 역사가들은 『감정 교육』이 1840년대 당시 파리의 역사적 사실과 분위기를 정확하게 전달하고 있다고 말한다. 학생들의 시위 장면에서 언급되는 앵글로색슨 자유 경제의 복잡성, 프리처드 사건, 선거 개혁 문제 등이 그것이다.

역사적 사실이 보다 간접적으로 암시된 부분도 많다. 2월 23일 기조 파면, 24일 루이필리프의 도주, 25일 국기 색깔에 관련한 라마르틴의 개입 등이 그것들이다. 2부 및 3부의 혁명

당일 에피소드는 플로베르 자신이 직접 겪은 사실에 근거하는데 플로베르는 그의 친구 막심 뒤 캉과 함께 1848년 2월 23일과 24일 혁명의 현장을 목격했으며 사건 기록을 위해 폭동 대열에 직접 가담하기도 했다. 그 밖의 역사적 사실은 신문, 책 등의 문서나 증인들에게서 직접 수집한 자료에 기반을 두고 있다.

플로베르는 역사적 사건을 둘러싼 소요를 상당히 비중 있게 묘사했는데 특히 2월 혁명 폭동자들이 보인 폭력성과 6월 혁명 진압자들이 불사한 잔인성을 강조한다. 혁명 중인 민중은 분별없이 깨고 부수는 폭력의 무리로 보인다. 6월 진압의 경우 귀족과 부르주아 진영이 진보주의자들과 별 다름없는 무분별하고 몰인정한 세력임을 보여 준다. 등장인물들이 보수와 공화주의자로 양분되었기 때문에 두 진영 사이의 대립은 더욱 생생하게 전달된다. 플로베르는 공화주의의 대표자로서 델로리에, 뒤사르디에, 세네칼을, 보수의 대표로서는 당브뢰즈와 로크 영감을 설정함으로써 당시의 폭동 상황을 정확하고 극명하게 전달함은 물론 정치적 열성에 눈이 먼 사람들의 야만성을 더욱 생생하고 충격적으로 전달한다. 특히 로크 영감이 빵을 달라고 애원하는 가난한 학생 감옥수에게 총을 겨누는 장면은 압권이다.

역사적 사실이 자료와 경험에 의거하여 정확하고 세세하게 전달되어 있다고 해서 『감정 교육』을 역사 소설에 한정 지을 수 있을까? 역사는 이 소설에 배경으로 존재할 뿐이다. 이는 사건 서술의 안배를 통하여 역사의 일관성에 의문을 제기하고자 하는 작가의 비전에 기인한 것이다. 1848년 혁명의 주요한 인물인 라마르틴의 존재는 거의 지워져 있는 데다, 상세하게 묘사되어 있는 역사적 사건의 정황에 비해 그것이 역사에 미치는 영향력이나 역할, 의의는 침묵에 잠겨 있다. 역사적 현장의 중앙을 차지하는 이는 구경꾼에 지나지 않는 프레데릭이다. 프레데릭이 로자네트와 밤을 함께 지내는 사이 혁명이 돌발한다. 6월 혁명이 발발하는 순간에 프레데릭은 퐁텐블로에 있다. 병영을 철거하는 민중의 승리와 시청에서의 공화국 선포 일화는 짧게 언급된 반면 튈르리 궁에 밀려온 군중이 무분별하게 깨부수는 장면은 길고 상세하다. 1848년 혁명을 이토록 거대한 민중의 파괴 장면으로 형상화한 것이다. 이렇듯 민중은 역사적 사건 앞에서 합리적으로 대응하는 주체가 아닌 자기 고통에 반응하는 거대한 집단이자 자기 운명의 주인이 되지 못한 맹목적이고 부조리한 힘으로 묘사되어 있다.

『감정 교육』의 갈등과 싸움은 조직적인 구성을 통하여 합리적으로 하나의 선을 그리며 발전하는 양상을 보이지 않는다. 어느 쪽에 속하든 등장인물들은 주저하며 진영 바꾸기를 서슴지 않는다. 소설 마지막에 이르러 세네칼에게 죽음을 당하는 뒤사르디에의 모습을 통해 독자에게 역사는 하나의 의미로서 존재한다기보다 하나의 커다란 의문으로 다가올 것이다. "이 모든 것의 의미는 뭘까?"

4. 『감정 교육』의 현대성

플로베르는 주제에 의존하지 않고 문체의 힘만으로 버틸 수 있는 소설을 쓰고자 했다. 최소한의 소설적 재료로 작품을 쓰고자 했던 이러한 작가적 이상은 누구도 시도한 적이 없는 완전히 새로운 것이었으며 이러한 현대성이야말로 플로베르를 박물관에 정렬된 작가가 아닌 오늘날까지 연구 대상이 되는 작가로 남아 있게 하는 동력일 것이다.

물론 역사 소설과 성장 소설의 중간, 역사적 사건이 배경을 이루는 동시에 주인공의 삶이 역사에 병행하여 진행되는 이 소설에서 플로베르의 이상이 충분히 실현되어 있지는 않다. 그러나 화법과 묘사, 내레이션 등 여러 기법적 측면에서 『감정 교육』은 전례 없는 현대성을 획득했다.

1852년 연인이었던 루이즈 콜레에게 보낸 편지에서 플로베르는 "내레이션을 해야 하는데 이야기에는 진절머리가 난다."라고 썼다. 이야기를 거부하려는 소설가에게 소설은 어떤 형태로 가능한가 하는 의문이 일게 되는데 플로베르는 이야기에 내재하는 원인과 결과의 논리, 그에 수반되는 상투화된 명백성을 거부하고자 했다.

그리하여 『감정 교육』에서 플로베르는 개인사와 역사적 사건이 병행하는 구조에서 말과 논증 대신 침묵이나 나열을 통해 단지 보여 주는 기법을 선택한다. 어떤 순간에도 전지전능한 내레이터가 개입하여 개인사와 역사적 사건의 관계에 대해 일련의 도덕적 판단이나 평가를 내리는 순간은 없다. 소설의 마지막에 이르러 대표적인 예를 볼 수 있다. 프레데릭은 우연히 뒤사르디에가 세네칼에게 죽임을 당하는 순간을 목격한다. 1851년 공화국의 꿈이 좌절되고 제2제정이 시작되는 순간이다. 그다음 장은 "그는 여행을 떠났다."로 시작된다. 프루스트가 그토록 찬탄했던 이 두 장 사이에 존재하는 침묵의 깊이에는 그 어떤 훌륭한 역사적, 비판적 논리와 시각도 다다르지 못할 것이다. 오직 플로베르만이 할 수 있는 일이었다.

현대성은 묘사법에서도 드러난다. 묘사는 대부분의 사실주의 작가들 작품에서처럼 행동을 위한 배경이 아닌 등장인물의 시선을 통해 보여진 세계를 대상으로 한다. 객관적인 묘사가 아닌 인물과 세계의 불가분의 관계를 드러내는 묘사라 할 수 있다. 수동적이고 우유부단한 주인공 프레데릭을 통해 플로베르는 '배회'라는 지극히 현대적인 모티프를 창출해 냈다. 프레데릭은 파리의 거리를 배회하기를 좋아한다. 그의 시선에 한정되어 총체적이라기보다는 단편적으로 묘사된 파리의 모습이 발견된다. 사랑에 빠진 프레데릭, 여름 방학에 집에 돌아가지 않고 텅 빈 파리 거리를 배회하는 프레데릭, 아르누 부인과의 밀회를 위해 그녀를 기다리는 동안 초조해지는 그의 마음은 그가 바라보는 사물의 묘사로써 전달된다. 베케트의 희곡 「고도를 기다리며」를 연상시키는 이 장면에서 점점 초조와 절망에 빠져드는 프레데릭의 의식은 더욱더 사물에 매달리게 되는 반면 사물은 프레데릭에게 침묵으로 대답할 뿐이다. 현실이 각자 품은 의식의 반영이라는 점을 감안할 때 플로베르의 소설 속 묘사는 개인과 외적 상황이 서로를 드러내는 불가분의 관계를 이룬다는 것을 보여 주는데, 바로 여기에 플로베르 미학의 현대성이 존재한다.

5. 『감정 교육』과 성장 소설

플로베르의 『감정 교육』을 읽으면서 느껴지는 것은 소설 전체에서 스며 나오는 회색 톤이다. 어떤 기적도 대재난도 없이 긴 강물처럼 흘러가는, 그러나 시간과 함께 조금씩 마멸되어 가는 인간의 모습, 그래서 서글픔을 느끼지 않을 수 없는 우리의 평범한 인생사이다. 『감정 교육』은 어떤 가치도 이상도 현실과 이기주의의 벽에 부딪혀 깨어져 버리고 마는 진정한 절망과 패배의 소설이다. 그러나 작가는 이것이 자신만의 비관이 아닌 바로 인간의 본성이며 삶의 진정한 본질이라고 말한다. 그래서 아마도 작품을 읽은 후 그토록 씁쓸한 감정이 가슴을 파고드는 것이 아닌가 한다.

프레데릭의 인생 실패를 생각할 때 엠마 보바리를 생각하지 않을 수 없다. 두 사람 모두 현실보다 자신의 이상을 동경하며 그 꿈에 집착한다. 그러나 엠마는 자기 욕망의 끝까지 간다. 비록 그 욕망의 실현이 환멸만을 안겨 주고 완전히 자신의 인생을 파괴하기에 이르렀지만 적어도 이는 자기 이상의 끝에 이르는 한 방편이었다. 그러나 프레데릭은 사랑에 있어서나 정치에 있어서, 그 어느 것에 있어서도 결코 끝까지 가지 않는다. 그는 끝없이 주저하고 무력한 모습으로 자기 욕망의 주위를 맴돌 뿐이다. 그러면서도 그는 꿈을 포기하지 않는다. 모든 것이 시간과 함께 소진되고야 말 텐데도. 그가 품은 사랑의 이상에서 최후에 남는 건 사랑하는 여인의 (백발이 되어 버린) 머리카락일 뿐이다.

플로베르는 프레데릭의 운명을 통해 우둔하고 무능한 낭만주의자를 조롱의 시선으로 바라본다. 자신이 품은 낭만주의 문학의 꿈일 뿐인 여인을 맹목적으로 이상화하는 가련한 낭만주의자. 그러면서 그는 현실과 이상의 간격이 그리 쉽게 채워지지 않는다는 사실을 보여 준다.

소설의 첫 장부터 프레데릭은 낭만주의적 인물로 묘사된다. 배의 움직임에 몸을 맡긴 채 옆구리에 앨범을 끼고 생각에 잠긴 모습으로 머리를 휘날리며 묵묵히 서 있는 청년. 이는 세상의 물결에 휘둘리는 프레데릭의 결정적이며 상징적인 자세이다. 아르누 부인의 출현이 마치 성모 마리아의 도래를 연상시키는 엄숙한 기적같이 묘사된 데에는 이미 실패의 파토스가 내포되어 있다고 볼 수 있다. 이내 그녀의 신분이 곧 밝혀진다. 아르누가 나타나 그녀에게 여보라고 부른다. 이렇듯 최초의 상황 설정이 '불가능'의 징표 아래 놓여 있다. 프레데릭의 사랑은 시작부터 이미 너무 늦어 버린 것이다.

아르누 부인은 그의 유일한 사랑, 거의 삶의 이유이자 행동의 축이 된다. 그러나 프레데릭이 진정으로 그녀를 사랑한다고 할 수 있을까? 그의 사랑은 애매한 상태로 머문다. 플로베르는 프레데릭이 아르누 부인에 대해 좀 더 알 수 있도록 그리고 그의 사랑이 나눠질 수 있도록 충분한 기회를 제공해 주지 않는다. 사실 우리는 아르누 부인에 대해 별로 아는 것이 없다. 프레데릭은 진정으로 그녀가 어떤 사람인지 알지 못한 채 그녀를 이상화하고 그녀의 사랑을 얻기 위해 인생을 보낸다. 그는 그녀를 숭배하지만, 아르누 부인은 그저 아이들과 집안일을 돌보는 모성적이고 평범한 여인, 즉 한 가정의 좋은 어머니로 그려질 뿐이다. 대부분 프레데릭의 시선을 통해 보일 뿐인 그녀의 깊은 의중은 불투명한 채로 남아 있다.

플로베르는 프레데릭에게 단 한 번의 기적을 선사한다. 삼촌의 유산 상속. 부가 그의 꿈을 실현시킬 수 있을까? 유산을 상속받은 후 프레데릭은 미칠 듯한 희망에 부풀어 파리로 돌아온다. 그러나 그의 희망과는 상관없이 세상은 무심하게 제리듬을 따라 흘러갈 뿐이다. 소설의 끝까지 프레데릭은 자신의 이상과 현실의 장벽 사이에서 발버둥치게 된다. 소설의 매 순간, 모든 단계에서 보게 되는 현실과 꿈 사이의 이 숙명적인 거리감은 주인공이 현실을 자기 감성을 통해 굴절된 형태와 왜곡된 색채로 받아들이는 이유가 되기도 한다. 프레데릭이 크레유를 방문하는 일화에서 이러한 현실과 욕망과의 거리감이 잘 드러나는데 예기치 않은 장애물로 비틀거리며 텅 빈 미지의 벌판을 달려가는 그의 모습은 거의 희극적으로 느껴지기까지 한다.

공화국을 향한 역사적 사건이 배경을 이룬 이 작품에서 역사와 사랑의 테마는 독립되지 않고 서로 얽혀 있다. 역사적 맥락이 사랑의 맥락과 그 의미를 드러낸다. 이 역사적 구조의 중심에 프레데릭이 있다. 비록 역사적 사건 앞에 그가 구경꾼에 지나지 않고 정확히 어느 편에 속한다고 할 수는 없지만 소설에서 그는 특별한 자리를 차지한다. 그는 다양한 정치적 경향과 사회 계급의 인물들이 모인 자리에서 중심점 역할을 한다. 오직 그만이 정치적 경향이 상반되는 서클을 오가며 중립적인 목격자의 역할을 수행한다고 볼 수 있다. 사랑과 역사적 사건이 맞물리기에 이러한 사건들은 그의 성격을 드러낼 뿐 아니라 당대의 현실, 역사적 진실을 드러낸다. 사랑과 혁명의 일치, 각자 다른 인생 도정을 걷는 등장인물들의 비교, 또 그들 사이 관계와 상호 작용 등이 복잡한 역사적 시나리오를 구성한다.

프레데릭과 역사와의 관계는 우연적이다. 그의 의지나 필요성에 기초한 관계가 아닌 우연, 우정이나 그의 일시적 심리 상태로 형성된 관계일 뿐이다. 그가 2월 22일 혁명을 목격하게 된 것은 아르누 부인과의 약속을 위해 집에서 나오면서다. 그다음 날 그가 거리에 나온 이유는 사랑 때문에 절망한 마음을 달래 보려는 기분 전환에서다. 그가 6월 혁명을 목격하게 되는 것도 뒤사르디에가 부상당했다는 소식을 듣고 나서야 급히 파리로 돌아왔기 때문이다.

사랑의 맥락은 역사와 일치하기도 한다. 2월 22일 마침내 아르누 부인과의 사랑이 이루어지리라 기대했지만 실패로 끝난다. 그는 아르누 부인 대신 로자네트와 밤을 지낼 것이다. 대용품 같은 사랑은 아픔만을 줄 뿐이다. 프레데릭은 한밤중에 홀로 흐느껴 운다. 거짓된 행복의 비참함을 깨달았기 때문이다. 이 장면은 24일 아침의 총성으로 이어지는데 여기에는 역사적으로 중요한 의미가 내포되어 있다. 혁명은 이미 배신과 이상의 패배로 운명 지워져 있다. 시간이 흐르고 자기 사랑을 얻지 못하자 프레데릭은 로자네트와 아르누 부인 사이를 오간다. 또 로자네트와 당브뢰즈 부인 사이를 오가며, 아르누 부인 생각은 항상 머리에 둔 채 이중생활을 하기도 한다. 이러한 애매모호성은 역사적으로 나타나기도 한다. 2월 혁명 이후 프레데릭은 점점 자신의 정치적 이상을 포기하게 된다. 심지어 당브뢰즈 집단과 사회적 야망 때문에 공화국의 필요성에 회의를 품기에 이른다. 그러나 이는 프레데릭 개인의 경우에 그치지 않고 그가 대표하는 소부르주아 지식 계급의 성향을 대표하는 것이기도 하다.

1851년 12월 2일의 공화국의 전복은 아르누 부인의 소지품 경매 사건이 간접적으로 말해 준다고 볼 수 있다. 아르누 부인을 잃은 다음 프레데릭은 로자네트를 떠나고 결국은 당브뢰즈 부인도 떠나게 된다. 이렇게 해서 사랑과 사회적 성공, 모두에서 그는 실패하게 된다.

아르누 부인이 사랑의 이상을 구현하는 존재라면 뒤사르디에는 공화국을 대변하는 존재다. 이 두 인물에게는 서로 부합하는 면이 있다. 프레데릭은 뒤사르디에에게 각별한 애정을 품는데, 아르누 부인이 프레데릭에게 있어 정결한 사랑을 상징한다면 뒤사르디에는 공화국의 신념과 열망을 뜻한다. 프레데릭이 자신의 사랑에 끝까지 충실하지 못한 반면 뒤사르디에는 공화국을 구하기 위해 최후까지 싸운다. 그리고 뒤사르디에의 운명에서 프레데릭은 공화국의 대단원을 목격하게 된다. 프레데릭의 눈앞에서 뒤사르디에가 죽는 장면은 공화국이 결정적으로 끝이 나는 순간이며 이때 모든 사회적, 정치적 환상도 끝을 맺게 된다.

다양한 계층의 인물들이 구성하는 여러 가지 사회적 상황이 1848년 세대의 삶을 총체적으로 보여 주면서 그들의 이상의 붕괴는 더욱 생생하게 그려진다. 팔 년 동안 꿈꾸며 기다렸던 모든 이상(프레데릭의 사랑과 그 이상, 델로리에의 권력에 대한 열망, 세네칼의 사회주의, 뒤사르디에의 정의 등등)이 1848년 혁명을 통해 이루어졌다가 이후 물거품이 된다. 각자 다른 방식으로 지지하는 이들의 공화국을 플로베르는 환상이자 각자 욕망의 반영으로서 보여 준다. 모두가 자신의 꿈에 따라 세상을 바라보며 역사적 상황 앞에서 자기 이익이나 편협한 이데올로기에 따라 반응했을 뿐이다. 세네칼의 평등주의는 개인의 잠재력을 무시하고 르쟁바르는 비평하기 위해 비평할 뿐이다. 델로리에는 카미유 데물랭의 고정된 이미지로 정치를 꿈꾼다. 펠르랭은 이런저런 체계로 옮겨 다닐 뿐 그에게 행동할 능력은 없다. 당브뢰즈 저택의 다소 우스꽝스러워 보이는 부르주아들은 사회주의를 증오한다. 어떤 사회 계층도 본보기로 떠오르지 못한다. 각자 자기 이익과 편협한 이상주의에 갇혀 있기 때문이다. 이렇게 다양한 이상과 편견을 지닌 등장인물들로 구현된 역사는 위대함을 잃어버린 패자의 모습으로 비친다. 소설 마지막 장면에서 그토록 오랜 세월을 이상을 위해 발버둥치고 난 프레데릭과 델로리에는 소설 맨 처음 상황에 다시 돌아와 있다. 결국 그들의 인생은 진보적이지도 극적이지도 못한, 출구 없는 반복이었을 뿐이다.

번역 대본으로 클라시크 가르니에의 1984년 판본(『L'Édu-cation Sentimentale』)을 사용했다.

2014년 7월

지영화

작가 연보

1821년　12월 12일 루앙에서 출생. 아버지는 루앙 시립 병원
　　　　의 수석 외과 의사.

1824년　여동생 카롤린(Caroline) 출생.

1832년　루앙 중학교에 입학.

1834년　루이 부이예(Louis Bouillet)와 친구가 됨.

1836년　「피렌체의 페스트(La Peste à Florence)」, 「맡아 볼
　　　　향기(Un Parfum à Sentir)」, 「분노와 무력감(Rage et
　　　　Impuissance)」 등 왕성한 창작 활동. 트루빌에서 휴
　　　　가를 보내며 슐레젱제(Schlesinger) 가족과 알게 됨.
　　　　음악 출판사 사장 모리스 슐레젱제의 아내 엘리
　　　　자 푸코(Elisa Foucault)는 『감정 교육(L'Éducation
　　　　Sentimentale)』의 여주인공 아르누 부인의 모델이 됨.

1837년　「원하는 대로(Quidquid Volueris)」, 「사랑과 정

절(Passion et Vertu)」, 「자연사 수업(Une Leçon d'Histoire Naturelle)」 집필.

1838년 「광인의 수기(Les Mémoires d'un Fou)」 완성.

1839년 「스마르(Smarh)」 집필.

1840년 대학 입학시험에 합격. 피레네와 코르시카 섬 지방 여행. 마르세유에서 욀랄리 푸코(Eulalie Foucault)와 짧은 열애.

1842년 파리에서 법학 공부 시작. 막심 뒤 캉(Maxime Du Camp)과 친구가 됨. 「11월(Novembre)」 집필.

1843년 장 자크 프라디에, 빅토르 위고 등 예술가들과 교류.

1844년 최초 간질 발작.(이 때문에 법학 공부를 포기.) 크루아세 집에 돌아와 안주하게 됨.

1845년 첫 번째 『감정 교육』 완성. 이 작품은 1869년 출판된 『감정 교육』과는 거의 무관.

1846년 아버지 사망. 연이어 여동생 카롤린이 딸 출산 이후 사망. 플로베르가 조카딸 카롤린을 키우게 됨. 파리 여행 중 시인 루이즈 콜레(Louise Colet)를 만나 사귐.

1847년 뒤 캉과 함께 브르타뉴 지방 여행.(돌아와 여행기 「들로 모래톱으로(Par les Champs et Par les Grèves)」를 씀.) 가장 절친한 친구 알프레드 르 푸아트뱅이 죽음. 12월 뒤 캉과 루앙에서 개혁파 연회에 참석.

1848년 혁명이 일어남. 뒤 캉과 함께 2월 혁명 목격.

1849년 첫 번째 『성 앙투안의 유혹(La Tentation de Saint Antoine)』을 완성했으나 혹평받음. 뒤 캉과 이집트,

터키, 이탈리아 여행. 이 여정은 1851년까지 이어짐.

1851년 2월 12일 쿠데타 돌발. 루이 나폴레옹 보나파르트 (Louis Napoleon Bonaparte)의 독재 시작. 『마담 보바리 (Madame Bovary)』 집필 시작. 완성까지 오 년 소요.

1854년 연인이었던 루이즈 콜레와의 관계가 결정적으로 끝남.

1856년 《르뷔 드 파리》에 『마담 보바리』 게재. 두 번째 『성 앙투안의 유혹』 집필 시작.

1857년 『마담 보바리』 발표로 재판에 회부되지만 결국 무죄를 선고받음. 『마담 보바리』가 미셸 레비에서 출판됨. 『살람보(Salammbô)』 집필 시작.

1858년 『살람보』를 위해 알제리와 튀니지 여행.

1862년 『살람보』 출판.

1863년 동화 「마음의 성(Le Château des Coeurs)」 집필. 『감정 교육』의 첫 번째 시나리오를 쓰고 『부바르와 페퀴셰(Bouvard et Pécuchet)』 구상.

1864년 『감정 교육』의 시나리오 완성하여 9월부터 본격적으로 집필 시작. 공쿠르(Goncourt) 형제, 조르주 상드(Georges Sand), 이반 투르게네프(Ivan turgenev), 마틸드(Mathilde) 공주와 친분을 맺음.

1869년 5월 16일 『감정 교육』 완성. 7월 18일 집필 내내 소설을 읽고 조언해 주던 친구 루이 부이예 사망. 미셸 레비에서 11월 17일 『감정 교육』 출판.

1870년 보불 전쟁. 제2제정 몰락. 독일의 프랑스 점령. 세 번째 『성 앙투안의 유혹』 집필 시작.

1873년	희곡 『후보자(Le Candidat)』 집필. 보드빌 극장에서 상연하였으나 성공을 거두지 못함.
1874년	『성 앙투안의 유혹』이 샤르팡티에에서 출판됨. 『부바르와 페퀴셰』 집필 재개. 후에 갑작스럽게 죽음을 맞이하여 이 작품은 미완성으로 남게 됨.
1875년	조카 카롤린을 파산에서 구하면서 자신은 재정적 위기에 처함. 생의 마지막 순간까지 경제적 궁핍에 시달림.
1876년	조르주 상드와 루이즈 콜레 사망.
1877년	단편집 『세 가지 이야기(Les Trois Contes)』 출판.
1880년	5월 8일 뇌내출혈로 사망.

세계문학전집 **323**

감정 교육 2

1판 1쇄 펴냄 2014년 7월 25일
1판 7쇄 펴냄 2023년 1월 13일

지은이 귀스타브 플로베르
옮긴이 지영화
발행인 박근섭, 박상준
펴낸곳 ㈜민음사

출판등록 1966. 5. 19. (제 16-490호)
서울특별시 강남구 도산대로1길 62(신사동) 강남출판문화센터 5층 (우편번호 06027)
대표전화 02-515-2000 팩시밀리 02-515-2007
www.minumsa.com

© 지영화, 2014. Printed in Seoul, Korea

ISBN 978-89-374-6323-5 04800
ISBN 978-89-374-6000-5 (세트)

세계문학전집 목록

세계문학전집은 계속 간행됩니다.